KB253341

무공총람 6

임하 新무협 판타지 소설

초판 1쇄 찍은 날 § 2006년 8월 23일
초판 1쇄 펴낸 날 § 2006년 8월 31일

지은이 § 임하
펴낸이 § 서경석

편집장 § 문혜영
편집책임 § 최하나
편집 § 장상수

펴낸곳 § 도서출판 청어람
등록번호 § 제1081-1-89호
등록일자 § 1999. 5. 31
어람번호 § 제2-0987호

주소 § 경기도 부천시 원미구 심곡1동 350-1 남성B/D 3F (우) 420-011
전화 § 032-656-4452 팩스 § 032-656-4453
http://www.chungeoram.com
E-mail § eoram99@chollian.net

ⓒ 임하, 2006

ISBN 89-251-0277-3 04810
ISBN 89-5831-911-9 (세트)

武功總覽

Fantastic Oriental Heroes

무공총람

|사람은 무엇으로 사는가|

6

완결

임하 신무협 판타지 소설

도서출판 청어람

목차

第三十六章

무림대회 전날

무림대회 전날 1

　때는 이제 완연한 여름, 뜨거운 태양 빛에 대지는 후끈 달아올라 논에서 일하는 농부들도 태양 빛이 강한 시간에는 일손을 놓고 나무 그늘을 찾을 시기였다.

　강호 역시 다른 의미로 뜨거웠다. 무림맹의 마교 잔당 토벌 때문이었다. 무림맹은 야차산에서 도망친 마교의 잔당 토벌을 이유로 무림맹주 천뢰를 흠모하여 모여든 무인들을 편성하여 정의수호대를 결성했다.

　이 정의수호대의 임무는 마교 잔당 수색과 토벌. 그러나 사실상 무림맹에 반대할 만한 문파를 제거하는 것이 주목적이라 할 수 있었다.

　방법은 간단했다. 먼저 목표가 된 문파가 마교와 결탁했다는 소문을 퍼뜨린다. 그리고 그 문파와 이해관계가 대립하는 문파를 부추겨 공격하게 한다. 정의수호대는 뒤에서 적당히 지원만 해주면 된다.

졸지에 마교와 한패가 되어버린 문파는 누구에게도 도움을 요청하지 못하고 고립되어 꼼짝없이 멸문할 수밖에 없다. 자신 역시 마교 취급을 받게 될까 봐 아무도 도와주려고 하지 않기 때문이었다.

무림맹 입장에서는 자신이 직접 싸우는 것이 아니니 힘이 거의 들지 않고, 나중에 잘못되더라도 어디까지나 공격한 것은 대립하는 문파이기 때문에 책임지지 않아도 된다. 또한 공격하는 측의 문파를 자신 편으로 끌어들일 수가 있으니 그야말로 일석삼조였다.

이렇게 해서 멸문한 문파가 오십여 개에 달했다. 칠성방같이 스스로를 지킬 힘을 가진 일부 문파를 제외하고 대부분의 마교로 몰린 문파는 강호에서 자취를 감추었다. 중소문파들은 무림맹의 행사를 부당하다 생각하면서도 마교로 몰릴까 이의를 제기하지 못하고, 폭풍이 지나가기를 기다리며 웅크리고 있었다.

그러던 중 무림대회 소식이 들려왔다. 초대장을 받은 문파는 참석안 했다가 마교 취급을 받는 게 아닐까 하는 우려에, 초대장을 받지 못한 문파는 자신들이 척살 대상이 된 것은 아닐까 하는 불안감에 모두들 무림맹으로 향하지 않을 수 없었다.

천하 문파의 수장들은 모두들 무림맹으로 향했다. 문파에 속하지 않고 자유롭게 떠도는 무인들도 천하 문파가 모두 모이는 자리를 주목하지 않을 수 없었다. 그리하여 무림대회에 참석하기 위해 무림맹으로 모여드는 사람들의 수가 수만에 달하니, 역사상 가장 거대한 규모의 무림대회가 되어가고 있었다.

그 수만의 사람 중에 장소산 일행도 있었다. 유자건이 이끄는 천명회 고수들의 습격을 무사히 막아낸 장소산 일행은 네 명의 천명회 고수들까지 포로로 사로잡았다. 연사랑과 주아리의 좋지 않은 일도 있었지만, 앞으로의 무림대회를 생각하면 시작도 하기 전에 성과를 본 셈이라 일행의 사기는 높았다.

장소산은 수레를 한 대 더 마련하여 잡은 넷을 포박하여 싣고 무림맹으로의 여정을 계속했다. 어느 정도 무림맹에 가까워지니 길에는 온통 무림맹으로 가는 무인들이었다.

"무인들이 참 많군."

주변을 둘러보는 장소산의 말에 강연수가 한마디 했다.

"그래도 가장 눈에 띄는 것은 우리 같은데."

그럴 만도 했다. 거지들이 젊은이 넷을 죄인처럼 압송하고 있으니 자연 눈이 갈 수밖에 없었다. 모두들 쳐다보며 자기들끼리 수군거리고 는 했다.

"가리는 것이 좋지 않나? 이렇게 남들의 눈길을 끈다는 것은 좀……."

정 장로가 의견을 내었다.

"이렇게 사람들의 주목을 받으면 천명회에서도 함부로 어쩔 수 없지 않겠습니까. 그리고 무엇보다 창피한 쪽은 우리가 아니지요."

장소산은 웃으며 답하고는 수레에 실린 천명회 고수들을 바라보았다.

"이보게. 좀 불 마음이 들었나?"

천명회 고수들은 묵묵부답 장소산을 노려보는 것으로 대답을 대신했다. 장소산은 웃고는 어깨를 으쓱했다.

"말할 마음이 들면 언제든지 말하게나."

천명회 고수들을 사로잡은 장소산 일행은 심문하려 했다. 하지만 당연하게도 그들이 순순히 대답할 리가 없었다. 입을 꾹 다물고 자신의 이름조차 말하지 않았다. 적당한 고문을 가해 입을 열게 만들자는 의견이 다수였지만, 장소산은 그들에게 아무 해도 끼치지 못하게 했다.

대신 나온 방법이 수레에 싣고 사람들의 주목을 받으며 무림맹으로 향하는 것이었다. 확실히 이 방법은 어떤 고문보다 효과적이었다.

천명회 고수들은 대외적으로는 모두 정파의 인물들이다. 때문에 여타 다른 정파 인물들과 마찬가지로 체면과 명예를 중시 여겼다. 그런데 이렇게 꼴사나운 모습으로 사람들의 구경거리가 되었으니 이 얼마나 창피스런 일이란 말인가!

그것뿐 아니었다. 창피만으로 끝나면 그나마 다행이다. 만약 누군가 자신의 얼굴을 알아보면 큰일이다. 정파의 촉망받는 제자가 녹림과 결탁하여 개방 방주 일행을 습격했다고 하면 정파 인물로서의 인생은 끝장나는 것이나 다름이 없다.

때문에 천명회 고수 넷은 하나같이 혹시나 누가 자길 알아볼까 고개를 푹 숙이고 있었다. 그나마 이런 상황에서 꿋꿋하게 고개를 들고 있으면 당당해 보이고, '난 억울하다!' 라고 나름대로 호소하는 효과도 있을 텐데, 그렇지도 못하니 더욱 한심스러워 보인다.

그러는 동안에도 장소산 일행의 여정은 별 탈 없이 계속되어 무림맹을 바로 앞에 두고 있었다. 그러다 보니 길에는 무인들이 더욱 넘쳐 났고, 천명회 고수들은 더욱 쪽팔림과 누가 알아볼까 걱정하게 되었다.

결국 참다못해 천명회 고수 중 하나가 입을 열었다.

"차라리 죽이시오. 무인으로서 더 이상의 모욕은 참을 수 없소!"

장소산은 반문했다.

"모욕이라니? 무슨 모욕 말인가?"

천명회 고수는 발끈했다.

“지금 이것이 모욕이 아니면 뭐란 말이오.”

“허허, 이게 모욕이라니.”

장소산은 혀를 차고는 말했다.

“단지 포박하여 자유를 구속하고 있을 뿐, 때리지도 않고 굶기지도 않고 욕하지도 않고 편히 수레에 태워주는데 모욕이라니. 세상에 이렇게 포로 대우가 좋은 곳이 있으면 말해보게나.”

“우릴 구경거리로 만들고 있지 않소!”

“구경거리라니. 내가 정말로 당신들을 모욕하고 구경거리로 만들 생각이었으면 발가벗겨 거꾸로 매달아놓았겠지. 그래, 어디 진정한 모욕이라는 것을 한번 맛보여 줄까?”

정 장로가 맞장구를 쳤다.

“그것 괜찮겠군. 한번 해볼까?”

천명회 고수는 기겁하고 입을 다물었다. 그리고 혹시나 정말로 그렇게 할까 봐 더 이상 따지지도 못했다.

그날 일행은 무림맹을 하루 남긴 곳에 이르렀다. 객점을 잡은 그들은 포로들까지 끌고 식사를 했다.

그런데 한창 식사를 하고 있을 때였다. 멀리서 말발굽 소리가 다가오는가 싶더니 한 사람이 객점 안으로 들어섰다. 나타난 사람은 다름 아닌 천뢰였다.

“실례하오.”

낮지만 시끄러운 객점 안에서도 똑똑히 들려오는 소리에 고개를 돌린 장소산은 천뢰를 보고 흠칫했다. 무림맹에 도착하기 전에 손을 쓸 것이라 예상하긴 했지만 설마 천뢰가 직접 나타날 줄은 몰랐다.

천뢰는 뚜벅뚜벅 걸어와 장소산 앞에 서서는 빙그레 웃으며 인사를 건넸다.

"새로운 개방 방주 장 대협이시지요. 처음 뵙겠습니다. 전 무림맹주 천뢰라 합니다."

장소산은 일어나지 않고 인사를 받았다.

"오랜만이오."

천뢰는 처음이라고 하는데, 장소산은 오랜만이라고 했다. 하지만 천뢰는 신경 쓰지 않고 옆 자리의 의자를 끌고 와 장소산 앞에 앉았다.

장소산 일행은 갑자기 나타난 천뢰에게 어떻게 대응해야 할지 판단하지 못한 채 당황하고 있었다. 몇몇은 당장이라도 싸울 태세를 취하기도 했다. 장소산은 손을 들어 일행을 진정시키고는 물었다.

"무림맹주께서 이곳에는 어쩐 일이신지?"

천뢰는 호탕하게 웃으며 답했다.

"하하, 새로운 개방 방주께서 오신다는 소식에 맞이하러 왔습니다. 젊은 분이 개방 방주가 되셨다는 소식에 놀랐는데, 직접 보니 역시 보통 비범한 분이 아니신 것 같습니다."

장소산은 겉치레 말에는 신경 쓰지 않고 주변을 둘러보았다. 옆 자리에 앉아 있는 천명회 고수들만이 천뢰의 등장에 기뻐하고 있을 뿐, 그 외 다른 동료로 보이는 자는 찾을 수 없었다.

"혼자 오셨습니까?"

천뢰는 웃으며 긍정했다.

"우르르 몰려다니는 것은 적성에 맞지 않아서요. 평소에도 늘 혼자 다니곤 합니다."

장소산은 놀랐다. 천뢰의 무공이 아무리 대단하다 하더라도 이쪽에는 자신을 포함해 절정 급 고수가 셋에 그 밖에도 초일류고수가 다수이다. 그런데도 혼자서 나타나다니!

"무림맹주쯤 되는 분이 혼자 다니시면 위험하지 않을까요? 언제 어디서 나쁜 마음을 먹은 자가 공격해 올지 모를 텐데요."

장소산이 슬쩍 떠보려 물었다. 천뢰는 상관없다는 듯 어깨를 으쓱했다.

"하하, 무인으로서 도전하는 자는 언제 어디서든 받아줄 의향이 있습니다. 위험한 것은 자기 주제도 모르고 덤비는 자들이지요."

장소산은 속으로 눈살을 찌푸렸다.

'우리 모두를 상대할 자신이 있다는 건가?'

그가 생각하는데 천뢰가 물었다.

"그런데 듣고 보니 제 사부님을 만나셨다면서요?"

"사부라니?"

"무언계 말입니다."

천뢰는 웃으며 다시 물었다.

"더 이상 강호에 나오지 않으실 줄 알았는데 이렇게 다시 모습을 드러내시다니……. 혹시 어디 가셨는지 듣지 못하셨습니까?"

장소산은 놀랐다. 천뢰가 무언계의 제자가 아니라는 것은 뻔히 아는 사실이다. 멋대로 제자를 사칭했으니 무언계와 천뢰가 만나면 좋은 말이 오갈 리가 없다는 것도 능히 짐작할 수 있었다. 그럼에도 천뢰는 무언계를 만나고 싶어하는 것 같지 않은가.

'자신의 거짓말이 알려지기 전에 손을 쓸 속셈인가? 아니면…….'

천뢰가 웃으며 중얼거렸다.

"정말 노인 분이 나에게 모든 것을 맡기고 편히 집에서 쉬시면 좋았을 것을……. 그 나이에 무슨 좋은 꼴을 보겠다고……."

“……!”

장소산은 그의 말투에서 모든 것을 짐작할 수 있었다.

‘이 녀석, 무언계와 싸울 생각인가?

천뢰는 장소산을 똑바로 쳐다보며 물었다.

“그래서 사부님은 지금 어디 계신지……?”

“저희 방의 추월락 대장로님과 함께 떠나셨습니다. 어디로 가셨는지는 모르겠군요.”

“그렇습니까. 참으로 아쉽습니다. 그동안 제가 갈고닦은 무공을 보여 드리고 싶었는데 말이지요.”

강호에서 무공을 보여준다는 말은 그대로의 뜻보다 상대에게 본때를 보인다는 뜻으로 더 많이 쓰인다. 천뢰의 말 역시 절대 말 그대로로 들리지 않았다.

천뢰는 한숨을 내쉬더니 자리에서 일어났다. 장소산은 놀라 물었다.

“가시려고요?”

“예, 이번 무림대회 일로 처리할 일이 많아서 말이지요. 좀 더 장 대협과 이야기를 나누고 싶지만 아쉽군요.”

장소산은 황당해졌다. 천뢰가 찾아온 이유는 사로잡힌 천명회 고수들을 구하기 위해서라고 생각했다. 그런데 달랑 무언계의 행방만 묻고 가겠다니?

“그럼 이만.”

천뢰는 인사를 건네고 곧바로 성큼성큼 걸어가 객점 밖으로 나가 버렸다. 곧이어 말 울음소리와 함께 멀어져 가는 소리가 들렸다.

‘저놈 무슨 속셈이지?

장소산이 생각하고 있을 때였다. 정 장로의 놀란 외침 소리가 들렸다.

"주, 죽었다!"

"뭐?"

놀라 돌아보니 천명회 고수 넷 모두 고개를 꺾고 숨이 끊어져 있는 것이 아닌가!

'이럴 수가!'

상황으로 볼 때 천뢰가 살인멸구하여 후환을 제거한 것이 분명했다. 문제는 도대체 언제 손을 썼느냐는 것이다.

'놈은 나와 마주 앉아 계속해서 대화를 하고 있었다. 천명회 고수들은 우리와 일 장 정도 떨어진 자리에 있었다.'

위치상으로는 일류고수라면 충분히 손을 쓸 수 있는 거리였다. 하지만 여기 있는 모든 사람들이 무슨 짓을 저지를까 잠시도 눈을 떼지 않고 지켜보고 있었고, 천명회 고수들도 정 장로와 십간 셋이 늘 감시하고 있었는데 어떻게 살수를 펼칠 수 있었을까?

"전혀 손을 쓰는 것을 보지 못했어."

강연수가 신음 섞인 목소리로 중얼거렸다. 장소산이 진갑을 쳐다보았으나 그 역시 고개를 저었다.

"아무것도 못 보았네."

일행은 일단 소란을 피하기 위해 죽은 천명회 고수들을 부축하는 척하며 일으켰다. 그런데 시체를 잡은 사람들 중 정 장로와 청신이 깜짝 놀라며 몸서리쳤다.

"무슨 일입니까?"

장소산의 물음에 정 장로가 대답했다.

"시체가 너무 차갑네."

장소산이 둘이 일으킨 시체를 만져 보았다. 갓 죽은 사람이라고는 생각할 수 없을 정도로 차가웠다.

"어쨌든 빨리 나갑시다."

일행은 시체를 끌고 밖으로 나왔다. 사람이 없는 마을 밖으로 옮겨 시체를 눕힌 일행은 사인을 찾았다.

시체는 확실히 이상했다. 둘은 죽은 지 한참된 것처럼 차고, 다른 둘은 비정상적으로 뜨거웠다.

"아무래도 이것 같군."

정 장로가 시체 왼쪽 가슴 아래쪽의 작은 점을 가리켰다. 네 시체에는 모두 같은 위치에 점이 찍혀 있었는데, 차가운 시체는 점의 색이 푸르고 뜨거운 시체는 붉었다.

진갑이 잠시 생각하다 입을 열었다.

"지법이로군. 음기와 양기, 서로 상반된 기공을 구사하다니, 정말 대단한 실력이다."

"천뢰의 짓이 틀림없는 것 같군요."

장소산은 상의를 벗어 가슴을 드러냈다. 그의 가슴에도 시체들과 같은 위치에 상처가 있었다.

"삼 년 전쯤, 천뢰에게 당한 상처입니다."

진갑이 장소산의 상처를 살피고는 신음을 흘렸다.

"무섭군."

구을이 물었다.

"그렇게 대단한 건가?"

진갑은 고개를 끄덕였다.

"대단하지. 하지만 더욱 대단한 것은 성장 속도다."

그는 장소산의 상처를 가리키며 설명했다.

"삼 년 전의 그는 장 방주의 가슴에 흔적이 남을 정도의 상처를 남기고도 일격에 죽이지 못했다. 하지만 오늘날의 그는 작은 점을 남기는 것만으로도 삼 년 전 장 방주 정도의 실력을 가진 고수 넷을 일격에 격살했다."

"삼 년 전과는 비교도 안 될 정도로 무공이 성장했다는 것이군요."

장소산의 말에 진갑은 고개를 끄덕였다. 장소산은 표정이 어두워졌다. 그동안 자신은 놀라울 정도로 무공이 강해졌지만 천뢰 역시 강해졌다. 여전히 그와 천뢰 사이에는 엄청난 격차가 존재하고 있는 것이다.

'역시 무공으로는 그를 이길 수 없는 건가?'

그의 생각을 깨며 수초가 의문을 표했다.

"그런데 우린 아무도 천뢰가 손을 쓰는 것을 보지 못했잖아. 그럼 그가 그 지법으로 공격했다면 우린 다 죽었을 텐데, 왜 그렇게 하지 않았을까?"

장소산이 대답했다.

"남이 아닌 자신을 공격했다면 알아차릴 수 있었겠지."

수초는 안도하며 가슴을 쓸어내렸다.

"아, 그렇구나."

그러나 이어지는 강연수의 말에 그녀는 다시 기겁을 했다.

"알아차렸을 때는 이미 죽었겠지."

"예에!?"

강연수가 어깨를 으쓱하며 설명했다.

"생각해 보면 당연한 것 아냐? 죽은 천명회 녀석들도 상당한 실력이었어. 그런데도 끽소리도 못 낸 것은 공격을 알아차렸을 때는 이미 저

세상이었기 때문이지."

수초가 놀라 다시 물었다.

"아니, 그럼 천뢰가 우릴 다 죽일 수 있었으면서 봐주고 갔다는 얘기예요?"

"그건 아니다."

진갑이 답했다.

"우리 일행 중에 장 방주, 강 소저, 그리고 나는 놈의 지법을 피할 수 있었을 것이다."

"그럼 나머지 다른 사람들은?"

"죽었겠지."

진갑은 서슴없이 단언했다.

"우리 중에 셋을 제외하고는 천뢰의 일초를 피할 수 있는 사람은 없다."

"……."

모두들 모골이 송연한 가운데 장소산이 진갑에게 물었다.

"그렇다면, 싸우게 되었다면 우리 셋과 천뢰 하나의 대결이 되었겠군요. 누가 이겼을까요?"

진갑은 한참 동안 진지하게 고민하다 대답했다.

"아마 승률은 반반이겠지."

이길 것이라는 대답을 기대했던 장소산은 황당해졌다.

"진 형만도 천하제일고수 무언계조차 이기려면 시간 좀 걸릴 상대라고 하지 않았습니까. 그런데 셋이 덤벼도 이길지 알 수 없다는 말입니까?"

진갑은 고개를 끄덕였다.

"내 생각에 천뢰의 무공은 무언계와 거의 동격이라고 생각되네. 게다가 그는 젊지."

장소산은 놀라며 생각했다.

'천뢰가 무언계와 싸우려 하는 것은 자만심이 아닌 충분히 승산이 있기 때문이란 말인가?'

싸움을 시작하기도 전에 상대의 상상을 초월한 강함을 본 일행은 마음이 무겁게 가라앉았다. 장소산이 그런 일행을 향해 말했다.

"갑시다. 싸움이 시작된 이상 피할 수는 없습니다."

일행은 죽은 천명회 고수를 땅에 묻고 여정을 계속하여, 다음날 마침내 무림맹에 도착한다.

2

장소산 일행을 만나고 천뢰는 말을 달려 무림맹으로 돌아왔다. 그는 사람들이 몰려 있는 정문을 피해 뒷문으로 들어와 무림맹 안의 자신의 거처에 이르렀다. 말에서 내려 자신의 방으로 들어가 자리에 앉은 그는 돌연 고개를 들고 웃음을 터뜨렸다.

"하하하하!"

자신이 간 후 놀라고 있을 장소산 일행을 생각하고 내는 웃음이었다. 잠시 후, 문이 열리며 지수가 들어와 물었다.

"무슨 일이 있었기에 그렇게 기분이 좋으신가요?"

"하하. 지수, 들어보시오."

천뢰는 자랑스럽게 자신이 장소산 일행을 만나 한 일을 설명했다. 지수는 잠자코 듣고 있다가 말했다.

“그러니까 우리 천명회의 사람들을 당신 손으로 죽였다는 거군요.”

천뢰는 살짝 인상을 썼다.

“어쩔 수 없는 일이었소. 병신같이 잡혀 버리다니. 게다가 그렇게 눈에 띄게 끌려오는 이상 내가 그들을 구했다가는 우리가 습격에 관련 있다고 하는 것이나 다름이 없으니 말이오.”

그는 투덜거렸다.

“자건 녀석, 그따위로 일을 처리하다니. 그놈이 장소산 패거리에게 죽지 않았으면 내가 죽였을 것이오.”

지수는 고개를 저었다.

“그런 말은 안 하는 것이 좋겠어요. 어찌 되었든 자건은 당신에게 충성을 바쳤잖아요. 그런 그를 욕한다면 다른 사람들이 당신에게 충성을 하겠어요. 당신이 죽인 넷도 당신이 아닌 개방에게 당했다고 하는 것이 낫겠죠.”

천뢰는 다시 웃는 낯이 되어 고개를 끄덕였다.

“그야 물론이지. 당신이 아니면 내가 어찌 마음속의 말을 솔직히 할 수 있겠나.”

지수는 한숨을 내쉬었다.

“그건 그렇고, 우리 천명회 고수가 아홉이나 죽었으니 큰일이군요. 몇 명 되지도 않는 동료들이 더욱 줄어버렸으니…….”

“뭘, 전혀 걱정할 필요 없소.”

천뢰는 자신있게 설명했다.

“우리 천명회는 더 이상 노인네들이 기른 인재들로만 이루어진 조직이 아니오. 열여덟 개의 문파, 이천 명이 넘는 인물들이 모인 강호 최대의 조직이오. 이번 무림대회가 끝나면 강호의 절반이 우리 천명회가 될 것이지. 그러니 고작 몇 명 죽었다고 신경 쓸 것 없소."

"하지만 그들은 신뢰할 수 없어요. 상황이 안 좋아지면 얼마든지 떠날 자들이에요."

"괜찮소. 상황이 안 좋아지지 않으면 될 것 아닌가."

지수는 천뢰에게 다가가 그의 어깨에 머리를 기댔다.

"무림일통이니 뭐니 다 집어치우고 그냥 단둘이 조용히 살았으면 좋겠군요."

천뢰는 그녀의 머리를 쓰다듬었다.

"그런 날이야 나중에 얼마든지 즐길 수 있소. 우린 아직 젊으니 야망을 가져야 하는 것이오. 사내대장부로 태어나 세상을 놀라게 하지 못한다면 태어난 보람이 없지 않겠소."

그는 손을 멈추고 자리에서 일어났다.

"무림대회 준비로 안타깝지만 더 이상 당신과 있을 수 없겠군. 대회가 끝나면 천천히 회포를 풀기로 합시다."

천뢰는 방을 나섰다. 혼자가 된 지수는 그가 사라진 문을 잠시 바라보고 있다가 중얼거렸다.

"난 지금까지 당신에게 수없이 충고를 하였어요. 하지만 받아들이지 않으니 당신이 스스로 자초한 것이에요."

3

"무림맹이라……."

다음날, 무림맹의 정문 앞에 이른 장소산은 씁쓸한 표정으로 중얼거렸다. 그로서는 무림맹에 온 것이 이번이 세 번째, 생각해 보면 지금까지 무림맹에 와서 좋은 일은 없었다.

'이번에야말로 확실히 끝을 내야겠지.'

무림맹 앞은 시장통마냥 혼잡스러웠다. 문 앞에는 안으로 들어가려는 사람들이 모여 있어 시끄러웠고, 가끔 고함 소리까지 들려왔다. 대놓고 말하는 사람은 별로 없었지만, 성 밖에 있는 대부분의 사람들이 무림맹에 불만을 보이고 있었다.

원인은 무림맹이 출입을 제한하고 있었기 때문이다. 무림맹 안으로 들어갈 수 있는 사람은 무림맹이 보낸 초대장을 받은 문파의 장을 포함한 십 인만으로 했기에, 무림대회를 구경하러 온 과반수 이상이 안으로 들어가지 못하고 있었다.

"이보게, 무림대회란 무림에 사는 사람들이 모여 벌이는 회합이 아닌가. 그런데 이렇게 출입을 제한해서야 어찌 무림대회라 할 수 있겠는가. 세상에 이런 무림대회는 강호 역사상 없었네."

장소산 일행이 인파를 헤치고 정문에 다가가니, 한 노인이 문 앞을 지키는 문지기에게 따지고 있었다. 하지만 문지기는 딱 잘라 대답할 뿐이었다.

"전 명령을 받은 대로 할 뿐입니다."

계속해서 부탁해도 문지기는 요지부동이었다. 아예 노인의 말을 들을 생각조차 없는 모양이었다. 노인은 눈살을 찌푸렸다.

"자네, 내가 누군지 모르는가?"

"하북의 영산자 어른이라고 알고 있습니다."

장소산이 정 장로를 쳐다보자 정 장로가 설명해 주었다.

"하북의 영산자 하면 상당한 명성을 가진 인물이네."

"과연 그러니까 모인 사람들 대표자 노릇을 하는 모양이군요."

영산자는 문지기가 알아보자 고개를 끄덕이며 말했다.

"그래, 맞네. 그런데도 이렇게나 무시할 수가 있단 말인가? 자네가 문지기로서의 역할을 충실히 하려는 마음은 잘 알겠네. 자네 입장을 모르는 바가 아니야. 그러니까 책임자를 불러주게나. 내가 책임자와 단판을 질 테니."

문지기는 고개를 저었다.

"전 분명 이렇게 명령받았습니다. 초대장을 가진 인물이 아니면 설사 전대의 고인이 나타나도 통과시키지 말라고 말이지요."

벌써 같은 식이 수십 번이나 반복되고 있었다. 영산자는 이렇게 바꾸고 저렇게 바꾸며 상대를 설득하려고 하는데, 상대는 언제나 똑같은 말로 대꾸하여 씨도 먹히지 않는다.

"전 명령을 받은 대로 할 뿐입니다."

영산자는 얼굴이 사정없이 구겨졌다. 평상시의 그는 온화하고 대화로 원만히 문제를 해결하려 하는 성품으로 보인다. 그러나 그것은 어디까지나 자신의 생각대로 일이 잘 풀릴 때에 해당하는 이야기고, 안 되면 바로 주먹이 나가게 되는 것이다.

지금까지도 그로서는 보는 사람도 많고 해서 많이 참은 것이었다. 그의 그다지 강하지 못한 인내심은 마침내 무너져 버리고 말았다.

"이놈이!"

그는 문지기의 멱살을 잡아 올렸다. 넓은 정문을 지키는 문지기는 한 명뿐이다. 문지기를 밀쳐 내버리고 앞장서서 들어가면 뒤의 사람들이 따를 테고, 그렇게 되면 제아무리 무림맹이라도 어쩌겠냐는 생각이었다.

"저런!"

뒤에서 구경하던 장소산이 혀를 찼다. 걱정스럽다는 의미가 아닌 기대감이 담긴 동작이었다. 한바탕 난리가 나서 밖에 있는 무인들이 모두 무림맹 안으로 들어가면 천뢰가 어떻게 수습할까 기대감마저 들었다.

그러나 그의 바람은 성사되지 못했다. 문지기의 멱살을 잡아 당장이라도 던질 것 같았던 영산자가 갑자기 표정이 변하더니 손을 풀고 뒤로 물러난 것이다.

평소의 그를 잘 아는 사람들은 '저 인간이 평소답지 않게 왜 그러나' 하는 표정을 지으며 쳐다보았다. 하지만 정작 누구보다도 당황해하는 사람은 영산자 본인이었다.

"허억! 허억!"

무공을 익힌 사람이라고는 생각할 수 없는 거친 숨을 내쉬며 영산자는 뒷걸음질쳤다. 그는 믿을 수 없다는 표정으로 문지기를 쳐다보았다.

문지기는 별다른 표정 변화 없이 전과 다름없는 목소리로 말했다.

"돌아가 주십시오."

장소산은 거리가 멀고 사람들에게 가려서 제대로 볼 수는 없었지만, 영산자가 문지기에게 뭔가를 당했다는 것을 알아차렸다.

'하긴 무림맹의 정문을 혼자서 지키게 했다는 것은 믿는 것이 있어서겠지.'

성문 뒤에는 만일에 대비한 고수들이 숨어 있었지만 어디까지나 위험에 대비한 수단일 뿐, 현재 천하 무인들의 앞을 가로막고 있는 것은 문지기 혼자뿐인 것이다.

그는 문지기를 자세히 살폈다. 별다른 특징 없는 얼굴에 체구도 평

범했다. 창을 들고 있지 않았다면 무인이라고는 생각되지 않는 인상이
었다. 나이도 서른이 못 되어 보이는 것이 고수라고는 믿기 힘들었다.

'연사랑도 인상은 약하지만 절정의 고수였지.'

장소산은 동료들을 돌아보며 혹시 문지기를 아는 사람이 없냐고 물
었다. 모두들 고개를 저으며 모르겠다는 대답이었다.

'천명회의 숨겨진 고수인가?'

문지기의 실력을 알아차린 사람들은 더 이상 따지지 못하고 물러섰
다. 문지기는 이런 일이 한두 번이 아닌지 별다른 반응 없이 입을 다물
고 문을 지켰다.

"들어갑시다."

계속 보고 있어봐야 볼 것 없겠다고 판단한 장소산은 일행에게 말했
다. 사람들의 무리를 헤치고 문 앞에 이른 장소산은 초대장을 내밀었
다. 초대장을 받아 읽어본 문지기는 장소산에게 꾸벅 고개를 숙이고는
물었다.

"개방의 분들이시군요. 일행은 어떻게 되십니까?"

"내가 방주인 장소산이오. 그리고 뒤의 사람들은……."

장소산은 일행을 소개했다. 주변에 모인 사람들은 젊은 장소산이 방
주라는 말에 놀라 수군거렸다.

문지기는 고개를 끄덕이고는 말했다.

"예, 확인되었습니다. 안으로 들어가십시오."

장소산이 문지기에게 물었다.

"자네 무공이 대단한데 이름이 어떻게 되는가?"

"정우선이라고 합니다. 무명소졸이라 개방 방주께서 신경 쓰실 정도
는 아닙니다."

"그렇게 말해도 신경 쓰이는 것은 어쩔 수 없지 않나. 어느 문파 출신인가?"

"아미파입니다."

아미파에서는 그다지 유명한 남자 제자가 없다. 장소산은 천명회 인물이 틀림없다고 판단하고는 웃으며 말했다.

"앞으로 자네와 자주 만나게 될 것 같군. 기억해 두겠네."

의미심장한 말투였지만, 우선은 표정 변화 없이 대꾸했다.

"영광입니다."

그런데 그때 뒤에서 부르는 소리가 있었다.

"잠깐 기다려 보게."

돌아보니 좀 전에 꼴사나운 모습을 보였던 영산자였다.

"저에게 무슨 할 말이 있으십니까?"

"물론이네. 그러니까 불렀지."

"무슨 일이십니까?"

"날 자네들 일행에 넣어주게나."

장소산은 잠시 놀란 표정을 지었다가 그 의미를 깨닫고 물었다.

"무슨 일이 있어도 안으로 들어가시겠다는 것이로군요."

"그렇네."

영산자는 헛기침을 하고는 자신의 주장을 펴기 시작했다.

"강호에는 문파에 속하지 않고 나처럼 자유롭게 활동하는 사람들이 상당수이네. 그중에는 육대문파의 수장 못지않은 명성과 무공을 지닌 사람들도 많지. 대표적인 예로 천하제일고수라는 무언계도 그렇지 않은가."

장소산은 일단 고개를 끄덕여 주었다.

“그렇지요.”

“그런데 천뢰는 자신의 사부와 자신 역시 같은 경우면서, 문파에 속하지 않은 자들을 무시하고 문파 소속만을 참가시켜 무림대회를 벌이겠다고 하고 있네. 이것은 말이 무림대회지 강호의 절반은 내치고 절반만으로 강호의 대소사를 결정하겠다고 하는 것이니 이 어찌 문제가 없다고 할 수 있단 말인가.”

영산자는 뒤를 돌아보며 주변 사람들에게 외쳤다.

“안 그렇소, 여러분!?”

주변 사람들은 문파 소속이 아니고 초대장을 못 받아 못 들어가는 사람들뿐이니 당연히 열광적으로 호응해 왔다.

“옳소!”

영산자는 그것 보라는 표정을 지으며 말을 이었다.

“그래서 난 이 일을 천뢰에게 따질 것이네. 문파에 속하지 않은 천하 무인들을 대표해서 말이네.”

장소산은 조금 생각해 보다가 우선에게 물어보았다.

“우리가 영산자 선배를 일행에 넣어 들어가도 문제가 없겠소?”

우선은 고개를 끄덕였다.

“일행을 결정하는 것은 초대장을 받은 문파의 수장의 권리이니 우리로서는 아무래도 관계없습니다. 단 열 명의 인원수를 지켜야 하니 다른 한 분을 빼셔야겠죠.”

사실 이런 식으로 문파에 속하지 않은 무공 고수가 초대장을 받은 문파에 섞여 들어가는 경우는 자주는 아니지만 가끔 있었다. 무공 고수로서는 무림대회에 참석할 수 있어 좋고, 문파로서는 고수와 친분을 맺고 세를 과시해 보일 기회였다.

그러나 개방의 경우는 달랐다. 애초에 개방이 고수가 부족한 문파도 아니고, 영산자가 그렇게 대단한 고수인 것도 아니다.

영산자가 천뢰에게 따지는 것을 보고 싶은 마음도 없지 않지만, 그 것만으로 현 인원에서 전력을 줄일 수는 없었다. 게다가 잘 알지도 못하는 인물인 영산자가 무슨 사고라도 치면 자신들의 책임이 되지 않겠는가.

"죄송하지만 안 되겠습니다."

딱 잘라 거절한 장소산이 몸을 돌려 무림맹 안으로 들어가려 했다. 영산자는 당황하여 급히 말했다.

"잠깐만!"

"또 뭡니까?"

"내 부탁을 들어주면 자네에게도 좋은 일이 있을 것이네."

"무슨 좋은 일입니까?"

"내가 가지고 있던 무공비급을 주지."

장소산은 웃어버렸다. 필요없다고 말하려는데, 수초가 호기심에 먼저 물었다.

"어떤 비급이지요?"

"바로 이거네."

영산자는 품에서 한 권의 책을 꺼내 장소산의 눈앞에 보였다. 책에 쓰인 제목을 본 순간 장소산은 놀랐다. '무공청람(武功靑覽)'이라고 쓰여 있는 것이 아닌가?

'무공청람?'

영산자는 웃으며 설명했다.

"이 무공비급은 다름 아닌 백 년 전 천하제일고수인……."

“갑시다.”

“이, 이보게!”

소리치는 영산자를 깨끗이 무시해 버린 장소산 일행은 무림맹 안으로 들어갔다. 무림맹의 안내인이 일행을 맞이했다.

“개방의 영웅 분들을 모시게 되어 영광입니다.”

안내인은 무공과는 전혀 어울리지 않는 어린 여성이었다. 그녀는 장소산 일행을 안내하여 내성으로 향했다.

원래 무림맹은 마교와의 대전을 위해 만들어진 곳이다. 만 명 이상이 거주가 가능하며 외성에는 농지까지 있어 자체적으로 식량 생산이 가능하다. 그 규모만은 사실상의 작은 도시나 다름이 없었다.

장소산은 무림맹에 두 번이나 온 경험이 있어 이곳 지리에 익숙한 편이었다. 그런데 전에 왔을 때와는 사람들의 모습이 달랐다. 원래 무림맹의 외성에는 무인보다 일반 백성들이 많이 살았고, 그들은 외성에 있는 농지에서 농사를 짓거나 무인들을 상대로 장사를 했다.

그렇기에 주변을 둘러보면 농사를 짓거나 돌아다니는 일반 백성들을 심심치 않게 볼 수 있었다. 그러나 지금 눈에 뜨이는 사람들은 모두 무기 하나씩을 차고 다니는 무인들뿐이었다.

‘험악해졌군.’

일행은 내성에 이르렀다. 안내된 숙소는 예전 장소산이 개방 대표로 참석했을 때 묵었던 곳이었다.

“그럼 다음 일정까지 푹 쉬십시오.”

안내인이 물러나려 하자 장소산은 물었다.

“다른 참석한 문파들을 알고 싶은데?”

안내인은 답했다.

"여러분들을 마지막으로 육파, 오문, 사가, 이방이 모두 도착하셨습니다. 그 외 초대장을 보낸 문파 삼분의 이 정도가 참석했고, 나머지도 곧 오실 것으로 생각됩니다."

강연수가 물었다.

"숭산파도 참석했나?"

"예."

대답을 끝낸 안내인은 물러갔다. 짐을 푸는 것이 끝나자 강연수가 장소산에게 말했다.

"숭산파에 가보는 것이 어때?"

말은 단순했지만 그 뜻은 현재 숭산파 장문 대리인 임예정을 만나 임한정이 살해된 경위를 설명하라는 것이었다. 장소산은 망설이다 고개를 저었다.

"난 다른 일이 있으니 그 일은 당신에게 맡기지."

"알았어."

강연수는 고개를 끄덕이고는 나갔다. 그녀가 가고 장소산도 칠성방이 묵는 숙소로 찾아갔다. 칠성방은 개방보다 하루 빠른 어제 도착해 있었는데, 방주인 가규와 아들인 가신중과 가신풍, 그리고 방의 최고 정예인 천추칠성으로 일행이 구성되어 있었다.

장소산은 칠성방주 가규에게 함께 힘을 합쳐 무림맹에 대항한다는 약속을 재확인하고 어떻게 서로 유기적으로 대응할까를 의논했다. 날이 늦도록 의논을 한 그는 밤이 되어서야 개방의 숙소로 돌아왔고, 오자마자 일행에게 물었다.

"강 소저는 어떻게 되었습니까?"

임예정을 만나러 간 강연수는 돌아오지 않고 있었다. 진실을 전해들은 임예정이 어떤 충격을 받을까 걱정되었던 장소산은 강연수가 돌아오기를 기다렸다. 그런데 밤늦도록 그녀가 소식이 없자 장소산은 새로운 걱정이 생겨났다.

'설마 천명회에게 당한 것은 아니겠지.'

그녀의 무공을 믿기에 혼자 보낸 것인데 소식이 없자 장소산은 크게 걱정이 되었다. 그는 불안감을 견디지 못하고 자리에서 일어났다.

"숭산파 숙소에 가봅시다."

장소산은 진갑과 정 장로를 이끌고 숭산파 숙소로 향했다. 숙소에 도착해 문을 두드리니 숭산파 제자가 나와 맞이했다.

"화산파 강연수 소저가 여기 오지 않았습니까?"

"예, 안에 계십니다."

혹시나 무슨 사고를 당하지 않았나 생각했던 장소산은 안도하고는 말했다.

"개방의 장소산입니다. 안으로 들어가도 되겠습니까?"

"그게……."

숭산파 제자는 망설이며 대답하지 않았다. 장소산은 예전 자신이 임한정을 살해했다는 소문이 떠돌았음을 떠올리고는 말을 바꾸었다.

"들어갈 수 없다면 강 소저에게 내가 왔다고 전해주십시오."

"예."

숭산파 제자가 들어가고 잠시 후 강연수가 나타났다. 그런데 그녀의 표정은 잔뜩 근심에 차 있었다.

"무슨 일이오?"

장소산의 질문에 강연수가 대답했다.

"예정이가 실종되었어."

4

숭산파 사람들의 말로는 임예정은 장소산 일행이 무림맹에 도착하기 전인 어젯밤에 사라졌다고 한다. 잠시 볼일을 보고 오겠다는 그녀의 말과 정파의 고수가 우글우글한 무림맹 안에서 설마 무슨 일이 있으랴 싶어 수행원도 딸려 보내지 않았다는 것이다.

그러다가 오늘 아침까지 소식이 없자 일이 잘못되었음을 깨닫고 찾아봤지만 아무 소득이 없었다. 이렇게 되자 모두들 당황하여 어쩔 줄 몰라 했다. 최근 몇 년 사이에 박노해와 임한정이라는 두 장문을 잃은 숭산파는 이런 상황에서 모두를 통솔할 만한 인물이 없었다.

강연수가 온 것이 이때였다. 그녀가 임예정과 친한 사이임을 잘 아는 숭산파 사람들은 구원이라도 온 듯 기뻐하며 도와줄 것을 청했다.

그러나 강연수로서도 뾰족한 수가 있을 리 만무했다. 그렇다고 죽을상을 하고 있는 숭산파 사람들을 뿌리칠 수도 없어 돌아오지 못하고 있었던 것이다.

"그렇다면 날 부르지 그랬소."

장소산의 말에 강연수는 의아하다는 표정이 되었다.

"불렀는데?"

"불렀다니. 전혀 못 들었소."

"불러서 온 거 아니야? 너무 늦게 온 것 같긴 하지만."

"아무 소식이 없어서 찾아온 것이오."

강연수는 뒤에 서 있는 숭산파 사람들에게 물었다.

"어떻게 된 거죠?"

　잠시 소란스러워지더니 한 숭산파 제자가 끌려 나왔다. 바로 장소산을 부르러 갔던 사람이었다. 그는 전전긍긍하다가 간신히 입을 열어 실토했다.

“가보니 없다고 하기에 그냥 왔습니다.”

“그럼 용건을 남기지 그랬어요.”

　강연수의 말에 그는 입을 다물었다. 장소산은 임한정 사건 때문임을 눈치 채고 말을 바꾸었다.

“그 문제는 별로 중요한 것이 아니니 제쳐 두기로 합시다. 그보다 임 소저를 찾는 일은 어떻게 된 겁니까?”

　숭산파 사람들은 말하고 싶지 않은 눈치였지만, 강연수의 재촉에 별수없이 입을 열었다. 그런데 이야기를 들어보니 황당했다. 일고여덟 명의 숭산파 사람들이 반나절 동안 근처를 뒤져 보는 것이 전부였던 것이다.

“아니, 그래 가지고 무슨 수색이 되겠습니까?”

　이곳 무림맹은 엄청나게 넓다. 내성을 수색하는 것만으로도 샅샅이 찾으려면 수백 명이 동원되어 며칠이 걸릴 정도이다. 그런데 일고여덟 명이서 반나절 가지고 수색이 되었을 리가 없다.

　임예정이 없는 지금 가장 지위가 높은 숭산파 제자 서대기는 어쩔 수 없다는 얼굴로 말했다.

“동원할 수 있는 사람 수가 이것밖에 없으니 어쩔 수 없지 않습니까.”

“무림맹이나 다른 문파에 도움을 요청하면 되지 않습니까.”

　장소산의 말에 서대기는 고개를 저었다.

“그건 곤란합니다.”

숭산파 사람들은 아직 무림대회가 시작되지도 않은 상황에서 무림맹과 타 문파의 도움을 받아 문파의 체면을 떨어뜨리고 빛을 지고 싶지 않은 것이었다. 장소산으로서는 참으로 답답한 모습이었다.

"체면이고 뭐고 문파의 수장이 없어서야 죽도 밥도 안 되는 것 아닙니까."

서대기는 잘라 대답했다.

"죽이 되든 밥이 되든 우리 문파 일이니 우리가 알아서 합니다."

강연수의 도움은 받아도 장소산의 도움은 받고 싶지 않은 모양이었다. 자신이 물어서는 제대로 된 대답을 기대할 수 없다고 생각한 장소산은 몇 가지 물어볼 사항을 강연수에게 전음으로 부탁하고 개방의 숙소로 돌아왔다.

얼마 후 강연수가 돌아와 조사한 결과를 이야기했다. 그러나 소득은 거의 없었다. 알아낸 것이라고는 임예정이 몰래 뭔가를 조사하고 있는 것 같은데, 그것이 무엇인지는 숭산파 내에선 아무도 모른다는 것이었다.

'도대체 어떻게 된 것일까?

장소산은 깊은 생각에 잠겼지만, 현재로서는 짐작할 만한 단서가 조금도 없었다. 같이 생각에 잠겨 있던 강연수가 돌연 흠칫하고는 말했다.

"혹시 천명회가?"

"아직 섣부른 판단은 이르오."

무림맹 내에서 일파의 장문이 실종된다면 무림맹 역시 그 책임을 피할 수 없다. 또한 장소산이나 강연수가 아버지 임한정이 죽은 진실을 알려주지 않은 지금, 임예정이 딱히 무림맹과 적대할 만한 이유를 찾을 수 없었다.

다음날이었다. 임예정을 찾는 일은 여전히 답보 상태였는데, 장소산 앞으로 한 개의 물건이 전해져 왔다.

"이건?"

가져온 청신이 대답했다.

"하녀로 보이는 여자가 방주께 전해달라더군요. 전해주면 무엇인지 아실 거랍니다."

장소산이 손수건으로 싸인 물건을 풀자 나타난 것은 죽순이었다. 곁에서 호기심 어린 눈초리로 보고 있던 십간 중 하나인 청신이 물었다.

"먹으라고 보낸 것일까요?"

"음, 오늘 저녁은 이것으로 하면 되겠군."

고개를 끄덕인 장소산은 죽순을 청신에게 주어 부엌에 전해주라고 했다. 청신이 나가자 그는 죽순을 쌌던 손수건을 펼쳤다.

손수건에는 세밀한 자수가 수놓아져 있었다. 달이 중천에 떠 있고 그 아래 한 명의 여인이 누군가를 기다리고 있었다.

"달이 중천에 뜰 때 대나무 숲에서 만나자는 이야기로군."

장소산은 누가 보낸 것인지 짐작할 수 있었다. 그가 아는 한 이런 자수를 사용해 연락할 사람은 지수밖에 없었다.

그날 밤, 장소산은 무림맹 내에 있는 대나무 숲으로 향했다. 손수건에 그려진 그림과 똑같은 배경으로 휘영청 뜬 달빛 아래 지수가 달을 올려다보며 서 있었다.

"날 부른 이유가 무엇이오?"

지수가 고개를 돌려 장소산을 바라보았다.

"당신에게 도움을 주기 위해서예요."

　장소산은 아직까지도 지수의 속셈을 정확히 알 수 없었다. 확실하지 않은 관계는 그로서는 마음에 들지 않는 것이었다. 그는 머리를 긁적이며 말했다.

　"좋소. 어디 무슨 용건인지 들어봅시다."

　지수는 장소산을 똑바로 쳐다보며 말했다.

　"내일 무림대회 때, 나서서 천뢰에게 반대하지 않는 것이 좋을 거예요."

　"하아?"

　장소산은 황당하다는 표정이 되었다.

　"그럼 뭐요, 천뢰가 무림일통하는 것을 눈 뜨고 보고 있으란 말이오?"

　당연히 그는 전혀 그럴 생각이 없었다. 무림대회 때 천명회가 저지른 일들을 남김없이 까발리며 천뢰의 입장을 난처하게 만들 계획을 열심히 짜놓기도 했다. 그런데 그걸 모조리 포기하란 말인가?

　그러나 지수는 태연히 고개를 끄덕였다.

　"무림일통을 보고만 있을 수는 없겠죠. 하지만 대회 당일은 조용히 있는 편이 좋아요."

　"어째서요?"

　지수는 대답 대신 물었다.

　"당신이 천뢰에게 대항하기 위한 패는 그가 중소문파를 습격한 일이며 개방 등에 세력을 심으려 한 것을 밝히는 일 등이겠지요?"

　"그렇소."

　"그렇다면 당신의 패는 패착이에요. 천뢰가 준비한 패를 이길 수 없어요. 천뢰는 당신의 주장을 간단히 정당화하고 오히려 당신을 궁지에 몰 거예요."

장소산의 표정이 심각하게 굳어졌다.

"천뢰가 준비한 패라는 것이 무엇이오?"

"그건 내일이 되면 자연히 알게 되겠지요."

지수의 대답에 장소산은 인상을 썼다.

"지금 당신의 말은 천명회를 위해 내가 방해하지 못하도록 하려는 계획으로 생각할 수도 있을 것 같소."

"그렇게 생각해도 할 수 없죠. 저는 당신에게 충고를 하는 거예요. 당신이 그걸 받아들이든 말든 그것은 당신이 결정할 일이겠지요."

장소산은 물었다.

"그 말을 해주려고 날 부른 것이오?"

"아니, 진정한 용건은 따로 있어요."

지수는 대답하고는 장소산을 바라보며 말했다.

"당신은 천뢰를 쓰러뜨릴 생각이지요?"

장소산은 어이없어했다.

"당연한 것 아니오."

"그렇다면 나와 손을 잡지 않겠어요? 내가 말한 대로 하면 반드시 천뢰를 이길 수 있어요."

지수의 말에 장소산은 놀라지 않을 수 없었다.

"필승의 계략이 있다는 말이오?"

"그래요."

장소산은 잠시 고민하다 입을 열었다.

"좋소, 어디 들어봅시다."

"그건 말할 수 없어요."

"아니, 계략을 모르면 어떻게 행동할 수 있겠소?"

"계획을 알 필요는 없어요. 당신은 그저 제가 내리는 지시 사항대로 하면 되는 것이죠."

지수는 품에서 비단 주머니를 꺼내 내밀었다.

"무림대회는 제가 말한 대로 조용히 보내고, 위험한 상황이 왔을 때 꺼내 보세요. 이 안에 적힌 대로 하면 틀림없을 거예요."

장소산은 웃어버렸다.

"제갈공명 흉내를 내자는 것이오? 미안하지만 난 충성스러운 조자룡도 아니고, 당신도 천기를 읽는 와룡이 아니지 않소."

"당신 말대로 난 제갈공명이 아니니 천기를 읽을 수는 없어요. 하지만 천뢰의 속은 읽을 수 있지요."

장소산은 흠칫했다. 지수는 비단 주머니를 던져 주고는 몸을 돌렸다.

"천기를 읽을 수는 없지만, 이것만은 확실히 예언하도록 하죠. 당신은 결국 비단 주머니를 펼칠 수밖에 없을 거예요."

장소산은 떠나는 그녀를 붙잡았다.

"잠깐, 한 가지 물어볼 것이 있소."

지수는 고개를 돌렸다.

"뭔가요?"

"숭산 장문 대리인 임예정에 대해 모르시오?"

"그녀에게 무슨 문제가 있나요?"

"어제 실종되어 아무 소식이 없소."

지수는 잠시 생각해 보더니 말했다.

"당신은 천명회가 그녀를 납치한 것이 아닌가 생각하는군요."

“가능성은 있다고 생각되어서……”

“내가 알기로 그런 일은 없었어요.”

“알겠소.”

지수는 장소산을 살피다 물었다.

“그녀가 신경 쓰이나 보군요.”

“솔직히 그렇소.”

“그녀에게 마음이 있어서?”

장소산은 어이없다는 표정이 되었다.

“말도 안 되는 소리. 그저 그녀의 아버지에게 딸을 부탁한다는 유언을 들었으니 모른 척할 수가 없는 것이오.”

지수는 이해할 수 없었다.

“이상하군요. 임한정은 은혜를 원수로 갚았는데……. 마지막에 당신을 구하려 했다지만 결국 그때 당신을 구한 것은 마교 사람들이 아니었나요. 아무리 생각해도 당신에게는 그녀를 도와야 할 의무가 없어요.”

장소산은 쓴웃음을 지었다.

“그런 식으로 계산할 수 없는 것이 인간 관계요. 결과야 어찌 되었든 그가 날 구하려 하다 죽었는데 무시한다면 사람의 도리가 아니지.”

지수는 고개를 끄덕이고는 말했다.

“알겠어요. 당신은 좋은 사람이군요.”

면전에서 그런 말을 듣자 장소산은 무슨 표정을 지을지 모르게 되었다. 그런 그를 보며 지수는 싱긋 웃었다.

“그러나 좋은 사람들은 결국 손해를 보죠. 바보 취급을 당하기도 하고요.”

“뭐, 그렇긴 하지만……..”

“그래도 난 그런 사람이 싫지 않아요. 아니, 오히려 좋아해요.”

“아, 그렇소? 일단은 고맙군.”

“이용해 먹기 좋거든요.”

“……..”

황당해하는 장소산을 보고 지수는 키득거렸다.

“농담이에요.”

멍해져 있는 장소산을 남기고 그녀는 사라져 갔다.

第三十七章

무림대회 당일

마침내 무림대회의 날이 밝았다. 장소산은 아침 일찍 일어나 숭산파에 사람을 보내 소식을 물었다. 그러나 여전히 아무 연락도 없다는 대답만 전해져 왔다.

'아무래도 무림대회 일만 정리되면 대대적으로 사람을 풀어 알아볼 수밖에 없겠군.'

현재로서는 당장 무림대회 일이 급하고 쓸 수 있는 사람 수도 한정되어 있어 할 수 있는 일이 거의 없었다. 장소산은 이 일은 잠시 젖혀 둘 수밖에 없다고 판단 내렸다.

머릿속을 정리하고 한차례 운기조식을 끝내니 어느새 점심때였다. 점심을 먹으려 보니 강연수가 보이지 않았다. 또 숭산파에 갔나 했더니 정 장로가 화산파에 갔다고 말해주었다.

'하긴, 자기 사문인데 안 가볼 수 없겠지.'

이제 몇 시진 후면 무림대회가 시작될 것이다. 일행이 준비를 끝내고 강연수가 돌아오길 기다리는데, 그녀보다 먼저 칠성방 사람들이 찾아왔다.

"함께 대회장으로 가려고 왔네."

칠성방주 가규가 웃으며 말을 걸어왔다.

"어서 오십시오."

장소산은 반기며 칠성방 일행에게 차를 대접했다. 곧 있으니 강연수가 돌아왔다. 표정이 좋지 않은 것을 보니 화산파에서 좋은 소리를 듣지 않은 것을 짐작할 수 있었다. 장소산은 아무 말도 묻지 않고 그녀에게 말했다.

"갑시다."

개방과 칠성방 일행은 숙소를 나섰다. 무림대회가 열리는 곳은 내성 내에 새로 지어진 대회장이었다. 부채꼴로 이루어진 좌석에는 일천 명 정도가 앉을 수 있는 좌석이 있었고, 중심에는 누대가 마련되어 있었다.

무림대회치고는 규모가 작은 무대라고 할 수 있었다. 하지만 이 정도만으로도 충분했다. 대회에 참석한 문파의 수는 총 여든여덟 개, 문파당 열 명으로 수를 제한했으니 모두 팔백팔십 명이다. 그 외 무림맹 인사와 대회 업무를 처리하는 무인들까지 해서 대회장에 모인 사람은 채 천 명이 되지 않았다.

"이쪽으로 오십시오."

안내인이 장소산 일행을 안내했다. 강호의 가장 강한 세력이라 할 수 있는 육파, 오문, 사가, 이방 중 이방인 일행은 무대 앞좌석의 왼쪽에 앉게 되었다. 장소산이 둘러보니 앞좌석의 가장 중앙은 육파가 차지했고, 오른쪽에는 오문이, 왼쪽에는 자신들 이방과 사가가 자리했다. 그 외 문파들은 지역별로 그 뒤를 차지했다. 세력이 큰 문파일수록 앞쪽에, 약한 문파일수록 뒤에 앉는 자리 배치였다.

'숭산파는?'

찾아보니 한참 뒷자리에 앉아 있는 모습이 보였다. 현 숭산파의 현실을 그대로 보여주는 위치였다. 임한정이 장문으로 있을 때 육파에 비견될 정도로 성세를 구가했던 문파가 몇 년 만에 이토록 추락했다는 사실에 장소산은 동정을 금치 못했다.

어느 정도 시간이 흐르자 소란스러운 분위기가 가라앉기 시작했다. 기다렸다는 듯이 육파 자리에서 한 사람이 일어나 누대로 올라갔다. 가볍게 바닥을 차는 듯싶더니 두둥실 떠올라 누대 위에 사뿐히 내려서니 모두들 그의 경공에 감탄을 금치 못했다.

"먼저 바쁘신 와중에도 이 자리에 참석해 주신 각파의 분들께 감사드립니다. 지는 무당의 장문 연풍이라 합니다. 부족하게나마 제가 행사의 사회를 맡게 되었습니다."

이름 높은 무당 장문이 나서자 모두들 박수로 화답했다. 연풍 진인은 고개를 숙여 감사를 표하고는 말을 이었다.

"이 자리에 모이신 분들은 각지에 흩어져 계시기 때문에 평소 이름만 들으신 경우가 많을 것입니다. 먼저 각지에서 모이신 장문인들의 존성대명을 모두에게 소개하고자 합니다."

소림을 시작으로 각 장문인의 이름이 소개되었다. 이름이 불려진 사람은 자리에서 일어나 인사를 했고, 모두들 박수를 보냈다.

얼마 되지 않아 개방의 차례가 되었다.

"개방 장문 장소산 대협 되십니다."

장소산이 일어나 뒤로 돌아서 고개를 숙였다. 사람들은 박수를 치면서도 마교와 연관되어 개방에서 파문당했다고 들었던 그가 어떻게 개방의 장문이 되었는지 의아히 여겼다. 하지만 그 누구도 나서서 물어보는 사람은 없었다.

"숭산 장문 임예정 여협 되십니다."

숭산파의 차례가 되었지만 일어서는 사람은 없었다. 모두들 이상하게 여길 때 숭산파의 사람 하나가 일어서서 소리쳐 말했다.

"저희 장문께서는 이곳 무림맹까지 오셨지만 부득이한 사정으로 참석하지 못하셨습니다."

"아, 그런 일이 있었군요."

연풍 진인은 고개를 끄덕이고 별 말 없이 넘어갔다. 숭산파 정도의 일은 대세에 영향을 끼칠 만한 사항이 아니었던 것이다. 이어 다른 문파 장문의 소개로 넘어가고, 반 시진 정도의 시간이 걸려 소개는 끝이 났다.

"자, 그럼 다음으로 현 시대 최고의 영웅을 소개하겠습니다."

연풍 진인의 말과 동시에 한 인물이 홀연히 누대에 나타났다. 대부분의 사람들이 언제 어떻게 나타났는지 모를 정도로 놀라운 신법이었다. 나타난 인물은 허리를 숙여 인사하고는 입을 열었다.

"천뢰 인사드리겠습니다."

그의 목소리는 이 자리에 모인 모든 사람들의 귓가 바로 옆에서 이야기하듯 똑똑히 들렸다. 등장부터 사람들에게 강한 인상을 심은 천뢰는 낭랑한 목소리로 말을 이어갔다.

"천하 각지에서 오신 영웅호걸 여러분, 이렇게 부족한 자리에 참석해 주서서 참으로 감사합니다. 여러분들 덕분에 이 자리는 앞으로 수

백 년간 강호 역사에 길이 남을 순간으로 기억될 것입니다. 훗날 협객을 꿈꾸는 아이들이 여러분의 이름을 동경할 것이며, 천하의 백성들이 여러분의 은덕에 감사할 것입니다. 전 장담할 수 있습니다. 오늘이야말로 새로운 강호의 역사가 시작되는 날이라고 말이지요."

너무나 거창한 서두에 사람들은 의아함을 감추지 못했다. 도대체 무슨 이야기를 하려고 하는 것일까? 한 사람이 소리쳐 물었다.

"도대체 어떤 역사를 새로 쓴다는 것인지 답답하게 굴지 마시고 어서 이야기해 주십시오."

천뢰가 웃고는 고개를 끄덕였다.

"예, 그럼 여러분들의 궁금증을 해소하기 위해서라도 바로 본론에 들어가기로 하지요. 여러분께서 잘 아시다시피 우리 무림맹은 얼마 전 마교의 세력과 전쟁을 벌였습니다. 강호의 여러 영웅호걸 분들이 힘을 모아주신 덕분에 우린 작게나마 승리를 거둘 수 있었습니다."

몇몇 사람들의 시선이 장소산에게로 향했다. 과거 야차산 전투에서 장소산이 마교 편에 붙어 싸웠다는 소문이 공공연하게 돌았었다.

하지만 장소산은 별 표정 없이 사람들의 시선을 무시했다. 천뢰 역시 장소산에게는 전혀 시선을 주지 않고 말을 계속해 갔다.

"우린 승리했습니다. 그러나 절반의 승리에 불과했습니다. 마교의 세력은 흩어져 숨어버렸습니다. 지금 당장은 조용하겠지만 언제 또 준동하여 세상을 혼란스럽게 할지는 알 수 없습니다."

사람들의 얼굴에 걱정이 생겨났다.

"고수들을 모아 발본색원하려고 노력해 보았지만 별다른 성과를 낼 수는 없었습니다. 전 생각했습니다. 어떻게 하면 좋을 것인가? 고민 끝에 전 한 가지를 깨달을 수 있었습니다. 지금까지의 수동적인 방법으로는 안 된다는 것을 말입니다."

천뢰는 사람들을 둘러보았다.

"이제까지 우리는 마교나 그 외 강호를 어지럽히는 사악한 무리가 나타나면 힘을 합쳐 싸웠습니다. 목숨을 아끼지 않는 영웅들의 노력으로 우린 승리해 왔지요. 그러나 그때마다 엄청난 피해를 입어야 했습니다."

그는 주먹을 쥐고 목소리를 높였다.

"왜 그래야 했을까? 그것은 우리가 언제나 한발 늦었기 때문입니다! 치세일수록 방비를 게을리 하지 말아야 하는 것을 잊고 막상 위기가 눈앞에 닥쳐서야 부랴부랴 해결하려 세력을 모았기에 늘 선공을 허용했고, 치명적인 위기를 겪기도 했던 것입니다!"

사람들은 천뢰의 말이 상당히 일리있다고 느꼈다. 하지만 한편으로 천뢰의 말대로 되어 무림맹이 무소불위의 힘을 가지게 되면 곤란하다고 생각하기도 했다. 현재도 무림맹의 힘이 강해 중소문파들은 감히 거역치 못하는데, 더욱 세력이 강해졌다가는 완전히 노예 신세가 될 것이 아닌가!

소림 장문 영선 대사가 손을 들어 질문했다.

"그러니까 맹주의 말은 유사시를 대비해 무림맹의 힘을 더욱 강화하자는 것이오?"

천뢰는 빙그레 웃고는 고개를 저었다.

"아닙니다. 전 반대로 현재의 무림맹을 해산해야 한다고 생각합니다."

모두들 크게 놀랐다. 그건 지금까지 하던 말과 정반대가 아닌가? 사람들의 의혹에 찬 시선을 받으며 천뢰는 설명해 갔다.

"현 무림맹은 육대문파를 중심으로 이루어져 있습니다. 타 문파의 사람들도 있지만 어디까지나 중심은 육대문파로, 맹주의 선출이나 주요 대소사도 육대문파 수장들을 중심으로 이루어지지요. 그런데 그런 방식은 문제가 있습니다. 무림맹이란 무엇입니까? 말 그대로 무림에 속한 문파들의 동맹이 아닙니까. 그런데 아무리 무림을 영도하는 육대문파라지만, 무림 전체를 두고 보면 일부에 불과한 문파가 모든 것을 결정해서는 진정한 무림맹이라고 할 수 없는 것이 아니겠습니까."

많은 사람들이 옳다고 동조했다. 대부분의 문파들은 육대문파를 중심으로 무림맹이 움직이는 데 불만을 가지고 있었던 것이다.

사실 이런 불만은 당연하다고 할 수 있었다. 말로는 강호 전체를 위한다고 해도 사람들이 하는 일인 이상 자신들이 유리한 쪽으로 하려고 하게 마련이다. 자연히 무림맹의 행사는 강호 전체보다 육대문파에 이익인 쪽으로 이루어지게 되고, 다른 대부분의 힘이 약한 문파들은 소외감과 불만이 쌓일 수밖에 없었다.

천뢰는 말해갔다.

"그래서 전 결론을 내렸습니다. 일부 문파가 아닌 강호 문파 전부를 아우르고 무림 전체를 위하지 않으면 안 된다고. 그런데 막상 일을 시작하려고 보니 그것이 그렇게 쉬운 일이 아니더군요. 많은 문파들의 이해관계가 복잡하게 엮여 있어서 말이지요."

곤륜 장문 하연선이 나섰다.

"그야 당연하지. 세상일이 말처럼 쉬운 것이 아니지."

천뢰는 웃으며 고개를 끄덕였다.

"맞습니다. 말처럼 쉬운 것이 아니지요. 하지만 어려울 것 같지만 막상 해보면 의외로 쉬운 일도 있는 법이지요."

"그게 무슨 뜻인가?"

"왜 세상에는 문파가 이렇게나 많을까요?"

모두들 당연하다고 생각했지 의문을 가지지 않은 문제를 천뢰가 제기하자 사람들은 수군거리며 서로의 얼굴을 돌아보았다.

천뢰는 말했다.

"무공이란 원래 혼란스러운 세상에서 자기 자신을 지키기 위해서 만들어진 것입니다. 그것이 다양해지고 수많은 무공이 생기면서 문파가 생겨난 것이지요."

사람들은 맞다고 생각하며 고개를 끄덕였다. 천뢰는 웃으며 다시 물었다.

"그렇다면 무공을 꼭 나눌 필요는 없는 것이 아닐까요?"

"……?"

모두들 일순 이해하지 못하고 모르겠다는 표정이 되었다. 천뢰는 다시 웃으며 설명했다.

"저의 사부님 무언계께서는 무공을 수련하는 것을 산에 오르는 것에 비유하셨습니다. 각 문파에 다른 수련법과 무공이 있는 것은 단지 오르는 방법의 차이가 있을 뿐, 궁극적으로 목표는 모두 같은 산의 정상이라고 말이지요. 이는 정파, 사파, 심지어 마공까지 모두 같다고 하셨습니다."

공동 장문 경엽자가 감탄하며 고개를 끄덕였다.

"참으로 천하제일고수다운 훌륭한 말씀이군."

"감사합니다."

천뢰는 살짝 고개를 숙이고는 말을 이어나갔다.

"저 역시 사부님과 같은 생각입니다. 무림맹에 와서 다른 여러 무공을 접할 기회를 얻게 되면서 더욱 확신을 가지게 되었지요. 각 문파의 무공과 수련법은 결국 정상에 오르기 위한 수단에 불과하다는 것, 궁극적인 목적이 같은 이상 모든 무공은 근원적인 부분에서 결국 똑같다는 것입니다."

그의 이 말은 사람들에게 커다란 충격이 되었다. 하지만 그는 쉬지 않고 거침없이 말해갔다.

"사실 한 문파에서도 여러 가지 무공과 수련법이 있습니다. 같은 문파 출신이라도 완전히 다른 무공을 익힌 경우도 있지요. 그런데도 이렇게까지 문파가 나뉜 것은 무공보다는 사람들이 자신의 필요와 여러 가지 이유로 편을 갈랐기 때문입니다. 그러나 그것은 오히려 잘못이었습니다."

천뢰는 격양된 목소리로 외쳤다.

"지난 수백 년간 문파들은 여러 가지 이해관계로 나뉘어 싸워왔습니다. 그 결과 많은 사람들이 죽고 많은 무공들이 실전되기까지 했습니다. 세월이 흐르면서 무공은 더욱 세분화되어 많아졌지만 오히려 진정한 목적에서 멀어져 발전은커녕 쇠퇴하기까지 했지요. 문파들은 서로 싸우기에 바빠 진정한 목적인 자신을 갈고닦는 것을 잊어버렸습니다."

그는 돌연 피식 웃었다.

"알고 계십니까? 천하 사람들 대부분이 무인들이란 족속은 자기들끼리 칼부림이나 하는 세상에 전혀 도움이 안 되는 인간들이라고 생각한다는 사실을 말입니다."

곤륜 장문 하연선이 인상을 찌푸리며 물었다.

"그래서 어떻게 하자는 건가?"

천뢰는 싱긋 웃고는 답했다.

"무공을 익히는 진정한 목적을 깨닫고 세상을 이롭게 하자는 것이지요."

"말이 엉뚱한 곳으로 가고 있는 것 같군. 자넨 처음에 마교나 외적에 대항하기 위해 수동적인 방법을 버려야 한다고 했네. 그런데 난데없이 왜 이야기의 방향이 무공의 근원이나 문파의 다툼으로 번지는 건가?"

"그렇지 않습니다. 모두 한가지 이야기입니다. 외적에 대항하기 위한 적극적인 방법, 일부 문파가 아닌 천하 문파 모두를 위한 무림맹, 무공을 익히는 근본적인 목적, 문파들의 다툼으로 인해 손실을 막는 것, 강호뿐만 아닌 천하 백성을 위한 길, 이 모든 것을 해결하는 방법이 제가 하고자 하는 말이며 여러분을 초대한 이유인 것입니다."

소림 장문 영선 대사가 물었다.

"그러니까 맹주의 말은 이 모든 것을 해결할 묘안이 있다는 말이구려."

천뢰는 고개를 끄덕였다.

"그렇습니다. 사실 너무나 간단해서 묘안이라고 할 정도까지도 아닙니다."

영선 대사는 웃었다.

"허허, 고금에 이르기까지 누구도 해결하지 못했던 저 문제들의 답이 간단하다니, 실로 놀랍구려. 그래, 그 방법이란 것이 무엇이오?"

천뢰는 대답하기 전에 고개를 돌려 모인 사람들을 둘러보았다.

"그 방법은……."

사람들은 침을 삼키며 천뢰의 말을 기다렸다. 마침내 천뢰의 입이 열리며 충격적인 말이 터져 나왔다.

“무림대통합입니다!”

2

천뢰의 충격적인 선언에 모두들 놀랐는지 대회장은 침묵이 퍼져 나갔다. 모두들 놀라 할 말을 잃은 모양이었다.

장소산은 이미 어느 정도 예상한 내용이었기에 놀라는 대신 침착하게 사람들의 얼굴을 살폈다. 놀라운 묘안에 대한 감탄보다 기가 막히다는 얼굴이 대부분이었다.

'그렇겠지.'

누가 봐도 천뢰의 말은 현실성이 없어 보였다. 뜬구름을 잡는다고나 할까, 환상 속에서 헤매고 있다고 할까, 이상론은 듣기에는 그럴듯해 보여도 막상 현실에 적용하려고 하면 수많은 난관이 가로막는다. 꿈꾸는 젊은이들이라면 모를까 세상 풍파에 닳고 닳은 문파의 수장들을 설득하기에는 역부족이었다.

무엇보다 사람들이 원하는 것은 눈앞의 확실한 이익이다. 무림대통합은 장문인들에게는 이익보다 자신의 권리를 위협하는 적으로 받아들여질 가능성이 높다.

사람들이 수군거리기 시작했다. 충격에서 벗어나 생각하고 계산하기 시작한 것이다. '말도 안 돼', '뭐가 목적이지?' 등의 단어들이 심심치 않게 들려왔다.

'이 정도면 내가 나서지 않아도 반대가 들고일어나겠군.'

장소산은 예상보다 상황이 좋다고 생각했다. 이미 천뢰에게 포섭된 문파들이 상당수라 찬성과 반대가 반반으로 나뉠 것으로 예상했는데,

반대쪽이 훨씬 많아 보인다. 현 상황에서는 압도적인 반대로 천뢰의
계획은 무산될 것이 분명했다.

하지만 한 가지 마음에 걸리는 것이 있었다. 지수가 말한 천뢰가 준
비한 필승의 패는 과연 무엇일까? 현 상황을 뒤집을 만한 방법이 존재
한단 말인가?

그때 칠성방주 가규가 전음으로 물어왔다.

"어떤가, 지금쯤이 괜찮을 것 같은데."

원래 천뢰가 발표하면 장소산이 반대하고 가규가 힘을 보태 반대 여
론을 주도할 계획이었다. 장소산은 고민하다 전음으로 답했다.

"지금으로서는 우리가 나설 필요도 없겠지요. 기다려 보겠습니다."

현재 상황은 누군가 나서서 반대를 하면 모두 동조하며 일어날 기세
였다. 천뢰에게 적대를 보이면 나중에 후환이 있을까 망설임이 있을
뿐이지, 몇몇은 당장이라도 소리칠 것으로 보였다.

그런데 그때 천뢰가 손을 들며 말했다.

"잠시만."

강력한 내공이 담긴 그의 목소리는 단숨에 대회장의 소란을 잠재워
버렸다. 일어나 소리치려던 사람들도 기세에 눌려 들어올리던 엉덩이
를 다시 자리에 댔다. 천뢰는 살짝 웃고는 말을 이었다.

"지금 여러분에게 소개시켜 드릴 분이 있습니다."

천뢰의 말에 모두들 의아해했다. 이 상황에서 누굴 소개한단 말인
가? 사람들은 당연히 천뢰의 주장을 지지할 사람을 부를 것이라 생각
했고, 혹시 천뢰의 사부라는 무언계가 나타나는 것이 아닐까 여겼다.

그때 대회장 뒤편에서 한 대의 가마가 나타났다. 온갖 화려한 치장
이 되어 있고, 가마를 멘 사람들은 무공의 고수였다. 마차는 곧 누대에

올라 천뢰 옆에 섰다.

"내리십시오."

천뢰가 공손히 고개를 숙이며 가마의 문을 열었다. 사람들은 무림맹주나 되는 그가 이렇게 공손한 것을 보니 역시 무언계라고 생각했다. 그런데 이게 웬일인가? 가마를 열고 나온 사람은 비리비리해서 툭 밀면 쓰러질 것 같은 노인네가 아닌가?

아무리 세월이 사람을 변하게 한다지만, 저런 사람이 천하제일고수일 리가 없었다. 몇몇 사람들이 노인의 얼굴에 수염이 없는 것을 보고 말했다.

"환관이다."

그 말이 퍼져 나가서야 사람들은 노인의 정체가 환관이라는 사실을 알았다. 하지만 또다시 의문이 생겨났다. 황제를 모셔야 할 환관이 무림대회엔 무슨 일이란 말인가?

나타난 환관은 주변을 두리번거리다가 천뢰의 재촉을 받자 헛기침을 했다. 그리고는 품에서 비단 두루마리를 꺼내 펼치더니 목소리를 높여 외쳤다.

"무림맹주 천뢰는 어명을 받들라!"

어명이라는 말에 사람들은 깜짝 놀랐다. 천뢰는 환관 앞에 엎드렸다.

"백성 천뢰는 어명을 받들겠습니다."

"내 그대를 무림대장군으로 임명하니, 천하의 무인들을 통솔하여 진충보국하도록 하여라!"

"성은이 망극하옵니다. 황제 폐하, 만세 만세 만만세!"

천뢰는 두 손을 들어 임명장을 받았다. 사람들은 어안이 벙벙하여 그 모습을 보고만 있었다.

볼일이 끝난 환관은 다시 가마를 타고 가버렸다. 간신히 정신을 차린 소림 장문 영선 대사가 물었다.

"이게 어떻게 된 일이오?"

천뢰는 웃으며 답했다.

"어쩌다 보니 그렇게 되었습니다."

"어쩌다?"

"그렇습니다."

천뢰는 설명했다.

"전 무림대통합을 생각했습니다. 하지만 현실적으로 많은 어려움이 있다는 것을 알았습니다. 천하는 넓고 각 문파는 흩어져 있으니 서로 협력하기 어렵습니다. 문파 간에 쌓인 원한이나 알력 역시 문제입니다. 고민 끝에 전 모든 해답을 줄 수 있는 분이 계시다는 사실을 깨달았지요."

"그분이 황제 폐하란 말이오?"

"그렇습니다. 세상에 천자가 할 수 없다면 그 누가 할 수 있겠습니까?"

팽가의 가주 팽한천이 물었다.

"황제께 부탁하여 문제를 해결한다니, 그건 듣기엔 좋을지 몰라도 과연 현실성이 있는지 의문이네. 그리고 무엇보다 우리 쪽이 보기에 마치 자네가 황제에게 우릴 팔아 관직을 받은 것으로 보일 수 있다는 생각은 안 하나?"

"하하, 그건 오해이십니다."

천뢰는 설명했다.

"제가 아까 전에 말씀드렸지요. 천하 사람들 대부분이 무인들이란 족속은 자기들끼리 칼부림이나 하는 세상에 전혀 도움 안 되는 인간들이라고 생각한다고 말이지요. 그래서 우리는 무림대통합을 통해 백성을 위해 싸워야 한다고 생각합니다. 그렇다면 무엇이 백성을 위하는 것일까요? 바로 백성을 지키는 것이 아니면 무엇이겠습니까."

그는 품에서 한 장의 문서를 꺼냈다.

"이것이 무엇인지 아십니까? 광동성주가 조정에 보내는 상소 필사본입니다. 광동성 남해에 사는 주민들이 왜구의 습격으로 해마다 수천 명이 죽고 약탈을 당하고 있으나 병력의 부족으로 제대로 대응하기 어려우니 원군을 요청한다는 내용이지요. 그러나 조정에서는 보내줄 만한 여유 병력이 없다는 이유로 요청을 받아들이지 못하고 있습니다."

그는 목소리를 높였다.

"지금 이 나라의 백성들이 이토록 고통을 당하고 있는데 싸울 힘을 가진 우린 외면한 채 자기들끼리 이익을 다투고 있습니다. 이 얼마나 한심스러운 일입니까?!"

공동 장문 경엽자가 말했다.

"뜻은 훌륭하지만 그게 말처럼 쉬운 일이 아니네."

"그렇기 때문에 무림대통합이 필요한 것입니다!"

천뢰는 외쳤다.

"대통합을 통해 문파 간의 다툼을 없애고 힘을 하나로 합칠 수 있습니다. 이 힘으로 마교와 같은 외적의 침입을 막아내고, 평소에는 백성들을 위해 사용할 수 있습니다."

그는 숨을 고르고 말했다.

"전 이 생각을 했으나 안타깝게도 저 혼자만의 힘으로는 이루기 어렵다는 것을 알았습니다. 강호만의 힘이 아닌 그 이상의 힘이 필요하다고 생각했습니다. 그래서 그 뜻을 담아 조정에 보냈습니다. 어쩌다 보니 황제께서 저의 상소를 읽으시고 저를 관직에 임명했으나 전 관직 따위에는 관심이 없습니다. 무림대통합을 이룰 수 있다면 얼마든지 저의 사부님과 마찬가지로 세상을 버리고 초야에 묻힐 생각입니다."

사람들은 침묵했다. 장소산은 눈살을 찌푸렸다. 정말 천뢰가 준비한 패는 자신의 상상을 초월한 것이었다.

'설마 황제를 이용할 줄이야!'

일단 황제라는 이름을 등에 지면 그 누구도 대놓고 반대할 수가 없게 된다. 왜냐하면 천뢰의 뜻에 반대한다는 것은 황제의 뜻에 반한다는 것, 즉 역적이 될 수가 있다는 것이기 때문이다.

아마 황제의 임명장을 받는 것도 간단했을 것이다. 황제에게 천하 무인들을 모아 당신에게 충성하겠다고 하면 된다. 황제 입장에서는 있지도 않은 직위 하나 새로 만들어주는 것으로 수천, 수만의 무인들을 자신의 아래 둘 수 있다면 마다할 이유가 없다.

'과연 그래서 지수가 나서서 반대하지 말라고 했던 것이군.'

역적이 되게 되면 자신뿐만 아니라 자신의 가족, 친구들까지 모조리 몰살된다. 문파의 수장이 역적이 되면 문파 자체가 끝장나는 셈이다. 장소산으로서도 이 상황에서는 나서기 힘드니 다른 문파들은 말할 것도 없다. 모두들 얼굴에 불만은 차 있었으나 아무도 나서서 말하지 못하고 있었다.

이 무림대회가 문파만이 아닌 천하 무인들을 초대한 대회라면 이렇게 되지는 않았을 것이다. 문파 소속이 아닌 홀로 자유롭게 떠도는 무인들 중에는 내가 언제 황제 신경 쓰고 살았냐고 거침없이 반대하는 사람이 분명 있었을 것이다. 그러나 이곳에 모인 사람들은 모두 한 지방에 터전을 잡은 문파의 사람들이고, 문파에 섞여 참석한 자유로운 무인들도 자신이 객으로 있는 문파에 해가 갈까 봐 차마 나서지 못하고 있었다.

'하지만 당장 눈앞에서 따지지는 못한다고 해도 오히려 불만은 배로 쌓일 것이다. 보는 사람이 없으면 황제를 욕하지 못할 것도 무어냐는 말도 있지 않은가. 황제를 파는 것은 눈앞의 상황만 눌러 막는 것일 뿐, 얼마 후 몇 배가 되는 역공을 당할 것이 뻔한데?'

한참의 침묵이 있은 후, 황보세가 가주 황보지기가 물었다.

"도대체 무림대통합이라는 것은 어떻게 하자는 것인가? 어디 한번 들어보기나 하지."

"예, 지금부터 설명하겠습니다."

천뢰는 웃으며 설명을 시작했다.

"우선 첫 번째, 무공의 진면적인 개방입니다."

황보지기가 놀라 물었다.

"각 문파의 비전을 다른 문파에게 보여준다는 말인가?"

"예, 그렇습니다."

천뢰는 거침없이 답했다.

"생각해 보십시오. 현재 강호는 강한 무공을 가진 문파가 약한 무공을 가진 문파를 업신여깁니다. 무공에 뜻을 둔 많은 사람들이 있으나, 원하는 무공을 배울 기회를 얻는 자는 극소수에 불과하지요. 소위 절기라고 불리는 뛰어난 무공은 소수가 독점하니 진정 재능있는 자들이 자신의 재능을 살리지 못하고 삼류에 머무를 수밖에 없으니 이 어찌 안타까운 일이 아닙니까."

그는 이어 말했다.

"또한 무슨 전설적인 무공비급이 나왔다는 소문이 돌기만 하면 서로 차지하려고 다투고 수많은 사람들이 죽거나 다치고 있는데, 이런 무의미한 희생을 막을 수 있습니다. 무공비급을 정당히 모두에게 공개하여 익힐 기회를 준다면 굳이 목숨 걸고 다툴 필요가 없지요. 이렇듯 문파 간의 고하도 없어지고 다툼도 사라진다면 이 얼마나 좋은 일이겠습니까."

몇몇 문파들이 호의를 나타내기 시작했다. 주로 대회장 뒤편에 앉은 힘이 약한 문파의 사람들이었다. 그들로서는 보여줄 무공이 얼마 되지 않고, 대신 대문파의 상승절기를 배울 수 있다면 손해날 것이 없다고 생각한 것이다.

경엽자가 물었다.

"자네 말처럼 되면 문파가 모두 사라지는 것이 아닌가?"

"그렇지가 않습니다. 천하의 무공은 너무나 많기에 한 곳에서 배운다는 것은 불가능합니다. 문파들은 지금과 마찬가지로 자신들의 절기를 제자들에게 가르치면 됩니다. 단, 자기 문파 제자만이 아닌 무공에 뜻을 두고 찾아오는 모든 무인들에게 가르치는 것이지요. 무공에 뜻을 둔 자는 무당의 검술을 배우고 싶으면 무당에 가서 검술을 배우고, 도중 암기술이 필요하다고 느끼면 사천당문을 찾아가는 겁니다. 자기가 배우고 싶은 무공, 자기에게 맞는 무공을 찾아 여러 문파의 절기를 원하는 대로 배우고, 문파들은 배우고자 하는 사람들에게 아낌없이 가르침을 주어 모두에게 평등한 기회를 주는 것입니다."

천뢰는 이어 말했다.

"각 문파가 가진 나름대로의 장점과 개성은 여전히 그대로 이어질 것입니다. 많은 문파들이 무공을 익히고 연구하기보다 문파의 이익이나 세력 증대에 정신을 쏟고 있는데, 저의 생각대로 문파의 경계를 없애면 제자들은 특정 문파에 속한 자들이 아니게 되니 문파들은 세력을 기를 수 없겠지요. 대신 자연히 무공을 연구하고 제자를 기르는 데 전념하게 될 것입니다. 대표적인 예로 서원을 들 수 있습니다. 서원이 학문을 연구하고 가르치는 일만 하는 것처럼, 문파들 역시 딴 짓할 생각 말고 똑같은 일만 하면 되는 것입니다. 이렇게 되면 각 문파들은 서로의 장점을 흡수하고 단점을 고치며 무공을 연구하니 자연 무공은 종래와는 다른 큰 발전이 있을 것입니다."

장소산은 실소했다. 지금 저 말들은 예전 임한정이 남긴 편지에 적힌 내용으로 풍파천이 임한정에게 설명한 내용이었다. 천뢰는 그 말을 그대로 표절하면서 자신이 생각한 것인 양 떠들고 있는 것이다.

천뢰는 이어 자신의 계획에 여러 가지 장점을 설명했다. 사람들은 그의 말에 솔깃하기도 하고, 의구심을 보이기도 하고, 터무니없다고 생각하기도 했다. 하지만 역시 반대 의견을 내는 사람은 없었다.

"저의 설명은 이것으로 끝났습니다. 너무 갑작스러운 일이니 당장 저의 제안을 받아들이라고 하면 곤란하겠지요. 또한 저보다 훌륭한 고견을 가진 분도 계실 것입니다. 저는 모두의 의견을 모아 좀 더 나은 결과를 얻고 싶습니다. 오늘은 일단 이것으로 끝내기로 하지요. 삼 일 후에 다시 자리를 마련하겠으니 그때까지 신중히 생각하시기를 바랍니다."

그날의 대회는 이렇게 끝을 맺었다. 대회장의 사람들은 복잡한 생각과 고민을 머릿속에 담고 자신들의 숙소로 돌아갔다.

장소산은 예감했다. 각각의 문파들은 서로의 이해관계에 따라 이합집산할 것이고, 진정한 무림대회는 이제부터가 시작이라는 것을.

第三十八章

변수 I

정신을 차린 임예정이 눈을 뜨자 보이는 것은 짚단이었다.

'여긴…….'

일어나려 했지만 다리에 묶인 밧줄이 방해했다. 양팔 역시 뒤로 묶여 꼼짝도 할 수 없는 상태로 그녀의 몸은 바닥에 뉘어져 있었다.

'나는 잡힌 건가?'

열심히 눈을 굴려 주변을 둘러본 결과, 이곳은 허름한 농가의 창고로 보였다. 간간이 새소리만이 정적을 면하고 있고, 인기척은 전혀 들리지 않았다.

당장 위해가 될 만한 것도 없고, 분위기는 한가롭기까지 했다. 임예정은 일단 자신의 현재 상황을 정리해 보기로 했다.

'그러니까…….'

시작은 아버지 임한정의 죽음이지만, 그녀 자신이 행동에 들어간 것은 숭산파 장문 대리를 맡고 정보 조직에 장소산의 조사를 의뢰한 것부터였다.

임예정은 범인이 누가 되었든 장소산이 아버지의 죽음과 연관이 있는 것은 분명하다고 생각했다. 그녀 본인이 사건이 일어나기 며칠 전에 아버지의 편지를 장소산에게 전했으니까.

그러나 장소산은 임한정의 사망 사건 이후 행방불명이었고, 그래서 정보 조직에 거금을 주고 조사를 의뢰했다. 하지만 결과는 신통치 않았다. 매번 오는 보고라고는 아무 소득이 없다는 것이었다.

그러던 중 체면치레라도 하려는지 정보 조직이 간신히 물어온 정보가 있었으니, 천명회라는 이름이었다. 천명회라는 조직이 무림맹과 개방 등과 뭔가 거래를 하고 있고, 장소산은 그 와중에 희생되었을 가능성이 있다는 것이었다.

임예정은 아버지, 장소산, 천명회 사이에 뭔가가 있었음을 예감하고 정보 조직에 천명회를 조사하게 했다. 그러나 몇 달 후 날아온 통지는 더 이상 조사가 불가능하다는 내용뿐, 정보 조직은 어째서인지조차 말해주지 않았다.

그녀로서는 이것이 한계였다. 그녀가 가진 인맥과 힘으로 더 이상의 조사는 불가능했다. 숭산파의 재건이라는 막중한 책임을 처리하기에도 바쁜 그녀의 입장에서는 조사를 포기할 수밖에 없었다.

그때 생각지도 못한 곳에서 계기가 나타났다. 바로 화산에서 그녀의 어머니 이매산에게 온 통지였다. 내용인즉 이매산의 사부인 풍파천이 사망했으니 장례에 참석하라는 것이었다.

이매산은 남편인 임한정이 죽은 후 실의에 빠져 두문불출했고, 최근에는 병까지 얻어 멀리 화산까지 왕래하기에는 무리였다. 그래서 임예정은 어머니를 대신하여 풍파천의 장례에 참석하게 되었다. 어머니가 풍파천의 유일한 제자였기에 그녀는 어머니를 대신하여 유품까지 물려받았다.

유품이라고 해도 특별한 것은 없었다. 무공비급이나 검같이 중요한 것은 이미 화산파에서 정리하여 회수했기에 남은 것이라고는 풍파천이 평소에 읽던 책이나 잡동사니뿐이었다. 그래도 사부의 유품이니 어머니에게는 중요한 것이 있을지도 모른다는 생각에 임예정은 받은 유품들을 모조리 싣고 숭산파로 돌아가는 길에 올랐다.

별 생각은 없었다. 그냥 긴 여정에 달리 할 일이 없던 임예정은 심심풀이로 풍파천이 생전에 읽던 서적과 주고받던 편지를 뒤적거렸다. 그런데 그런 그녀의 눈에 우연히 낯익은 글자가 하나 들어왔다. 다름 아닌 '천명' 이라는 단어였다.

다른 사람들이라면 무심코 넘어갔을 것이다. 실제로 임예정보다 먼저 유품을 정리한 화산파 사람들은 조금도 신경 쓰지 않았다. 하지만 임예정에게 있어서 이보다 중요한 의미를 지니는 글자는 없었다.

그녀는 유품들을 모조리 뒤적였다. 풍파천은 뭐든지 버리지 않고 모아두는 성격이었는지 잡스런 편지까지 유품에 들어 있었다. 그 편지 중 '천명을 받아 마를 멸한다' 라는 단어가 심심치 않게 나타났다.

임예정은 확신했다. 풍파천은 천명회의 인물이었던 것이다. 그러나 천명회가 무엇하는 조직인지, 풍파천이 어떤 위치였는지 자세한 사항은 알아낼 수 없었다. 더 이상의 단서는 찾을 수 없었다.

다시금 조사는 벽에 부딪쳤다. 하지만 임예정은 간신히 얻은 이 단서를 포기하지 않았다. 그녀는 생각을 바꿔 풍파천의 사망 원인에 대해 알아보았다.

놀랍게도 화산파에서는 풍파천의 정확한 사망 원인을 알지 못했다. 그저 나이가 들었으니까 수명이 다해서 죽었다고 생각하고 있었다. 화산이 아닌 무림맹에서 죽어 무림맹의 전갈을 그대로 믿었고, 뭔가가 있다고 생각하기에는 풍파천이라는 인물의 죽음에 별다른 의미를 찾을 수 없었기 때문이다. 시신 역시 화장되어 유골만이 화산에 전해졌기에 수상한 점을 찾으려 해야 찾을 수 없었다.

하지만 의심을 가지고 조사하자 곧바로 석연치 않은 점이 나타났다. 풍파천과 같은 시기에 무림맹에서 정파의 원로들이 여덟 명이나 사망한 것이다.

'뭔가 있다!'

숭산파로 돌아온 임예정에게 때마침 무림맹으로부터의 무림대회 초대장이 전해져 왔다. 또한 그토록 찾던 장소산이 놀랍게도 개방 방주가 되었다는 소문까지 들려왔다. 임예정은 이번 무림대회야말로 모든 비밀을 풀 기회라고 판단하고 서둘러 무림맹으로 향했다.

무림맹에 도착한 임예정은 죽은 정파의 원로들이 속한 문파를 찾아다니며 죽음의 진실을 조사했다. 모두 풍파천과 마찬가지였다. 시신은 화장되어 유골만 돌아왔고, 유골을 가져온 것이 같은 파의 제자다 보니 의심하지 않았다.

의심이 확신으로 변한 임예정은 더욱 조사에 박차를 가했다. 그날도 아침 일찍 일어나 전 가주가 무림맹에서 죽은 황보세가가 묵는 숙소를 찾아가는 길이었다. 그런데 도중 한 노인이 말을 걸어왔다.

"이보게, 좀 물어볼 것이 있는데."

"예, 물어보십시오."

"무당 도사들이 있는 곳이 어딘가."

임예정은 별 생각 없이 몸을 뒤로 돌려 손가락으로 가리켰다.

"저쪽으로 반 각쯤 걸어가면……."

그 순간 뒷목에 충격을 받으며 그녀는 정신을 잃은 것이다.

'천명회, 혹은 천명회를 적대하는 조직이 내가 조사하는 것을 보고 위협을 느껴 납치한 것일까?'

임예정은 당황하기보다 침착해졌다. 상대가 손을 썼다는 것은 그만큼 자신이 진실에 접근했다는 뜻이 된다. 아무것도 알 수 없고, 누구도 진실을 가르쳐 주지 않을 때보다는 훨씬 낫다는 생각이었다.

그녀는 움직일 수 있는 만큼 최대한 고개를 돌려 주변을 둘러보았다. 안타깝게도 도망치는 데 이용할 만한 도구는 보이지 않았다. 그녀가 실망의 한숨을 내쉬는데…….

끼익!

문이 열리며 한 노인이 들어왔다. 분명 자신에게 길을 묻다가 습격한 노인이었다. 그자는 빙그레 웃고는 말을 걸었다.

"괜찮나?"

임예정은 그를 노려보며 물었다.

"당신은 누구죠? 무슨 목적으로 날 납치했죠? 천명회의 인물인가요?"

노인은 놀란 표정을 지었다.

"천명회를 알고 있나?"

임예정은 뭐라고 대답할까 망설이다가 고개를 끄덕였다.

"예."

"설마 천명회에 가입한 것은 아니겠지?"

"가입했어요."

"아니, 그럴 리가 있나!"

노인은 이해할 수 없다는 표정이었다. 하지만 한참 곰곰이 생각해 보더니 고개를 끄덕였다.

"아니, 그럴 수도 있겠군. 이 애는 사실을 모르고 최근 소문을 들어 보니 아비를 닮아 사업 능력이 뛰어나다고 하니 그 점을 노리고 영입할 수도…… 하지만 그렇게 되면……."

뭔가 곤란한지 노인은 살짝 인상을 쓰더니 임예정에게 말했다.

"천명을 받고……."

그 다음 말을 원하는 모양이었다. 임예정은 풍파천의 편지에 적힌 문장을 떠올리고는 즉시 답했다.

"마를 멸한다."

제대로 된 대답이 나오자 노인은 입맛을 다셨다.

"이거 귀찮게 됐는데……."

노인은 잔뜩 찌푸린 얼굴로 창고 안을 서성거리며 중얼거리기 시작했다.

"돌려보내야 하나? 아니, 이렇게 된 이상…… 어차피 그 녀석들이 해준 것도 없는데……. 하지만 추격당하면……."

임예정은 노인이 천명회 인물인지 아닌지 알 수가 없었다. 그녀는 눈치를 살피다 다시 물었다.

"당신은 천명회 소속인가요, 아닌가요?"

그 말에 정신을 차린 노인은 답했다.

"나? 나야 천명회지, 천명회고말고."

"그럼 같은 천명회끼리 이러지 말고 날 풀어주세요."

노인은 고개를 저었다.

"아니, 그럴 수는 없지."

"왜죠?"

"넌 내 인질이 되어주어야겠어."

"무슨 인질이죠?"

"무공총람을 손에 넣기 위한 인질이지."

무공총람이라는 말에 임예정은 불현듯 떠오르는 인물이 있었다. 그녀는 노인의 얼굴을 살피고는 그제야 깨닫고 소리쳤다.

"당신, 최진방이로군!"

"그래, 맞다. 내가 최진방이다."

최진방은 안색이 변한 임예정을 일으켜 바로 앉혀주며 말했다.

"너무 겁먹을 것 없다. 너나 나나 같은 천명회 소속이 아니냐. 내가 시키는 대로만 하면 너에게도 이득이 있을 것이다. 그럼 누이 좋고 매부 좋은 일이지."

임예정은 일단 최진방을 속이는 데 성공한 것 같자 조금 안심하고는 물었다.

"무엇을 할 셈이지요?"

"너와 무공총람을 교환하려는 것이다."

"누구에게요."

"그야 장소산 녀석에게지."

"……!"

임예정은 놀랐다. 하지만 그녀는 그동안 세상 풍파를 겪으며 생각이 깊어져 있었다. 마음속의 동요를 감추고 물었다.

"장소산이 무공총람을 가지고 있는 모양이지요?"

"그래, 그것도 한두 권이 아니지. 귀신이 썬 모양인지 무공총람이란 무공총람은 모두 그 녀석 손에만 들어가니…… 어쩌면 무공총람을 거의 다 모았을지도 모르지."

최진방은 기대된다는 표정으로 손바닥을 비볐다.

"그놈이 내 무공총람을 몇 번이나 훔쳐 갔지만 이번에야말로 본전을 되찾고 이익도 보아야겠다. 마침 무림대회에 참석하려고 이곳에 왔다니 이 기회를 놓칠 수야 없지."

"하지만 내가 인질이 된다고 그 사람이 무공총람을 순순히 줄지 모르겠군요."

"줄 수밖에 없을걸. 아니, 분명히 준다."

확신에 찬 대답에 임예정은 의아해졌다.

"무슨 근거로 그렇게 자신만만하죠?"

"그야 네 아비가 녀석을 살리려다가 죽었는데, 딸인 널 구하지 않는다면 그놈은 사람이 아니지."

2

임예정은 가슴이 떨렸다. 생각지도 못한 곳에서 아버지 죽음의 진실이 드러난 것이다. 그녀는 떨리는 목소리로 물었다.

"좀 더 자세히 말해주세요."

"그러니까……."

말을 하려던 최진방은 자신이 너무 떠들었음을 깨닫고 급히 입을 다물었다. 이 기회를 놓칠 수 없었던 임예정은 날카롭게 물었다.

"무슨 일이 있었던 거죠?"

"나도 자세한 일은 몰라."

"아는 대로만이라도 말해줘요."

최진방은 대충 얼버무리려고 했다.

"몰라, 정말 몰라. 정 알고 싶으면 나중에 장소산 녀석에게 물어보면 될 것 아니냐."

임예정은 생각했다. 아버지가 장소산을 구하려다 죽었다면 당연히 아버지를 죽인 것은 장소산이 아니다. 무림맹의 공식 발표인 마교의 짓이라고 해도 최진방의 태도는 납득이 가지 않는다. 그렇다면 나오는 결론은……

"아버지를 죽인 것은 천명회로군요."

핵심을 찌른 임예정의 말에 최진방은 부정하지 못했고, 임예정은 확신할 수밖에 없었다.

"역시 그런 것이었군요."

그녀는 고개를 숙이고 말이 없었다. 최진방은 그녀를 쳐다보다 바닥에 쭈그리고 앉은 다음 담배를 꺼내 입에 물었다.

'이거 안 좋은데……'

임예정이 천명회에 가입한 것으로 알고 있는 그는 일이 곤란해졌다고 생각했다. 임한정이나 장소산 일 때문에 천명회 내에서 자신의 위치가 흔들리는 분위기인데, 여기서 임예정이 자신의 아버지가 죽은 진실을 알아 천명회를 배신하는 사태가 벌어진다면 문제가 심각해진다는 생각이 든 것이다.

'에라~ 모르겠다. 내가 언제부터 남 밑에서 눈치 보고 살았냐.'

그는 무공총람만 손에 넣으면 어디 산속에나 틀어박혀서 수련에 매진해야겠다고 결심했다. 천명회가 무림을 제패하든 말든 자신과는 관계없는 이야기고, 나중에 자신이 절대고수가 되어 나타나면 아무리 천명회라도 어쩌겠냐고 생각했다.

'그렇다면 어차피 일이 이렇게 된 이상 이 계집애를 확실히 내 편으로 만드는 것이 좋겠지. 그래야 장소산 녀석을 상대할 때 조금이라도 유리할 것 아닌가.'

마음속으로 결정을 내린 최진방은 임예정의 머리를 쓰다듬으며 말을 꺼냈다.

"아이야, 너무 슬퍼하지 마라. 힘을 내 복수를 해야지. 나도 최선을 다해 널 돕겠다. 우리 함께 천인공노할 천뢰 녀석을 찢어 죽이자꾸나."

나름대로 자상한 할아버지 흉내를 내며 한 말이었지만, 평소 하는 짓과 성격을 버릴 수가 없어 그의 말은 험악하기만 했다.

임예정은 천뢰란 말에 고개를 들고 물었다.

"아버지를 살해한 자가 천뢰인가요?"

"그래, 분명 천뢰이다. 내가 이 눈으로 똑똑히 봤다. 그놈이 바로 천명회의 회주이지."

임예정은 상대가 무림맹주인만큼 복수가 쉽지 않을 것이라 생각하며 물었다.

"그런데 당신도 천명회 소속이면서 어째서 내 복수를 돕는다는 것이죠?"

"그게 그렇지가 않다. 나나 네 아비나 천명회에 속은 것이다."

최진방은 어떻게 해야 이 계집애가 자신을 믿게 만들까 고민하며 말해갔다.

"너도 짐작하겠지만 난 강호의 세력 다툼 따위는 관심없다. 그저 돌아가신 사부님의 유품인 무공총람을 모두 되찾고 싶을 뿐이다."

"무공총람이 사부님의 유품이라고요?"

"그래, 강호에 명성을 떨쳤던 오절신군이 바로 나의 사부님이시지."

최진방은 오절신군의 하인인 자신들이 오절신군을 해친 일은 쏙 빼고 오절신군이 병든 틈을 타 도적들이 무공총람을 빼앗아가 버렸고, 자신은 오절신군의 유언에 따라 빼앗긴 무공총람을 되찾으려 하고 있다고 거짓말을 늘어놓았다.

임예정은 이야기에 흥미를 보이며 듣고 있었지만 반신반의하는 표정이었다. 최진방은 좀 더 그럴듯한 사실을 집어넣을 필요를 느꼈다.

"도적들이 빼앗은 무공총람은 천하 각지에 흩어졌지. 그중 한 권이 숭산파에 흘러들어 갔고, 우연히 네 아비 임한정이 구해 익히게 된 것이다."

임예정이 말을 덧붙였다.

"그래서 당신은 아버지, 어머니를 사로잡아 무공총람을 얻으려 한 것이로군요."

최진방은 말도 안 되는 소리라고 펄쩍 뛰었다.

"그건 오해다! 나와 그는 어디까지나 거래를 한 것이다. 내가 가진 무공총람 신법편을 그에게 보여주고, 그는 나에게 자신이 가진 수공편을 준다고 했지. 나는 책을 되찾고 그는 비급을 배울 수 있으니 양쪽 모두에게 이익이 되는 일이었지."

그는 말을 이었다.

"한데 장소산 녀석이 뭣도 모르고 끼어들어 일을 망친 것이다. 그렇지 않았다면 아무 문제 없이 일이 끝났을 것이다. 그 증거로 나와 그는 그 이후에도 함께 협력했었다."

"협력이라고요?"

"그래, 그가 숭산 장문인이 될 수 있도록 내가 도왔지. 내가 아니었다면 임한정은 장문인이 되지 못했을 뿐만 아니라, 전 장문인인 박노해에게 가족 모두가 심한 꼴을 당했을 것이다."

임예정의 표정에 의혹이 생겨났다.

"자세히 말해주세요."

"얼마든지."

최진방은 진실과 거짓을 적당히 섞어 자신이 유리한 쪽으로 설명했다.

"박노해는 자신의 지위에 위협이 되는 네 아비를 죽이고 덤으로 무공총람도 빼앗을 생각이었다. 아내와 널 화산파로 보내고 가산을 정리하던 임한정은 결국 숭산파에 사로잡혔지. 그때 내가 숭산파에서 탈출하던 그와 만나게 되었고, 그는 무공총람을 주는 조건으로 나에게 협력을 요청한 것이다."

그는 자신이 어떻게 악인들을 끌어들여 숭산파를 혼란에 빠뜨렸고, 그 틈을 타 어떻게 임한정이 박노해를 해치웠는지 신나게 이야기했다.

듣고 있는 임예정은 충격을 받았다. 영웅호걸이라고 생각했던 아버지가 악인과 손을 잡고 전 숭산 장문인을 살해했다니! 터무니없는 비방이라고 생각했던 소문으로 들리던 이야기가 모두 사실이었단 말인가!

'그러고 보니 박 장문인이 죽은 후 얼마 되지 않아 장 오라버니의 사부께서 장 오라버니를 찾아 숭산파에 왔었다. 강 언니도 자신과 장 오라버니가 아버지를 구하러 숭산파에 왔다가 헤어진 후로 통 소식을 알 수 없다고 했지.'

순간 마음속에 떠오르는 생각이 있었다. 임예정은 떨리는 목소리로 물었다.

"장 소협의 실종 사건도 아버지와 당신이 저지른 짓인가요?"

일단 말문이 풀린 최진방은 별 생각 없이 대답했다.

"그래, 맞다. 나와 임한정이 그 녀석을 가두어놓고 있었지. 그 녀석이 나와 임한정의 무공총람을 훔쳐 갔으니까. 나중에 그만 도망쳐 버려서 지금까지 속을 썩이고 있지. 지금 생각해 보면 그때 확실히 죽여 버렸어야 했는데……."

임예정은 절망적인 심정이 되었다. 믿고 있던 아버지가 부정을 저지르고, 은혜를 원수로 갚기까지 했다니!

'그래서 무림맹에서 만났을 때 아버지는 장 오라버니를 보고 어색해했구나. 나와 그가 만나는 것을 싫어했구나. 그가 나에게 자신의 악행을 말할까 봐 그랬구나!'

그녀는 비통한 심정이 되어 아무 생각도 할 수 없었다. 그런데 그때 최진방의 말이 들려왔다.

"정말 임한정 녀석은 왜 쓸데없이 장소산 녀석을 구하려 했는지……."

정신이 번쩍 든 임예정은 물었다.

"자세히 말해주세요."

"그래, 좋다. 네 아비 임한정은 장소산과 손을 잡고 천명회의 존재를 세상에 알리려 했다. 그러다 그만 들켜 쫓기는 신세가 됐지. 둘은 도망쳤지만 천뢰에게 걸렸고, 장소산을 구하려다 그만 네 아비가 죽고 만 것이다."

설명을 끝낸 최진방은 말했다.

"참 멍청한 짓이었다. 이미 원수지간이 된 녀석과 손을 잡는 것도 그렇지만, 그 녀석을 구하려고 목숨을 걸다니. 생각해 보면 네 원수는 천뢰뿐만 아니라 장소산도 해당된다. 그 녀석이 위험한 일에 네 아비를 끌어들였고, 그를 구하려다 죽었으니 모두 그놈 탓이 아니냐."

임예정은 당시 자신이 편지를 장소산에게 건네주던 일을 떠올렸다. 모든 의문이 풀리는 것 같았다.

'아버지는 자신의 죄를 회개하셨구나. 죄를 씻고 당당해지셨구나.'

최진방은 그녀의 눈치를 살피며 생각했다.

'내가 이렇게까지 이야기했으니 장소산 녀석을 원망하고 나와 손잡을 생각이 들었겠지?'

그의 사고방식으로는 임한정이 장소산 때문에 죽었으니 딸인 임예정은 당연히 그를 미워해야 했다. 목숨을 버려 죄를 씻는다는 이야기는 그의 관념으로는 도저히 이해할 수 없는 일이었기 때문이다.

"나와 임한정은 좋은 협력 관계였다. 그러니 딸인 너와도 그런 관계를 유지하고 싶다. 우리 함께 힘을 합쳐 이익을 도모해 보는 것이 어떠냐?"

임예정은 마음을 가다듬었다. 현재 자신은 악인의 손에 떨어져 있다.

'정신 바짝 차리지 않으면 안 된다.'

그녀는 속마음을 감추고 흥미를 보이는 척하며 물었다.

"어떤 협력이지요?"

"그야 무공총람을 되찾고 임한정의 복수를 하는 것이지. 우리 둘이 힘을 합쳐 서로 원하는 것을 이루면 이 얼마나 좋은 일이냐. 저승의 네 아버지도 기뻐할 것이다."

임한정을 들먹이는 것에 임예정은 어처구니가 없었으나 일단 장단을 맞추어주기로 했다.

"좋아요. 함께 힘을 합치죠. 대신 약속은 확실히 지켜주어야 해요."

"물론이지. 난 비록 악인 소리를 듣고는 있으나 신의를 어기지는 않는다."

"그럼 일단 밧줄부터 풀어주세요. 꽉 조이는 것이 아프군요."

그러나 최진방은 그렇게 호락호락한 인물이 아니었다.

"미안하지만 그건 곤란하지. 지금 우리 사이는 단지 말뿐인 약속이지 않느냐. 좀 더 확실한 신뢰 관계가 성립되지 않는 한 달랑 몇 마디 말만으로 널 풀어줄 수는 없다."

그는 임예정의 어깨를 두드리며 말을 이었다.

"장소산 녀석과 무공총람을 교환할 때까지만 참아라. 알았지?"

말을 마친 최진방은 대답도 듣지 않고 임예정을 점혈한 후 자루에 넣어버렸다.

3

무언계는 눈앞을 막고 있는 거대한 성벽을 바라보았다. 한참을 바라보던 그는 살짝 인상을 찌푸리며 중얼거렸다.

"쉽지 않겠는데……."

옆의 추월락이 물었다.

"네 무공으로도 못 올라간단 말이야?"

"올라가는 것이야 어려운 일이 아니지만, 저렇게 초소들이 배치되어 있어서야 들킬 수밖에 없지 않겠나."

무언계와 추월락이 올려다보고 있는 것은 무림맹의 외성 성벽이었다. 사람들 몰래 개방을 떠났던 둘이 이곳에 나타난 것이다.

원래 무언계는 특별한 목적 없이 추월락과 함께 강호를 주유할 생각이었다. 장소산 일행을 도울 마음도, 무림맹에 올 생각도 전혀 없었다. 무언계는 천명회니 천뢰니 하는 일에 관계되어 귀찮아지고 싶지 않았고, 추월락도 자신의 제자가 방주 직을 되찾지 못하자 김이 새버려 모든 일에 흥미를 잃었었다.

하지만 세상일이라는 것은 참으로 공교로우니, 여행 도중 우연히 천마산이라는 곳을 지나게 되었고, 그곳에서 영물이 나왔다는 소문을 듣게 되었다.

놀랍게도 그 영물이 다름 아닌 무언계가 찾으려 했던 인면토룡이 아닌가!

무언계는 부인들의 등쌀에 인면토룡을 찾아 강호에 나서긴 했지만, 애초에 찾을 기대를 하지 않았다. 그래서 적당히 시간을 때우다 돌아갈 생각이었는데, 이렇듯 소문을 접하게 되자 뛸 듯이 기뻐했다.

"아아, 하늘이 날 돕는구나!"

영물을 못 찾고 돌아가는 것과 찾아서 돌아가는 것, 어느 쪽이 식구들의 반응이 좋고 자신의 체면이 살지는 안 봐도 뻔한 일이다. 무언계는 종래의 계획을 전환하여 미친 듯이 인면토룡에 관한 정보를 수소문했다.

그러나 인면토룡은 이미 오래전에 잡힌 후였다. 무언계는 즉시 인면토룡을 잡았다는 개한문이라는 곳에 쳐들어가 내단을 내놓으라고 깽판을 쳤다.

천하제일고수의 난동을 중소문파에서 감당할 수 있을 리가 없다. 개한문주 후태추는 천하제일고수가 아니라 천하제일말종이라고 속으로 욕하면서도 자신들에게 내단이 없다는 사실을 설명하여 이 재난에서 벗어나려 했다.

"저희가 찾은 인면토룡은 이미 누군가 내단을 꺼내 가고 남은 껍데기뿐이었습니다."

"뭐야? 그럼 대체 누가 인면토룡을 가져갔단 말이냐?"

"그러니까 그게……."

후태추는 그때의 정황을 설명했다. 칠성방주 가규의 둘째 아들 가신풍이 다른 후기지수들과 찾아와 영물의 내단을 자기 아버지 생신 선물로 주기로 한 일, 마교를 사칭한 자들이 나타나 사기를 치려 한 일, 그 후 산에서 내단이 빠져나간 인면토룡을 발견한 일…….

이야기를 모두 들은 무언계가 말했다.

"그렇다면 죽은 영물이 발견되기 전날 떠나 버린 가신풍 일행이 수상하구나. 내단을 목적으로 와서는 그냥 갔다고 생각하기도 어렵고."

"저도 그렇게 생각합니다. 그래서 사람을 보내 가신풍에게 따졌습니다. 우리가 함께한 일인데 어떻게 내단을 얻자마자 나에게 말도 없이 내뺄 수 있느냐고요. 그런데 가신풍은 내단이고 뭐고 전혀 모른답니다. 더 기가 막힌 것은 자기는 천마산에 간 적조차 없다는 겁니다."

"거짓말이겠지."

"그렇죠? 하지만 그 당시 함께 있었다는 증인까지 세우며 아니라고 하는데 저라고 별수있겠습니까. 힘없는 자의 슬픔으로 넘어갈 수밖에요."

무언계는 고개를 끄덕였다.

"알았다. 그러니까 가신풍 놈을 잡으려면 칠성방으로 가야겠구나."

"아니, 칠성방으로 가도 소용없을 겁니다. 무림맹으로 가야지요."

"무림맹?"

"예, 무림맹주 천뢰가 천하 문파들에게 무림첩을 돌려 모이게 했으니 문파의 중요 인물들은 지금 모두 무림맹으로 향하고 있을 겁니다."

"그래?"

무언계는 알겠다고 하려다가 뭔가 이상함을 깨달았다.

"그런데 넌 무림맹에 안 가고 왜 여기 있지?"

후태추는 대답하고 싶지 않았지만 별수없이 말을 꺼냈다.

"저희 같은 작은 문파에는 무림첩이 안 왔습니다. 약한 문파의 서러움이지요."

"쯧쯧, 안됐구나. 좋다. 내가 소란을 피운 것도 미안하고 하니 인심 써서 무공 몇 수 가르쳐 주마!"

후태추는 생각지도 못한 기연에 눈이 휘둥그레졌다.

"저, 정말이십니까?"

"비싼 밥 먹고 왜 헛소리를 하겠느냐. 마음 바뀌기 전에 어서 제자들을 모아라."

"예!"

순식간에 개한문의 마당에 개한문 모든 제자들이 모였다. 무언계는 제자들을 둘러보고는 외쳤다.

"자, 잘 보거라!"

거침없이 십이 초의 초식이 펼쳐졌다. 개한문 제자들은 조금이라도 놓칠까 눈을 크게 뜨고 초식을 살폈다. 시연이 끝나자 무언계가 말했다.

"이 무공은 천상천하절대무적우주광대무변신공이라고 한다. 잘 기억하고 수련에 힘써 더 이상 약한 문파라고 무시당하는 일이 없도록 해라."

말을 마친 무언계는 그대로 몸을 돌려 추월락과 함께 떠나려 했다.

"자, 잠시만요!"

후태추가 그를 급히 붙잡았다.

"왜 그러느냐?"

"그 천상천하… 그러니까……."

옆의 큰 제자가 말을 덧붙였다.

"절대무적우주광대무변신공!"

"그래, 그 천상천하…… 뭐시기 신공에 대한 자세한 설명을 해주셔야지요."

무공이란 한 초식에서 수많은 변초와 변화가 있는 법이다. 천재라면 모를까 한 번 보는 것만으로 그것들을 모두 파악할 수 있을 리가 없다. 안타깝게도 개한문에는 그런 천재가 존재하지 않았다.

무언계는 한심스럽다는 눈으로 후태추를 보았다.

"쯧쯧, 귀찮게 설명을 해야 한단 말이냐? 하나를 가르치면 열을 깨닫지는 못해도 가르치는 것 하나만이라도 재각재각 알아야지."

후태추는 너 같은 인간 때문에 무협소설이 현실과 괴리가 생기고 개사기 주인공이 판치는 것이라고 속으로 욕하면서도, 평생에 한 번 있을까 말까 한 기회를 놓치고 싶지 않아 무언계 앞에 넙죽 절하며 빌었다.

"제발 우둔한 저희들도 이해할 수 있도록 배려를 부탁드립니다."

무언계는 어쩔 수 없다는 듯 고개를 끄덕였다.

"알겠다. 너희들을 위해 꼼꼼히 설명해 주도록 하마."

후태추는 다시 한 번 바닥에 머리를 대었다.

"감사합니다!"

그러나 후태추의 감사는 너무 빨랐다. 무언계가 고개를 드는 그의 앞에 손을 내밀었던 것이다.

"뭡니까?"

"수업료를 내야지."

후태추는 뭔가 잘못되었다는 생각이 들었다.

"분명 아까 전에는 소란 피운 것도 사과할 겸 인심 써서 가르쳐 준다고 하시지 않았습니까?"

"그야 그랬지."

"그런데 왜 돈을 내야 하지요?"

무언계는 웃으며 답했다.

"분명 난 가르쳐 준다고 했고 가르쳐 줬다. 그런데 너희들이 배우지 못한 것이 아니냐. 그러니 그 문제는 이미 끝이 났고, 새로이 설명해 주어야 하니 그 수업료를 받아야지."

후태추는 문득 얼마 전의 일이 생각났다. 한 장사꾼이 검을 팔러 왔다. 거의 공짜나 다름이 없기에 별 생각 없이 샀다. 그런데 황당하게도 검만 있고 검집이 없었다. 장사꾼에게 묻자 하는 소리가……

"검집은 별매입니다."

검은 쌌지만 검집은 더럽게 비쌌다. 검은 미끼였고 검집이 진짜였던 것이다. 지금 보니 무언계란 인간이 하는 짓이 그 장사꾼과 별반 차이가 없었다. 무인이 아닌 무공을 파는 장사꾼이 아닌가 하는 생각까지 들 정도다.

"수업료를 낼 건가 말 건가?"

무언계의 물음에 기분이 더러웠지만 이 기회를 놓칠 수 없다는 생각에 후태추는 문의 재산을 털어 백 냥을 지불했다.

"그럼 설명하겠네."

무언계의 무공 강습이 시작되었다. 좀 전에 펼친 십이 초식을 천천히 펼치며 그 변화를 설명했다. 후태추와 개한문 제자들은 열심히 배워 모두 기억했다. 그렇기에 무언계의 질문에 자신있게 대답할 수 있었다.

"다 배웠는가?"

"예, 다 배웠습니다!"

"그럼 이만 가겠네."

그런데 무언계가 몸을 돌리며 걸음을 옮기기 직전 이렇게 중얼거리는 것이 아닌가?

"한데 이 천상천하절대무적우주광대무변신공이 제 위력을 발휘하려면 천상천하용비어천신공을 익혀야 하는데……."

말이 중얼거리는 것이지 내공이 담겨 있어 주변 사람 전부가 똑똑히 다 들을 수 있었다. 후태추로서는 절대 그냥 넘어갈 수 없는 소리였다.

"잠시만요. 그 천성천하용비 어쩌고는 뭡니까?"

"아, 그것 말인가. 천상천하절대무적우주광대무변신공의 자매품 격인 무공이지. 그 무공을 익히면 천상천하절대무적우주광대무변신공의 위력이 세 배로 상승하지. 하지만 그리 신경 쓸 필요는 없네. 천상천하절대무적우주광대무변신공만으로도 충분히 위력이 있으니."

그러나 천상용비 어쩌고를 안 익히면 기껏 백 냥 주고 배운 무공의 위력이 삼분의 일밖에 안 된다는데 어찌 신경 안 쓸 수 있겠는가?

"천상용비 어쩌고도 가르쳐 주십시오."

"수업료 백 냥일세."

그 소리가 안 나오면 그게 더 이상할 노릇이다. 후태추는 또다시 문파의 재산을 탁탁 털어야 했다.

천상용비신공이란 신법으로 전에 배운 천상… 의 공격 초식과 함께 사용하는 무공이었다. 말이 자매품이지 사실상 한 무공을 둘로 나눈 것 같았다. 아니, 장사꾼의 따로 팔기 수법이 분명하다고 후태추는 생각했다.

"자, 그럼……."

무공 전수가 모두 끝나자 무언계는 몸을 돌렸다. 그러나 역시 한마디 하는 것을 잊지 않았다.

"두 무공에 맞는 내공신법이 더해진다면 그 위력은 열 배 증가할 텐데……."

후태추는 귀를 막고 싶었지만 이미 말은 귓속으로 들어온 후였다. 그는 이제 화를 낼 기운도 없어 문의 재산을 점검해 보았다. 이미 이백 냥이라는 거금을 쓴 후라 더 이상의 지출은 위험했다.

그러나 제자들의 애처로운 눈빛이 그를 갈등하게 만들었다. 후태추는 가슴속 깊은 곳이 아려오는 것을 느꼈다.

'이토록 제자들이 상승무공을 갈구했었구나!'

생각해 보면 말이 문파지 제대로 된 무공은 가르쳐 주지도 못했다. 무릇 무공을 배우는 자라면 상승의 경지에 이르러 천하에 명성을 떨칠 꿈을 꿀 텐데, 칠성방 밑에서 심부름이나 하는 신세를 못 면하고 있는 것이다.

그동안 영약이네 비급이네 찾아다닌 이유도 자신의 문에서도 강호에 알릴 만한 고수를 내놓고 싶어서가 아닌가!

후태추는 눈물을 속으로 삼키며 말을 꺼냈다.

"내공심법도 가르쳐 주십시오."

무언계는 빙그레 웃었다.

"천지칠성오행역근공이라고 하는데, 이건 좀 비싸서 이백 냥일세."

후태추는 가산을 팔아야 했다. 그러나 무언계는 지독한 장사꾼이었다. 그 후로도 다섯 개의 무공을 더 팔아먹었다.

"그럼 시간을 너무 지체했으니 이만 가겠네."

무언계는 이렇게 개한문의 재산을 싹쓸이하고는 떠나갔다. 도중 일행인 추월락이 물어보았다.

"네 무공은 천상천하 어쩌고저쩌고 다 그렇게 복잡한 이름인가?"

"그야 내가 쓰는 무공은 다 간단한 이름이지. 내가 무공을 펼친 다음 누가 무공 이름이 뭐냐고 물었을 때 천상천하 어쩌고 줄줄이 떠들려면 귀찮잖아."

"그럼 왜 네가 가르쳐 준 무공은 하나같이 복잡한 이름이었냐?"

"그래야 무공이 더 그럴듯해 보이지 않겠나. 무릇 뭔가를 팔 때는 최대한 가치있어 보이게 만들어야 좋은 가격을 받을 수 있는 법이네."

그 말을 들은 추월락은 무언계가 무인보다는 장사꾼 체질이 아닐까 하는 생각이 들었다.

'그러고 보니 이 녀석 집안일도 잘한다고 하던데, 의외로 여러 가지 재능이 많은 놈이군.'

무언계는 두둑해진 돈주머니를 두드리며 웃었다.

"자, 그럼 노잣돈도 충분하겠다, 무림맹으로 즐겁게 가자고!"

개한문은 결국 이날의 지출을 감당하지 못하고 파산하고 만다. 하지만 흩어진 개한문의 제자들은 훗날 강호에 일류고수로 이름을 날렸다고 한다.

4

　마침내 무언계와 추월락은 무림맹에 도착했다. 그런데 문제는 그들이 도착했을 때 칠성방 일행은 이미 무림맹 안으로 들어간 후였고, 초대장을 받지 못한 둘은 안으로 들어갈 수가 없었다는 것이다.
　"그냥 내가 무언계니 어서 비켜라, 라고 하면 안 되나?"
　추월락이 제안했지만 무언계는 고개를 저었다.
　"그랬다가는 천뢰란 녀석이 어서 오십쇼, 하고는 날 노리고 덤벼들겠지."
　추월락은 빈정거렸다.
　"너, 그렇게 자신이 없어? 천뢰란 어린 녀석이 그렇게 무서운 거야?"
　"무서운 것이 아니라 귀찮아. 이 나이에 팔다리 열심히 놀리자니 쑤신다고."
　무언계는 대꾸하며 안으로 들어갈 다른 방법을 찾았다. 그러나 한참을 여기저기 살펴보았지만 이렇다 할 방법을 찾을 수가 없었다.
　"포기하는 게 어때?"
　추월락이 지겨움을 느끼며 말했다.
　"여기 보라고. 다들 안으로 들어가지 못해 이렇게 죽치고 있잖아. 까놓고 말해 네가 무공 빼고 저 사람들보다 나을 게 뭐가 있어?"
　"……."
　무언계는 대답 대신 주변을 둘러보았다. 무림맹 입구에는 족히 천 명이 넘는 사람들이 자리하고 있었다. 모두 안으로 들어가지 못하고 있는 사람들이었다.

많은 사람들이 안으로 입장이 불가능한 것을 알고 포기하고 돌아가 버렸다. 하지만 수천 리 길을 와서 이대로 돌아가자니 억울하기도 하고 아깝기도 한 사람들이 상당수였다. 그들은 대회가 끝나고 안의 문파들이 나오면 소식이라도 얻어들을까 싶어 이렇게 무림맹 주변에 자리를 잡은 것이다.

이들 중에는 천막을 치거나 아예 임시 건물까지 세워 거처를 마련한 사람들도 있었다. 사람이 모이는 곳에 장사꾼도 모이게 마련이라, 발 빠른 장사꾼들에 의해 노점까지 생겨났다. 이렇다 보니 완전 성 밖에 마을 하나가 생겨난 듯했다.

'아깝다. 나도 이럴 줄 알았으면 뭐라도 팔 물건을 챙겨오는 건데. 이런 곳에서는 곱절의 이득을 남기며 팔 수 있을 텐데!'

엉뚱한 생각이 드는 무언계의 눈에 문득 들어오는 사람이 있었다.

"저기 저 녀석, 네 사손이 아니냐?"

"응?"

추월락이 무언계가 가리키는 곳을 보니 정말로 자신의 사손인 여태환의 모습이 보였다. 둘은 즉시 다가가 말을 걸었다.

"너, 여기서 뭐 하고 있냐?"

여태환은 무언계와 추월락을 보고 놀라 물었다.

"두 분이 여긴 어쩐 일이십니까?"

무언계가 말했다.

"우리가 먼저 물었다."

여태환은 웃고는 설명했다.

"안의 소식을 들을까 알아보는 중이었습니다."

추월락이 물었다.

"개방은 초대장을 받았잖아. 왜 안으로 들어가지 않고 여기 있는 거지?"

"참석자야 오래전에 들어갔지요. 전 후발대입니다."

"후발대?"

"자세한 이야기는 와보시면 압니다. 따라오십시오."

무언계와 추월락은 여태환을 따라 이동했다. 얼마 지나지 않아 도착한 그곳에는 수백에 달하는 사람들이 천막을 친 채 자리하고 있었다.

"개방과 칠성방의 정예들입니다."

장소산은 이번 무림대회에서 천명회와의 결전을 예상했다. 그런데 천뢰가 지정한 단 열 명의 인원수만으로 싸울 수는 없는 노릇이었다. 그렇기에 칠성방주 가규와 함께 두 방의 정예 부대를 따로 편성하여 준비한 것이다.

여태환은 칠성방의 고수를 이끌고 있는 부방주 육대평을 소개하고는 현 상황을 설명했다.

"우리는 방주의 연락을 받으면 즉시 무림맹 안으로 돌격하여 결전을 벌일 준비를 하고 있습니다. 그러나 문제는 현재 안과 밖이 완전히 막혀 전혀 소통이 되지 않고 있다는 것입니다. 그래서 제가 뭐라도 소식을 전해 들을까 싶어 알아보는 중이었습니다."

무언계는 고개를 끄덕였다.

"과연 그렇군. 안의 소식을 알 수 없으면 이쪽에서 아무 손도 쓸 수 없으니 답답했겠군."

"그렇죠. 그런데 두 분께서는 어쩐 일로 이곳에 오신 겁니까? 무림대회에 참석할 생각이십니까?"

"아니, 그게 아니고……."

손을 젓던 무언계는 문득 생각났다. 문제의 칠성방 사람이 여기 있지 않는가!

"인면토룡!"

"인면토룡?"

무언계는 칠성방 부방주 육대평에게 소리쳤다.

"그래, 인면토룡이 어디 있지!?"

뜬금없는 소리에 육대평은 어리둥절하여 물었다.

"그게 뭡니까?"

"뭐긴 뭐야, 영물이지."

무언계는 자신이 인면토룡의 대단을 추적하던 상황을 이야기하고는 말했다.

"인면토룡의 내단은 칠성방 측에 있을 것이다. 내 좋은 말로 할 때 싸게 팔아라. 인심 써서 백 냥에 사주마."

영물이라고 해놓고 달랑 백 냥에 내놓으라니 터무니없는 에누리라고 생각하면서 육대평은 대답했다.

"무 대협께서 원하신다면 돈 필요없이 그냥 드려야지요."

무언계는 좋아했다.

"정말?"

"그러나 안타깝게도 저흰 그런 영물의 내단이 없습니다."

눈살을 찌푸린 무언계가 물었다.

"정말 원한다면 돈 필요없이 주겠단 말이지?"

"저희는 가지고 있지 않습니다."

"만약 있다면 말일세."

“그럼 물론이죠.”

“좋아, 약속이다.”

“예.”

다짐을 받는 것이 끝나자 무언계는 목소리를 높였다.

“거짓말하지 마! 분명 너희는 가지고 있을 것이다. 너는 모르는 일일지 모르겠지만, 가신풍인가 하는 녀석은 다를걸? 그 녀석을 불러와, 대질심문을 하자!”

육대평은 일단 공짜로 받기로 약속을 받아낸 후에 따지는 무언계의 계산 속에 어처구니가 없었다. 하지만 이쪽도 얼마든지 할 말이 있었다.

“죄송하지만 둘째 공자는 무림맹 안에 있으니 현재로서는 불러올 방법이 없습니다.”

“이런!”

무언계는 머리를 감싸고 안타까워했다. 그 모습을 보는 여태환의 표정이 묘해졌는데, 문제의 인면토룡 사건의 당사자 중 하나였기 때문이다. 그는 잠시 생각하다가 손을 들고 말을 꺼냈다.

“저기… 제가 사실 인면토룡 내단을 누가 가지고 있는지 알고 있습니다.”

무언계의 표정이 환해졌다.

“정말이냐?”

“예, 수초란 소저가 가지고 있습니다.”

“그 수초란 소저는 어디 있지?”

“장 방주와 함께 무림맹 안에 있습니다.”

“뭐야!”

무언계는 머리를 쥐어뜯으며 소리쳤다.

"또 무림맹 안이란 말이야!"

여태환은 쓴웃음을 지으며 말했다.

"이렇게 된 이상 무림맹 안으로 들어가시는 것이 어떻습니까."

무언계는 움찔했다.

"나보고?"

"예, 무 대협이시라면 얼마든지 쉽게 들어가실 수 있을 것입니다. 겸사겸사 본 방의 방주를 만나 연락책이 되어주시면 감사하겠고 말이지요. 어차피 수초 소저를 만나면 장 방주도 만나게 될 테니까요."

"아까 전에 아무리 들어갈 방법을 찾아도 없던데?"

여태환은 태연히 답했다.

"정문으로 들어가시면 되지 않습니까."

무언계는 곰곰이 생각했다. 인면토룡을 손에 넣으려면 무림맹 안으로 들어갈 수밖에 없다는 것이 현실이다. 대회가 끝나고 나오길 기다리는 것은 현명한 방법이 아니다. 여태환에게 들은 이야기에 따르면 천명회와 장소산 일행은 뭔가 문제가 있을 것이 분명하고, 자칫 그들이 천명회에 당하면 인면토룡의 행방까지 묻혀 버릴 가능성이 있는 것이다.

확실히 현재로서 가장 적절한 방법은 여태환의 말대로 하는 것이다. 그의 말대로 자신에 대해 밝히면 안으로 들어가는 것이 가능할 것이고, 적당히 장소산에게 도움을 주면 수월하게 인면토룡 내단을 넘겨받을 수도 있을 것이다.

'문제는 날 노리는 천뢰란 녀석인데…… 뭐, 할 수 없지.'

웬만하면 상대하지 않으려 했는데, 상황이 이렇게 되어버리면 어쩔 수 없는 노릇이다. 결국 결정을 내린 무언계는 고개를 끄덕였다.

"좋아, 그렇게 하도록 하지."

5

"잘 생각하셨습니다."

여태환은 기뻐하며 장소산을 만나 전달할 사항을 설명하고는 검은 색이 도는 대나무 통을 하나 건네주었다.

"이걸 가져가십시오."

"이게 뭔가?"

"신호탄입니다. 이 신호탄의 불빛을 보면 밖에서 대기하고 있는 우리들이 즉각 진격해 들어갈 것입니다."

무언계는 대나무 통을 받으며 물었다.

"이런 것이 있으면 굳이 내가 들어갈 필요가 없는 것 아닌가?"

"그렇지 않습니다. 물론 방주 일행도 이 신호탄을 가지고 있긴 합니다. 그러나 무림맹은 워낙 넓고 성벽도 높아 내성에서는 이걸 쏘아봤자 밖의 우리들이 볼 수 없습니다."

무언계는 투덜거렸다.

"그럼 반대로 아무 소용이 없는 거잖아."

여태환은 웃으며 설명했다.

"외성으로 나와 성벽 가까이에서 쏘시면 됩니다. 그럼 우리가 확실히 볼 수 있습니다."

"뭐, 없는 것보단 낫겠군."

신호탄을 챙기고 무언계는 자리에서 일어났다.

“그럼 후딱 가기로 하지.”

그는 추월락을 향해 손을 저었다.

“이런 일은 나 혼자 하는 편이 편하다. 넌 여기서 기다리고 있어라.”

추월락은 웃으며 대꾸했다.

“네가 따라오라고 해도 안 갈 생각이었다.”

그도 위험한 일은 사양하는 성격이었던 것이다. 무언계는 피식 웃고는 다른 사람을 남겨두고 혼자서 느긋하게 걸어 무림맹의 정문에 이르렀다.

“초대장이 없으신 분은 들어가실 수 없습니다.”

문을 지키는 것은 우선이 아닌 다른 천명회의 고수로 유비란 자였다. 무언계는 빙그레 웃고는 말했다.

“무림맹주가 내 제자일세.”

유비는 눈이 커졌다. 그는 놀라 더듬거리며 물었다.

“천하제일고수 무언계 되십니까?”

“맞네. 내 제자가 무림맹주가 되었다기에 한 번 만나볼까 해서 왔네.”

유비는 생각했다. 천뢰가 거짓으로 무언계의 제자를 사칭했다는 것은 천명회의 고수라면 누구나 아는 사실이었다. 그렇다면 눈앞의 무언계가 진짜라면 절대 호의를 가지고 찾아오지는 않았을 것이다.

그는 주변을 곁눈질했다. 밖의 무인들이 난동을 부리며 억지로 들어오려 할 경우를 대비해 십여 명의 천명회 고수가 항시 숨어 대기하고 있었다. 이 정도라면 상대가 무언계라도 충분히 상대할 만하다고 생각됐다.

‘천뢰는 우리에게 무언계가 나타나면 그를 쓰러뜨리고 자신이 진정

한 천하제일고수임을 증명하겠다고 했다. 무언계가 찾아온 것을 알면 천뢰는 두려워하기보다 기뻐할 것이다.'

천명회의 고수들은 모두들 천뢰의 무공에 절대적인 신뢰를 가지고 있었다. 그렇기에 상대가 설사 무언계라고 해도 천뢰가 질 리 없다고 믿었다.

그는 전음으로 다른 천명회 고수에게 이 일을 천뢰에게 전하도록 하고는 만면에 웃음을 지으며 말했다.

"잠시만 기다리십시오. 맹주님께서 마중 나오실 겁니다."

무언계는 눈살을 찌푸렸다.

"나보고 제자가 오기를 기다리라는 말인가? 제자가 스승을 기다려야지, 어찌 스승더러 제자를 기다리라고 한단 말이냐?"

"그게 아니라 마중을……."

"내 제자란 녀석이 이렇게 수하들에게 예절 교육을 안 했을 줄은 몰랐군. 천뢰인지 지뢰인지 그놈이 잘도 내 제자를 사칭……."

"악!"

유비는 자신도 모르게 소리를 질렀다. 현재 근처에 죽치고 있던 무인들이 무슨 일인가 싶어 다가오는 중이었다. 만약 여기서 무언계가 천뢰가 자신의 진짜 제자가 아니라는 사실을 밝힌다면, 천뢰의 명성에 치명적인 흠이 가게 되는 것이 아닌가.

무언계가 자신의 말이 막히자 물었다.

"왜 그러나? 어디 아픈가?"

"아, 아닙니다."

"그런가. 그럼 하던 말을 마저 하지. 천뢰란 녀석이 잘도 내 제자를……."

“들어오십시오. 안내하겠습니다!”

가만 놔두었다가는 다 까발릴 판이라 생각하고 뭐고 할 여유가 없었다. 유비는 무언계가 더 이상 떠들기 전에 안으로 들여놓을 수밖에 없었다.

“진작 그럴 것이지.”

무언계는 턱을 내밀며 뒷짐을 지고 정문을 통과했다. 유비는 문을 지키는 일은 다른 사람에게 맡기고 무언계를 안내해 안으로 들어갔다.

‘무림맹 안은 우리 천명회의 손아귀나 다름없다. 네놈이 아무리 천하제일고수라고 해도 독 안에 든 쥐다.’

곧 연락을 받은 안에서 사람들을 보낼 것이고, 무언계는 꼼짝없이 잡힐 수밖에 없다. 유비는 이렇게 생각하며 조금 여유를 가질 수 있었다. 그런데 얼마 지나지 않았을 때였다.

“이보게.”

따라오던 무언계가 말을 걸었다.

“예.”

“저게 뭐지?”

“예?”

고개를 돌린 순간 목에 강한 충격이 오며 유비는 정신을 잃어버렸다.

무언계는 쓰러지는 그를 얼른 붙잡고는 다급히 외쳤다.

“아니, 왜 이러는가? 어디 아픈가? 의원을 찾아올 테니 잠시만 기다리게.”

말을 마친 무언계는 뛰어갔다. 그가 쓰러진 유비와 어느 정도 거리까지 떨어지자 두 명의 인물이 모습을 드러냈다.

"어떻게 된 거지?"

이 둘은 정문에서 몰래 따라온 감시역이었다. 둘 중 하나는 무언계를 쫓고 남은 하나는 쓰러진 동료를 살폈다.

"이건?"

남은 천명회 고수는 동료가 단순히 기절한 것일 뿐이라는 사실을 깨달았다. 그가 당황해 벌떡 일어나려는데 위에서 중얼거리는 소리가 들렸다.

"삼십 년 전 쓰던 수법이 아직도 통하는 것을 보면 역시 인간은 진보가 없는 모양이군."

무언계가 서 있었다. 그의 한 팔에는 방금 그를 쫓았던 천명회 고수가 기절한 채로 붙잡혀 있었다.

"……!"

몸을 떠는 마지막 남은 천명회 고수를 향해 무언계는 씨익 웃으며 말했다.

"천뢰에게 전해라. 만약 날 잡으면 정식 제자로 삼는 것을 생각해 보겠다고."

말이 끝남과 동시에 마지막 남은 한 사람도 정신을 잃었다. 무언계는 기절시킨 세 명을 쌓아 올릴 다음 그 위에 엉덩이를 걸치고 앉아 주변을 둘러보았다.

"자, 그럼 이제 어떡한다?"

무림맹 안으로 들어오긴 했지만 이곳은 외성이고 장소산 일행이나 진짜 중요한 일은 내성에 있을 것이다. 이제 내성으로 들어가는 방법을 찾지 않으면 안 된다.

그냥 안내를 받았으면 쉽게 내성 안까지 들어갈 수 있었을 것이다.

하지만 그렇게 되면 몸은 내성 안에 있으되 천명회에게 잡혀 꼼짝달싹 못하는 신세가 되었을 것이다. 처음에 무림맹 안으로 들어갈 다른 방법을 찾았던 것도 이런 이유에서였다.

무언계는 단순히 무공만 열심히 수련하여 천하제일고수가 된 사람이 아니었다. 수많은 실전 경험을 치렀으며 죽을 고비도 수없이 겪어왔다. 그는 천하제일고수라 불렸지만 자신의 무공을 절대 과신하지 않았고, 오히려 무공보다는 오랜 경험으로 다져진 자신의 감과 판단력을 믿었다.

그런 그가 생각할 때 당당히 적들의 소굴로 들어가는 것은 어리석은 짓이었다. 천뢰의 무공이나 천명회 고수들의 정확한 수도 모르는 현 상황에서는 더욱 그러했다.

무언계는 일어나며 중얼거렸다.

"급할 것 없다. 느긋하게 가도록 하지."

잠시 후 천뢰가 천명회 고수들을 이끌고 달려왔을 때, 그곳에는 두 명의 천명회 고수만이 남아 있었다. 그리고 바닥에 쓰인 글귀……

한 놈은 잠시 빌리도록 하지. 너도 내 이름을 무단으로 써먹었으니 할 말 없겠지?

천뢰는 인상을 찡그렸지만, 입가에는 미소를 지었다.

"드디어 나타나셨군."

무림대회가 있기 몇 시간 전의 일이었다.

第三十九章

각자의 생각

천뢰의 무림대통합 발표가 있은 후 자신의 처소로 돌아온 남궁가 가주 남궁현은 천장을 올려다보며 웃음을 터뜨렸다.

"하하하, 천뢰 녀석, 스스로 무덤을 파는구나!"

총관인 위정평은 걱정스러운 눈으로 그를 살폈다. 남궁현이 저렇게 나오면 무슨 일을 벌여도 크게 벌일 조짐이었다.

"그렇게 쉽게 볼 일은 아니라 생각합니다만……."

남궁현이 웃으며 물었다.

"그게 무슨 소린가, 위 총관. 자네가 볼 때 천뢰의 무림대통합이라는 것이 가능하다고 생각하나?"

위정평은 생각했다. 굳이 오래 고민하지 않더라도 이제까지 그 누구도 강호의 모든 문파를 통합한 적이 없었다. 하지만 바로 원하는 대답을 해주었다가는 남궁현이 어떻게 나올지 걱정이다.

"확실히 가능성은 적어 보이지만, 천뢰는 황실의 힘을 등에 업고 있지 않습니까. 아무리 말이 안 되는 명령이라도 황제의 명이라면 거부할 수 없는 것 아니겠습니까."

남궁현은 코웃음 쳤다.

"흥! 자네 같은 사람이 있으니까 천뢰가 저렇게 날뛰고 있는 것이지. 생각해 보게. 황제가 도둑을 모두 잡으라고 명령한다고 천하의 모든 도둑이 사라지겠나. 황제가 성정을 펼친다고 백날 떠들어봐야 세상에 넘쳐 나는 탐관오리들은 여전히 자기 배만 채우고 있지 않는가."

"그건 그렇지만……."

"황제의 명 따위 우리 같은 강호의 사람들에게는 너무나 먼 이야기일 뿐이지. 우리와는 아무 상관이 없을 뿐 아니라, 설사 뭔가 제재가 온다고 해도 적당히 맞춰주는 척하면 그만일 뿐이네."

위정평은 고개를 끄덕일 수밖에 없었다.

"그건 그렇습니다."

남궁현은 자신있게 말했다.

"천뢰 그 녀석의 머릿속이 뻔히 보이네. 그놈은 이상에 눈이 멀어 현실을 볼 줄 모르고 있어. 그래서 황제를 등에 업고 호령하면 천하 문파들이 굴복할 것이란 망상에 빠져 있는 것이지. 스스로 똑똑하다고 착각하는 경험없는 젊은 놈들이 자주 빠지는 함정이지."

위정평은 속으로 대꾸했다.

'그건 당신 이야기 같은데?'

남궁현은 주먹을 불끈 쥐고 목소리를 높였다.

"지금쯤 대부분의 문파에서 천뢰의 헛소리에 기가 막혀 하고 뭔가 대책을 세워야 한다고 생각하고 있을 것이야. 그렇다면 지금이야말로 천뢰 놈을 몰아내고 맹주 직을 되찾을 기회라 할 수 있네.”

위정평은 불길한 느낌에 사로잡혔다. 그러나 남궁현의 말은 멈춰지지 않았다.

“위 총관, 당장 무림대회에 참석한 각파에 서신을 보내게. 천뢰의 독주를 막을 의논을 하자고 하고, 오늘밤 이곳으로……..”

남궁현은 뭔가 생각난 듯 말을 바꾸었다.

“맞아. 영웅전이 있었지. 장소도 넓고 그곳으로 하면 딱 좋겠군.”

영웅전이란 남궁현이 아직 무림맹주 직에 있고 한창 천하에 군림할 장밋빛 꿈에 빠져 있을 당시 건립을 시작한 건물이었다. 장차 대업을 이룬 후 천하영웅들을 모아 함께 기쁨을 나누겠다며 남궁가의 막대한 자금을 끌어다가 완성했지만, 한 번 써먹어보기도 전에 남궁현이 맹주 직에서 쫓겨나면서 천덕꾸러기가 된 저택이었다.

위정평은 자신이 건설을 지휘한 저택을 써먹어볼 기회가 생긴 것을 기뻐해야 하나 슬퍼해야 하나 고민하며 물었다.

“어떤 문파에 서신을 보낼까요?”

“그게 무슨 소린가. 다 보내게.”

“다요?”

위정평은 뭔가 위험한 것이 아닌가 걱정되었다.

“그랬다가는 천뢰 쪽에서도 알게 될 위험이 높지 않습니까.”

“그건 그렇겠지.”

“위험하지 않겠습니까?”

“이보게, 위 총관.”

남궁현은 찬찬히 말하기 시작했다.

“이런 일은 쪼잔하게 숨어서 해서는 안 되는 일이네. 아마 다른 몇

몇 문파들도 연합하여 천뢰를 상대할 준비를 하고 있을 텐데, 우리가 가까운 소수의 문파들만을 끌어들인다면 어찌 천뢰에 반대하는 세력의 중심에 설 수 있겠나.”

그는 힘차게 말했다.

“이럴 때야말로 빠르고 대담하게 일을 벌여야 하네. 그래야 다른 천하 문파들도 날 믿고 수장으로 인정할 것이 아닌가.”

위정평은 속으로 한숨을 내쉬었다. 남궁현의 말도 일리가 있다. 위험을 감수하지 않으면 큰 성공 역시 기대할 수 없는 법이다.

그러나 위정평으로서는 성공도 실패도 바라지 않았다. 그는 남궁현이 무림맹주에서 쫓겨날 때 아무도 모르게 혼자 방 안에서 덩실덩실 춤을 췄던 사람이다. 남궁현이 무림맹주 직을 되찾는 것은 결코 그가 바라는 바가 아니었다.

그가 바라는 것은 남궁현이 자기 집안이나 잘 다스리며 조용하게 사는 것이고, 자신은 그런 그를 보좌하며 평안히 인생을 보내는 것이었다. 마지막으로 적당한 시기에 은퇴하여 손주 재롱이나 보며 느긋한 노후를 마칠 수 있다면 더 이상 바랄 것이 없었다.

‘아아, 왜 저 인간은 능력도 없으면서 쓸데없이 야심만 높단 말이냐!’

한탄하는 위정평을 남궁현이 재촉했다.

“뭐 하고 있나. 어서 시킨 대로 하지 않고. 내가 말하지 않았나. 이 일은 신속이 중요하단 말일세.”

“알겠습니다.”

어쩔 수 없었다. 시키면 시키는 대로 할 수밖에 없는 것이 아랫사람의 의무, 위정평은 나름대로 문장력을 발휘하여 각 문파로 보내는 서신을 준비했다.

2

무림맹의 중심, 정의관의 최고층에는 무림맹주조차 들어갈 수 없는 방이 하나 있다. 그 방 안에 들어가는 것이 허가된 사람은 이 세상에 여섯 명, 실질적인 무림맹의 지배자인 육대문파의 장문인들뿐이었다.

그러나 현재 이곳에 모인 장문인들의 표정은 하나같이 굳어 있었다. 바로 오늘 낮에 있었던 무림대회의 일 때문이었다.

"이건 누가 봐도 분명한 배신입니다."

아미파 장문 정한 사태가 격양된 목소리로 말문을 열었다.

"애초에 천뢰는 무림대회를 여는 목적이 강호 문파의 결속을 다지고 무림맹의 명성을 높이는 것이라고 했습니다. 그렇기에 우리들도 그가 하는 일을 그냥 보고 있었고 말이죠. 그런데 막상 대회가 개최되자 뜬 금없이 무림대통합이라니요. 이게 말이 되는 소립니까?"

그녀의 말은 갈수록 거칠어졌다.

"당장 그를 맹주 직에서 쫓아내야 합니다. 아니, 아예 새외로 보내 버립시다!'

"자자, 진정하시오."

무당파 장문 연풍 진인이 그녀를 달랬다.

"감정만으로 해결될 일이 아니외다. 무엇보다 천뢰가 업은 세력이 만만치 않소."

공동파 장문 경엽자가 팔짱을 낀 채 고개를 끄덕였다.

"하긴 황제가 상대면 어떻게 해볼 도리가 없지."

다른 장문인들 역시 같은 생각이었다. 육대문파라고 하면 강호의 그 어떤 문파도 두렵지 않았지만, 황제는 어쩔 도리가 없다. 아니, 육대문파이기에 다른 일반 문파보다 훨씬 더 황제에게 반대하기가 어려웠다.

일반 문파, 특히 사파들은 황제 따윈 신경도 쓰지 않는다. 언제 우리가 황제 무서워 밑천 안 드는 장사 못했냐고 비웃을 것이다. 그러나 정파들, 특히 육대문파에게 있어 황제, 즉 권력의 힘이란 무시할 수가 없었다.

사실 이제까지 권력의 덕을 가장 많이 본 것이 육대문파들이다. 그들은 오랜 역사와 명성으로 권력자들과도 어느 정도 소통해 왔다. 황제의 부름을 받아 그의 곁에서 조언자가 되는 경우도 있었다.

육대문파 수입의 상당 부분을 차지하는 것이 전답을 농민들에게 소작하게 하여 받는 수입인데, 그 땅의 반 가까이가 황제나 권력자들에게 하사받은 것일 정도이다.

소림과 무당이 강호에 양대 최고 문파로 불리는 이유가 무엇인가? 대부분의 사람들이 무공과 명성이라고 하겠지만, 생각해 보면 한때지만 걸출한 인물의 등장으로 무공과 명성이 두 문파를 초월하는 문파가 나오는 경우도 종종 있었다. 그럼에도 소림과 무당은 언제나 양대 최고 문파의 자리를 놓치지 않았다.

그런 점을 보면 역시 역사와 전통을 무시할 수 없다고 대부분의 사람들이 생각하겠지만, 지극히 현실적이고 이해 타산에 능한 사람은 다른 면을 지적한다. 특히 그런 사람들의 대표자 격인 무언계는 자신있게 두 문파의 저력은 다른 곳에 있다고 주장한다.

"바로 돈이지! 돈이 많으니까 최고 자리에 있는 거야!"

무언계의 주장은 이렇다.

"소림, 무당은 불교와 도교라는 양대 종교의 종파 대표로서 그 지위를 지니고 있다. 당연히 가장 많이 신도들에게서 헌금을 받지. 특히 나라에서 제사 같은 것을 지내려고 영험한 승려나 도사를 찾으면 꼭 소림, 무당 사람들이 가잖나. 가서 제사 지내주고 덕담해 주면서 엄청나게 받아 챙기는 거야! 그러면서도 세금 한 번 제대로 안 내고. 그렇게 수백 년을 해먹었으니 모은 재산이 어느 정도겠어! 그렇게 탄탄한 재산으로 강호 활동을 하니 아무도 상대가 안 되는 거지!"

추월락도 맞장구치며 한마디 한다.

"그들 무공이 강한 것도 따지고 보면 돈이 관련되어 있지. 돈이 많으니까 제자를 천 단위로 모을 수 있고, 그렇게 모인 제자들이 먹고사는 문제 걱정할 필요 없이 밥 먹고 무공 수련만 하면 되잖아. 우리 개방도 그들처럼 먹을 것 걱정없이 무공 수련만 할 수 있었다면 절정고수들이 수두룩할걸!"

수십 년 전에 이 둘이 술 마시고 떠든 이 말은 그들이 가지는 명성만큼이나 강호에 퍼졌었다. 이에 소림, 무당 측에는 대꾸할 가치조차 없다고 무시했지만, 소림, 무당 측 내에서도 이 둘의 말이 아주 틀린 것은 아니라는 말이 돌았다. 세상에 돈 문제에서 자유로울 수 있는 문파는 어디에도 존재하지 않는 것이다.

그것을 증명이라도 하듯 몇 가지 사건도 있었다. 그중 대표적인 것이 바로 '가짜 곤륜도사 사건'이라는 것이다.

사건의 내용은 간단했다. 한 사파의 인물이 황제에게 자신이 곤륜에서 온 신통력있는 도사라고 하며 불로장생약을 사기 쳐 팔고 도망친 사건이다. 실제로 곤륜파와는 아무 상관 없었지만, 범인이 곤륜도사라고 사칭했다는 이유만으로 황제에게 찍힌 곤륜파는 전답을 압류당하고 각지의 지원이 끊기며 멸문 직전까지 갔다. 황실 측에서도 망신스런 사건이라 대놓고 하진 못하고 간접적으로 압력을 가했기에 이 정도였지, 대놓고 했다면 이미 곤륜파는 이 땅에서 사라졌을 것이다.

종남파의 경우는 또 어떤가. 한때 종남파는 육대문파 중에서도 수위에 들었다. 무공에서 다른 대문파보다 부족한 감이 있던 종남파가 그것이 가능했던 것은 종남파 출신 상당수가 무관이 되어 나라의 요직에 있었던 덕분이다. 그러나 이십여 년 전, 당파 싸움에서 된서리를 맞아 종남 출신 무인들이 실각함과 동시에 종남은 몰락하여 현재 이 자리에 들어오지도 못하게 되어버렸다.

이런 일련의 사건으로 교훈을 얻은 육대문파들은 권력은 너무 가까이 해서도 안 되고 멀리해서도 안 된다는 원칙을 정해 지키고 있었다. 그런데 천뢰가 황제의 칙서를 받음으로 인해 그들은 더 이상 일정 거리를 유지할 수 없게 되었다.

천뢰를 몰아내 황제의 노여움을 사던가, 얌전히 무림대통합을 인정해 권력에 굴복하던가! 육대문파들은 심각한 고민에 빠졌다.

"여러분, 일을 너무 어렵게 보는 것은 아닌가 모르겠습니다."

하연선이 심각한 분위기를 바꿔보려는 듯 웃으며 입을 열었다.

"제가 볼 때 천뢰를 몰아낸다고 황제가 당장 우릴 어떻게 하려 하지는 않을 것이라고 봅니다."

소림 장문 영선 대사가 놀라며 물었다.

"그것을 어떻게 아시오?"

"여러분도 아시다시피 우리 곤륜파는 오래전 황제의 불미스런 일에 재수없게 걸려들어 엄청난 피해를 입었습니다. 그 일이 있은 후 우리는 권력과 가까이 해서도 안 되지만, 그렇다고 눈과 귀를 닫고 있어서는 안 된다고 판단하여 나름대로 황실의 상황을 살피고 있었습니다."

"오오, 그러셨구려. 어디 자세히 말해주시오."

"예."

하연선은 헛기침을 하고는 설명을 시작했다.

"현재 황제는 외척들에게 밀려 그다지 힘이 없습니다. 특히 병권을 전혀 가지고 있지 못하지요. 무슨 일을 하던 외척들의 허락을 받아야 할 정도라고 합니다."

경엽자가 놀라며 말했다.

"허허, 그런 일이 있었소?"

육대문파 장문인들은 권력자와의 관계를 중요히 여기기는 했지만 황실 내부의 권력 다툼에는 전혀 관심이 없었다. 그렇기에 하연선의 정보는 수도의 권신들은 누구나 아는 사실이지만 그들에게는 생소한 이야기였다.

하연선은 고개를 끄덕이고는 말했다.

"예. 그렇기에 황제로서는 자신을 따르는 세력이 필요했겠지요. 그래서 천뢰의 제안을 받아들인 것이겠고요. 생각해 보십시오. 천뢰는 권력과는 아무 연관이 없는 사람입니다. 그런 그가 갑자기 찾아와 제안을 해온다면 과연 믿겠습니까? 그럼에도 황제가 환관까지 파견해 칙서를 전한 것은 황제 쪽도 가릴 처지가 아니었다는 뜻입니다."

그는 말을 이었다.

"또한 황제가 내린 무림대장군이라는 직책은 애초에 있지도 않은 것입니다. 관직이라고 볼 수도 없고, 새외의 이민족 왕에게 달래는 수단으로 칭호를 내리는 것과 별 차이도 없다고 봅니다."

화산파 장문 엽전취가 물었다.

“그러니까 우리가 천뢰를 몰아낸다고 해도 황제는 아무것도 하지 못할 것이라는 거요?”

“그렇습니다.”

하연선의 대답에 다른 장문인들은 안심하는 듯했다. 그러나 그의 말은 아직 끝나지 않았다.

“우리가 걱정해야 할 것은 멀리 있는 황제보다 가까이 있는 천뢰라고 봅니다.”

연풍 진인이 물었다.

“그것은 또 무슨 뜻이오?”

“우리가 과연 천뢰를 몰아내는 것이 가능할까, 라는 것입니다.”

다른 장문인들은 이해할 수 없다는 표정이 되었다. 그들은 지금까지 이 자리에서 의견을 모아 결론을 내는 것만으로 얼마든지 무림맹주 직을 주고 빼앗아왔다. 지금까지 해왔던 너무나 간단했던 일이 어렵다는 말인가?

하연선이 설명했다.

“현재 무림맹 내의 인원들은 대부분이 천뢰를 따르는 자들로 이루어져 있습니다. 천뢰가 맹주 직에서 실각된다면 그들이 가만있을 것이라 속단할 수 없지요.”

원래 무림맹의 주 인원은 육대문파를 중심으로 하는 정파에서 파견된 고수들이었다. 그러나 마교 토벌 사건 이후, 육대문파는 파견한 제자들을 상당수 본파로 돌아오게 했다. 더 이상 큰 싸움이 없을 것이라는 판단과 천뢰에게 너무 많은 힘을 실어주어서는 곤란하다는 경계 때문이었다.

천뢰는 그렇게 생긴 공백을 자신을 따라 모여든 무인들로 일명 정의

수호대라는 것을 만들어 채워 넣었다. 그러다 보니 어느새 무림맹의 대부분이 천뢰의 지배 아래에 놓여진 것이다. 이건 육대문파 장문인들로서는 예상 못한 사태였다.

역대의 맹주 직을 맡은 사람들은 강호의 최고 세력인 육파, 오문, 사가, 이방 중에서 사가, 오문 출신들만으로 뽑아왔다. 이는 문서상으로 정해져 있지 않지만 암묵적인 규칙과 같은 것으로, 이번에 천뢰가 맹주가 된 것은 상당히 파격적이라 할 수 있었다.

사가, 오문 출신의 인물이 맹주 직에 오르면 자파의 고수들을 상당수 데려와 무림맹의 주축으로 세운다. 그리고 육대문파는 일부 제자를 파견해 지원하는 것으로 무림맹의 주력이 구성되게 된다.

아무리 강호의 대세력인 사가, 오문이라고 해도 일개 문파로 무림맹을 구성하기에는 그 인원에 한계가 있을 수밖에 없다. 그렇기에 육대문파가 자파의 제자들을 빼면 그 즉시 무림맹의 세력은 약화될 수밖에 없었다. 이는 육대문파가 무림맹에 실질적인 지배력을 행사할 수 있는 가장 효과적인 방법 중 하나였다.

그렇기 때문에 개방, 칠성방같이 사람이 많고 쉽게 인원을 늘릴 수 있어 자파만으로도 충분히 무림맹을 운영할 수 있는 방파에서는 절대 맹주를 뽑지 않았던 것이다.

그러나 이번에 천뢰는 자신을 추종하는 강호의 무인들을 모아 세력의 공백을 메운 것이다. 이렇게 되다 보니 육대문파가 가지는 무림맹에 대한 영향력이 상당히 약화되었다. 이번에 무림대회가 천뢰의 독단으로 이루어질 수 있었던 것도 이것이 원인이라 할 수 있었다.

"확실히 무림맹이 천뢰의 사문화가 되는 것은 문제라 할 수 있소."

연풍 진인이 말을 꺼냈다.

"우리가 천뢰를 몰아낸다면 그들의 원망을 사게 되겠지. 그렇다면 좀 더 온건한 방법을 택하는 것이 좋을 것 같소."

몇몇 장문인들이 고개를 끄덕여 동감을 표했다. 하연선은 눈살을 찌푸리며 물었다.

"온건한 방법이라니요?"

"우리가 원해서가 아닌 어쩔 수 없는 선택이었다는 것을 강조하는 것이지."

아무리 힘없는 황제라지만 비위를 건드리고 싶지는 않다. 천뢰를 추종하는 자들과 적대하고 싶지도 않다. 그렇지만 천뢰가 벌이는 일을 따를 생각도 없기에 그를 몰아내고 싶다. 이것이 장문인들의 공통된 생각이었다.

생각이 다른 것은 하연선뿐이었다. 그는 회의 내용이 자신이 원하는 바와 다르게 흘러가는 것 같자 조금 당황했다.

"제가 하고자 하는 말은 황제를 신경 쓰지 말고 독단적인 세력을 모으는 천뢰를 몰아내야 한다는 겁니다. 연풍 진인의 말씀대로라면 무엇을 하자는 건지 알 수가 없습니다."

엽전취가 말했다.

"하지만 하 장문인의 말씀은 너무 강경한 것 같소. 무림맹주인 천뢰와 우리 육대문파가 극단적으로 대립하는 모습을 보이는 것은 문제가 있는 것이 아니겠소이까."

하연선이 인상을 썼다.

"그렇다면 어떻게 하자는 겁니까?"

그때였다. 밖에서 문을 두드리는 소리가 들렸다. 경엽자가 일어나 문으로 다가가 물었다.

“무슨 일인가?”

“급전입니다.”

문에 달린 작은 쪽문이 열리고 서신이 들어왔다. 경엽자는 받아서 자리로 돌아와 모두가 보는 앞에서 서신을 펼쳤다. 서신의 내용은 남궁현이 천뢰에 반대하는 세력을 모으고 있다는 것이었다.

“허허, 이 친구 많이 급한 모양이로군.”

경엽자가 수염을 쓰다듬으며 웃었다.

“맹주 직을 그렇게 되찾고 싶었나? 어차피 잘된 일이군. 우리가 하려고 하는 일을 그가 대신해 준다니.”

다른 장문인들도 웃었다. 연풍 진인이 의견을 내었다.

“이렇게 하는 것이 어떻겠소. 남궁현의 성격이라면 극단적으로 천뢰와 대립할 것이오. 분명 양쪽의 다툼으로 시끄러워지겠지. 그때 우리가 나서서 중재를 하는 것이오.”

하연선이 물었다.

“어떻게 말입니까?”

“싸움을 말리고 중재자로서 양쪽 모두에게 책임을 묻는 것이지. 다툼의 원인이 된 천뢰에게는 더 이상 맹주 직을 맡길 수 없다고 하고, 소란을 일으킨 남궁현 역시 마찬가지이지. 양쪽 모두 맹주 직을 줄 수 없으니 적당히 문제없을 제삼자를 맹주로 앉히면 모든 것이 원만히 해결되지 않겠소?”

하연선을 제외한 다른 장문인 모두가 좋은 생각이라 생각했다. 강호를 영도하는 대문파다운 품위를 유지하며 문제를 해결할 수 있고, 무엇보다 자기들이 손해 볼 일이 전혀 없다. 장문인들이 가장 선호하는 방식이라 할 수 있었다.

"참으로 훌륭한 생각입니다."

모두가 찬성하는 가운데 하연선 혼자서는 아무것도 할 수 없었다. 결국 육대문파 회의는 아무것도 하지 않고 상황을 방관하는 것으로 결론이 나버렸다.

3

대회가 끝나고 장소산은 숙소로 돌아왔다. 얼마 지나지 않아 칠성방주 가규가 찾아왔고, 둘은 마주 앉았다.

"자넨 천뢰의 계획을 어떻게 생각하는가?"

가규의 질문에 장소산은 잘라 대답했다.

"말도 안 되는 소리입니다."

"호오~ 그건 어째서인가? 듣기에는 상당히 좋은 말로 들리는데."

"일견 그렇게 들리긴 하지만 그것이 가능할 것이라고는 생각되지 않습니다. 그리고 무엇보다 제안을 낸 천뢰의 목적을 믿을 수 없습니다."

장소산은 말을 이어갔다.

"천뢰의 말대로 무림대통합이 된다고 쳐요. 그렇게 되면 이 일을 주도하고, 황제로부터 무림대장군이라는 직함까지 받은 천뢰가 실질적으로 절대적인 존재가 될 것입니다. 저는 이 계획이 천뢰가 저항받지 않고 강호를 지배하기 위한 수단에 불과하다고 생각합니다."

"무림대통합을 이루면 초야에 묻힐 것이라고 하지 않았나."

"과연 그럴까요? 그는 젊습니다. 그가 초야에 묻힌다고 하면 그를 따르는 자들이 너무 이르다고 말릴 테고, 그는 짐짓 어쩔 수 없는 것처럼 자리를 지킬 테지요."

“맞는 말이네.”

가규는 고개를 끄덕였다.

“나도 그렇게 생각하네. 난 처음에 자네에게 천뢰가 무림일통을 노린다는 말을 듣고 의구심이 들었네. 아무리 천뢰의 무공이 대단해도 그가 가진 천명회라는 작은 세력만으로 어떻게 그것이 가능할까라고 말이네. 하지만 이런 식으로 적당한 이유를 붙여 모두의 자발적인 참여를 유도하면 힘 하나 쓰지 않고 가능하지. 천뢰란 녀석은 생각보다 훨씬 영리한 녀석인 모양이네.”

“사실 이 무림대통합은 천뢰가 생각한 것이 아닐 겁니다.”

장소산은 이미 풍파천이 같은 말을 했다는 것을 설명했다.

“천명회의 장로들은 정복욕보다는 이것이 옳다고 생각해 이 무림대통합이라는 것을 생각했겠지요. 하지만 천뢰가 자신의 사욕으로 이 계획을 실천하는 이상 절대로 그의 뜻대로 되게 놔두어서는 안 된다고 생각합니다.”

“하지만 어떻게 막을 건가? 상대가 황제를 뒤에 두고 있는 이상 자칫하다가는 역적이 될 수가 있네.”

장소산은 자신있게 대답했다.

“걱정할 필요 없습니다. 우리와 생각이 같은 사람들이 분명 있을 것입니다. 대회장에서야 대놓고 말하지 못했지만 다른 곳이라면 문제없지요. 왜 안 보이는 곳에서는 황제도 욕한다는 말도 있지 않습니까.”

그의 말대로였다. 그날 저녁 한 통의 서찰이 사람을 통해 보내져 왔다. 내용은 천뢰의 안하무인을 더 이상 두고 볼 수 없으니 한곳에 모여 대책을 의논하자는 것이었다.

장소산은 서찰을 읽고 나서 웃었다.

"남궁가주가 빨리도 움직였군요."

가규가 조금은 걱정스러운 표정으로 물었다.

"너무 빠른 것 같은걸. 혹시 함정이 아닐까?"

장소산은 오래전 삼대악인 토벌 때의 일을 떠올리고는 말했다.

"제가 아는 남궁현은 그럴 만한 사람이 아닙니다. 또한 맹주 직을 천뢰에게 빼앗긴 이상, 천뢰와는 확실한 적대 관계이고요."

그는 잠시 생각하다 말을 덧붙였다.

"그가 하는 일인 이상 걱정이 안 되는 것은 아니지만, 현재 상황으로는 빨리 천뢰에게 반대하는 세력을 규합하는 것이 중요합니다. 전 무림맹주였던 그라면 그 역할을 하기에 충분하리라 생각합니다."

가규는 고개를 끄덕였다.

"알겠네. 나도 함께하도록 하지."

장소산은 비밀 회합에 참석할 준비를 서둘렀다. 그런데 그가 막 출발하기 전에 또 한 통의 서찰이 전해져 왔다. 서찰을 읽어본 그는 이번에는 표정이 심각하게 굳어졌다.

"강 소저, 나 좀 봅시다."

"어? 응."

강연수와 함께 방으로 들어간 장소산은 받은 서찰을 내밀었다.

"읽어보시오."

서찰을 읽은 강연수의 표정도 변했다.

"숭산의 임예정을 인질로 데리고 있으니 무사히 돌려받고 싶으면 가지고 있는 무공총람을 모두 가지고 혼자서 예전 임한정과 몰래 만나던 정자로 오라니……. 이건!"

장소산은 인상을 찌푸리며 말했다.

"무공총람을 노리는 것이나 그 장소를 알고 있는 것으로 보아 아무래도 임 소저를 납치한 것은 최진방인 모양이오."

"그 영감이 아직도 정신을 못 차리고!"

강연수는 분해하다가 마음을 가다듬고 물었다.

"어떻게 하지?"

"난 지금부터 천뢰를 상대하기 위한 회합에 참석해야 하니 아무래도 강 소저에게 맡겨야겠소."

장소산은 일단 가진 무공총람을 모두 강연수에게 주고는 말했다.

"지금은 비급 따위에 신경 쓸 때가 아니오. 임 소저를 구할 수 있다면 비급 정도야 줘버리고 끝내도 상관없소."

줘도 상관없다는 말에 강연수가 놀랐다.

"괜찮겠어?"

장소산은 웃으며 답했다.

"비급보다 사람이 중요하지."

그는 걱정이 되어 당부의 말을 덧붙였다.

"이 일이 무공총람을 노리고 한 것인 이상 최진방 혼자 저지른 짓일 가능성이 높소. 하지만 어쩌면 날 노리고 천명회가 판 함정일지도 모르지. 최진방 혼자라면 강 소저가 충분히 상대할 수 있겠지만, 다른 천명회의 인물들이 있으면 깨끗이 포기하고 도망치시오."

"알았어. 걱정하지 마."

장소산에게 장소에 대한 설명을 들은 강연수는 떠났다. 그녀가 가고 장소산은 진갑을 위시한 십간들과 칠성방 사람들과 함께 비밀 회합의 장소로 향했다.

4

육대문파 회의가 끝나고 화산파 장문 엽천취와 공동파 장문 경엽자는 둘이 따로 만나 한곳으로 향했다. 그들이 도착한 곳은 다름 아닌 천뢰의 거처였다.

"우리들이 왔네."

엽천취의 말에 천뢰가 문을 열어 맞이했다.

"어서 오십시오."

둘이 안으로 들어가 자리에 앉았다. 천뢰는 밖을 향해 말을 전했다.

"차를 내오시오."

"예."

대답이 있고 잠시 후 지수가 차를 가지고 들어왔다.

"드시지요."

"감사하오."

차를 놓고 지수는 나갔다. 한 모금 마신 경엽자가 말했다.

"소저의 차는 언제 마셔도 훌륭하군."

"감사합니다."

천뢰는 답례하고는 자신도 차를 한 모금 마신 후 물었다.

"결과는 어떻습니까?"

"모두 예상대로일세."

엽전취가 입을 열었다.

"남궁현은 일을 벌였고, 육대문파는 결국 아무 행동도 취하지 않고 양쪽의 대립을 보다가 중재하기로 했네."

경엽자가 웃으며 말했다.

"정말 그대의 계획은 놀라울 정도로군. 남궁현의 움직임이나 문파 회의 결과, 모두 그대의 예상대로가 아닌가."

"과찬이십니다."

천뢰는 담담히 답했다.

"육대문파의 회의야 두 분께서 노력해 손을 써주신 결과가 아닙니까. 그리고 남궁현의 일이야⋯⋯."

그는 웃음으로 말을 이었다.

"뭘 할지 뻔히 보이지 않습니까."

엽전취와 경엽자도 실소했다.

"하긴, 그 인간이 하는 짓이야 뻔하긴 하지."

천뢰는 고개를 숙였다.

"두 분께는 정말로 감사드립니다. 이제까지 물심양면으로 도와주셔서 제가 이 자리에 있는 것이 아니겠습니까."

그는 두 장문인을 돌아보았다.

"화산의 엽 장문인께서는 제가 맹주가 되는 일부터 지원해 주셨지요. 엽 장문인이 안 계셨다면 제가 맹주가 되는 일은 없었을 겁니다."

엽전취는 수염을 쓰다듬으며 웃었다.

"허허, 과찬일세."

"공동의 경엽자 어르신께서는 처음에는 절 반대하셨지만, 곧 시세를 아시고 저와 뜻을 같이하기로 하셨지요. 경엽자 어르신께서 저에게 반대하는 문파들을 설득해 주셨기에 이번 무림대회를 열 수 있었습니다."

"별말씀을."

천뢰는 미소를 지었다. 그의 미소는 부드러워 보였지만 사실 그것은 비웃음이었다.

'한심한 놈들.'

이 두 명이야말로 천명회가 지금까지 어둠 속에서 노력해 온 결과라 할 수 있었다. 엽전취는 반대파를 제거하여 장문인이 되도록 해주었고, 이미 장문인이었던 경엽자는 치부가 드러나 실각하는 것을 막아주었다.

천명회는 지금까지 이런 식으로 문파 내부의 문제에 개입하여 한쪽을 도와주는 것으로 많은 문파의 수장들을 은밀히 자신의 세력하로 끌어들였고, 그들 문파 중 가장 강한 문파가 화산과 공동이었던 것이다.

'이 둘보다는 개방 방주 양경청이 훨씬 도움이 되었을 것인데……'

무공도 강하고 야심도 많고 세력이 강한 개방의 수장이었던 양경청은 천명회가 계획하고 벌인 일 중 가장 큰 건이었지만, 아쉽게도 양경청은 죽어버렸고 천명회의 가장 큰 전력이 될 예정이었던 개방은 장소산의 휘하에 들어가 가장 큰 적이 되어버렸다.

'하는 수 없지.'

이미 끝난 일에 미련을 둘 수는 없는 일이다. 아쉬움을 뒤로하고 천뢰는 두 명에게 미소를 지으며 말했다.

"이제 두 분은 느긋하게 구경이나 하시면 됩니다. 내년쯤에는 두 분의 문파가 소림, 무당을 대신하는 자리에 있을 것입니다."

"허허, 그렇게까지 바라지는 않습니다."

엽전취가 말했지만 그의 표정에는 기대감이 가득했다.

'멍청한 놈, 아무것도 하지 않고 바라는 것만 많구나. 네놈에 비하면 그나마 목적을 위해 노력하는 남궁현이 훨씬 낫다.'

천뢰는 속으로 생각하면서도 겉으로는 괜찮다며, 반드시 그렇게 될 것이라고 듣기 좋은 말을 해주었다.

"그럼 뜻하는 것을 이루시기 바랍니다. 이만."

엽전취와 경엽자는 말을 마치고 천뢰의 처소를 떠났다. 그들의 모습이 사라지자 천뢰의 얼굴에서 미소도 사라졌다.

"우선."

"예."

대답과 함께 나타난 것은 무림맹의 정문을 지키고 있던 남자였다. 그의 이름은 정우선. 아미파의 제자지만 실제 정체는 천명회 서열 사위의 고수 우선이다. 천명회에서 연사랑, 유마에 다음기는 고수로, 무공에 있어서는 유자건보다 훨씬 뛰어났지만 일 처리 능력에서 밀려 천뢰의 심복이 되진 못했다. 그러다 유자건이 죽으면서 그를 대신하는 자리에 앉게 되었다.

"준비는 됐는가?"

"예."

간결한 대답이었지만 많은 뜻을 포함하고 있었다. 천뢰의 얼굴에 다시 미소가 번졌다.

"무리할 필요는 없다. 적당히, 적당히 시간만 보내는 것으로 충분하다."

"알겠습니다."

한편, 엽전취와 경엽자는 천뢰의 전각을 나서고 있었다. 처소를 빠져나가는 순간, 그들의 얼굴에는 웃음이 사라졌다.

"……."

둘은 말없이 걸음을 옮겼다. 천뢰의 전각에서 어느 정도 거리가 떨어지자 경엽자의 입에서 신경질적인 목소리가 튀어나왔다.

"홍, 어린놈이 잘난 듯이 떠들어대는군!"

엽전취가 말을 받았다.

"하지만 그 나이에 그 정도 무공의 경지에 이르렀다는 것은 대단하지 않소."

"뭐, 그건 그렇긴 하지만……."

"확실히 무공만 믿고 너무 설치는 감이 있긴 하지요."

경엽자가 좋아하며 말했다.

"내 말이 바로 그거요."

엽전취의 표정이 진지해졌다.

"어찌 되었든 우린 중요한 기로에 서 있소. 조금만 발을 잘못 디뎌도 끝장이니 조심해야 하오."

경엽자도 표정을 굳히고 고개를 끄덕였다.

"잘 알고 있소."

둘은 장문인의 자리 때문에 어쩔 수 없이 천뢰의 힘을 빌렸지만, 그렇다고 그와 운명을 같이할 생각은 전혀 없었다. 둘에게 가장 중요한 것은 현재의 자리를 지키는 것이었기 때문이다.

엽전취는 말했다.

"중요한 것은 적당한 거리를 유지하는 거요. 완전한 천뢰의 편이 되어 타 문파를 적으로 돌릴 수도 없고, 그렇다고 천뢰의 눈 밖에 나서도 안 되지. 그래야 천뢰의 계획이 실패하든 성공하든, 우린 자신을 지킬 수가 있는 거요."

"그렇고말고요."

"다행히 천뢰는 우리가 나서서 싸우는 것을 원하지 않고 있소. 우리가 천뢰를 도왔다고 하지만, 직접적으로 증거가 남을 만한 일은 전혀 하지 않았소. 앞으로 며칠간 아무것도 하지 않고 잠자코 있으면 아무도 그 사실을 모르겠지. 천뢰가 실패하면 우리는 천뢰를 성토하고, 성공하면 그의 곁에서 무림 경영을 하면 되는 것이오."

경엽자는 웃었다.

"훌륭하오. 누가 이기든 우리는 손해가 없구려."

엽전취도 웃었다.

"경 장문께서는 본파에서 급보가 있었다고 하고 여길 떠나 있으시오. 나 역시 적당한 핑계로 상황에서 빠질 것이니."

일견 생각하기에는 경엽자 쪽이 유리한 핑계 같다. 문제가 있다고 해도 일단 무림맹 안에 있는 이상 다른 육대문파가 위험한데 아무것도 안 한다면 나중에 욕먹을 이유가 큰 것이다. 아예 당시 그곳에 없어서 어쩔 수 없었다는 쪽이 핑계로서는 훨씬 낫다.

그러나 엽전취의 생각은 달랐다. 그는 양쪽의 상황을 주시하다가 어느 한쪽이 확실한 승산이 있다고 판단되면 직접 나서 힘을 실을 생각이었다. 그러는 편이 나중에 결판났을 때 자신에게 득이 크다는 계산이었다.

엽전취는 말하며 얼마 전 자파의 제자 강연수가 찾아왔던 일을 떠올렸다. 그녀는 천명회에 대해 말하며 개방과 힘을 합쳐 싸워야 한다고 주장했다.

'철없는 계집애의 소리지.'

세상일이 말처럼 쉽단 말인가? 만약 잘못되어 모든 것을 잃게 되면 어떡한단 말인가?

‘나보고 숭산의 임한정 같은 꼴이 되라고?’

그는 천명회에 관계되어 있기에 임한정의 일에 대해 강호의 소문이 아닌 진실을 알고 있었다. 천명회의 가입을 제의받았으나 거절하고 결국 죽고 말았으니 이 얼마나 어리석은 일이란 말인가!

‘나처럼 하면 될 걸 가지고.’

엽전취는 큰 욕심이 없는 사람이다. 천뢰나 양경청 같은 야심이나, 장소산이나 강연수 같은 협의도 없다. 그저 자신이 할 수 있는 범위 내에서 조금의 득을 취하는 것으로 만족하는 것으로 충분했다.

원하는 것이 적은 것이 꼭 나쁜 것만은 아니다. 누가 말했듯이 인생은 도박과 비슷하다. 많은 것을 원하면 많은 것을 걸어야 하고 실패하면 많은 것을 잃는다. 하지만 적은 것을 걸면 실패해도 큰 손해는 없다. 얻는 것은 적겠지만 그것만으로 만족하면 아무 문제가 없다.

생각해 보면 대부분 사람들의 생이 그러하다. 그런 면에서 볼 때 자신은 선인도 아니지만 악인도 아니다. 그저 보통 사람일 뿐이라고 엽전취는 생각했다.

“그럼 남궁현이 일을 벌이는 바람에 상황이 급박하게 흐르는 것 같으니 서두르도록 합시다.”

둘은 상의를 마치고 각자의 처소로 돌아갔다.

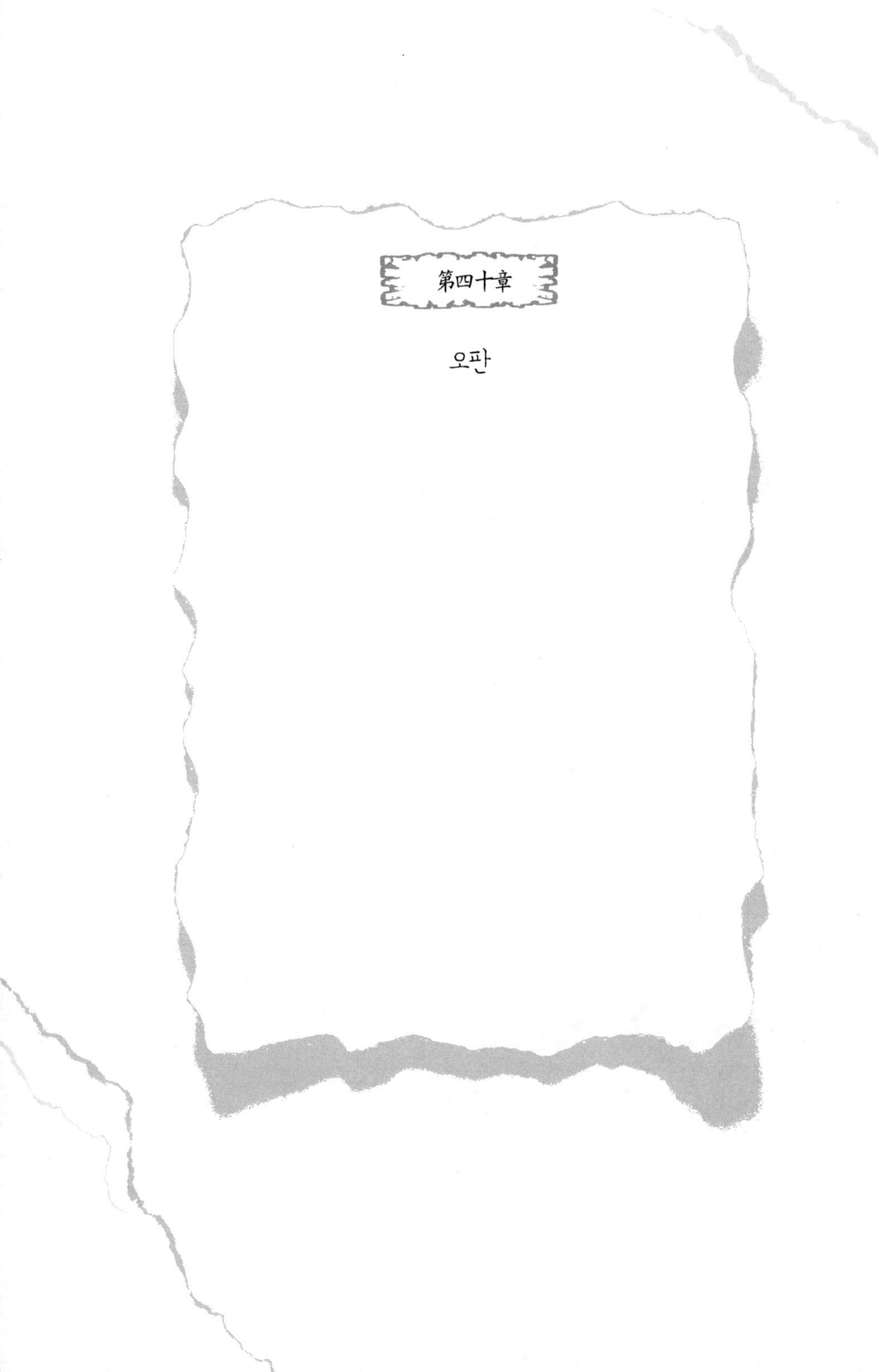

오판

오판 1

　장소산은 칠성방 사람들과 함께 회합 장소로 향했다. 장소는 무림맹
내성 북쪽에 있는 저택으로 그리 멀지 않은 곳이었다.
　이미 해가 져 밤이 되었기에 날은 어두웠고, 주변을 경계하느라 천
천히 걸음을 옮긴 일행은 반 시진 만에 목적지에 도착할 수 있었다.
　"아, 저긴가……. 본가?"
　장소산은 저편에 보이는 불빛을 보고 의아해졌다. 이건 환해도 너무
환했기 때문이다. 그것도 오색의 빛깔이 개성까지 연출하고 있었다.
　"저기가 맞네."
　가규가 말해줘서야 장소산은 의아함을 버리고 가까이 다가갔다. 문
앞까지 이르자 안에서 시끌벅적한 소리가 들려왔다.
　"어서 오십시오."
　문 앞에 서 있던 하녀들이 다가와 공손히 인사했다.

“어느 문파에서 오셨습니까?”

얼떨떨해져 있는 장소산 대신 가규가 답했다.

“개방과 칠성방 일행일세.”

대문파의 이름을 듣자 하녀의 표정이 달라졌다.

“드십시오.”

문이 열리고 하녀의 안내를 받아 일행은 안으로 들어갔다. 안의 상황을 본 장소산은 기가 막혔다.

‘이게 뭐야?’

커다란 저택에는 오색의 등이 환히 켜져 있고, 정원에는 온갖 호화진미가 가득 차려져 있었다. 참석한 각 문파의 이백 명 가까운 사람들 사이로는 하인들이 분주히 음식과 술을 나르고 있었고, 사람들은 삼삼오오 모여 웃고 떠들고 있으니 아무리 봐도 이건 비밀 회합이 아닌 잔치였다.

‘대체 무슨 생각을 하고 있는 거야?’

남궁현이 주최하는 회합이라고 해서 조금 걱정되긴 했지만, 이건 예상을 훨씬 초월하는 것이었다. 이건 비밀은커녕 여기서 무슨 일이 생겼다고 선전하는 꼴이지 않는가.

“가주께서는 곧 나오실 것입니다. 그동안 편히 즐기고 계십시오.”

하녀는 말하고는 다른 손님을 모시기 위해 떠났다. 장소산 일행은 주변 분위기에 적응하지 못하고 어정쩡한 표정으로 멀뚱히 서 있었다. 개방과 칠성방은 강호에서의 세력이 상당하기에 모인 사람들이 다가와 인사를 건넸다.

“안녕하십니까, 전 풍산파의 전가라고 합니다.”

“허허, 이름 높으신 가 방주님을 뵈어서 영광입니다.”

“개방 방주께서 아주 젊으시군요. 청년 영웅이시구려.”

사람들은 이 기회에 대방파인 개방과 칠성방과 친분을 다지려고 했다. 장소산은 당장이라도 남궁현을 찾아 따져 묻고 싶었지만, 계속해서 다가와 말을 거는 사람들 때문에 꼼짝할 수 없었다.

할 수 없이 적당히 상대하며 장소산은 생각했다.

‘맹주 자리에서 밀려난 남궁현의 입장에서야 어떻게든 전의 지위를 되찾고 싶을 테니 이번 기회를 놓칠 수가 없었겠지. 하지만 이렇게 소란스럽게 일을 벌이면 천뢰가 미리 다 알고 대비하지 않겠는가.’

주변을 둘러보니 모인 무인들은 마음껏 술과 음식을 먹으며 즐기고 있었다. 몇몇은 완전히 만취하여 쓰러져 있기까지 했다. 긴장감이라고는 찾아보려 해야 찾아볼 수가 없다. 장소산은 참으로 태평한 인간들이라고 생각하며 개방도들에게는 약간의 음식만 먹고 술을 금할 것을 명했다. 칠성방주 가규 역시 자신의 수하들에게 같은 지시를 내렸다.

좀처럼 말을 거는 사람들이 줄어들고 있지 않자 난감해하고 있는데, 갑자기 내공이 실린 외침 소리가 들려왔다.

“여러분, 이 자리에 참석해 주셔서 감사합니다!”

소리가 들리는 쪽으로 돌아보니 정원의 정자에 남궁현이 서 있었다. 그는 술잔을 들고 만면에 웃음을 지으며 말해갔다.

“아는 분도 계시겠지만 모르는 분도 계실 것 같으니 소개하겠습니다. 전 남궁가의 남궁현이라고 합니다. 여러분을 초대한 장본인이지요.”

그는 말을 이었다.

“다들 제가 보낸 서신을 보셨으니 이번 모임의 이유와 목적을 알고 계시겠지요. 여러분이 여기 모이신 이유는 간단합니다. 천뢰의 안하무인을 도저히 보고 있지 못하겠다는 것이지요. 천뢰란 녀석은 어린 나이에 맹주 직에 오르더니 눈에 보이는 것이 없는지 무림대통합이니 뭐니 하는 황당한 소리나 하고 있습니다. 정말 웃기는 노릇이 아닐 수 없습니다. 왜 우리가 어린놈의 망상 따위에 장단을 맞추어야 합니까!?”

거나하게 취한 몇몇 사람들이 찬성하여 외쳤다.

“옳소!”

“천뢰란 놈은 명성 좀 높다고 무림의 선배들을 무시하고 있소!”

“제 까짓게 무공이 강하면 얼마나 강하다고!”

남궁현은 주먹을 불끈 쥐며 힘차게 들어올렸다.

“천뢰는 강호를 영도할 만한 자질이 없습니다. 맹주의 자격도 없습니다. 무엇보다 우릴 팔아 관직을 사려 하고 있습니다. 맹주 직에서 몰아내고 녀석의 망상을 막아야 합니다. 제 생각에 찬성해 주시는 분은 손을 높이 들어주십시오!”

대부분의 사람들이 손을 번쩍 들었다. 반응이 좋자 남궁현의 얼굴에 웃음이 번져 갔다. 첫날인데도 생각보다 훨씬 많은 사람들이 참석했고 대부분이 자신의 생각에 찬성했다. 이대로라면 맹주 직을 되찾는 것도 시간문제로 보였다.

‘두고 보자, 천뢰. 네놈도 이제 끝장이다!’

생각해 보면 얼마나 괴로운 나날들이었는가! 삼대악인 토벌 때 녀석에게 구함을 받고 맹주의 체면을 깡그리 날려 버린 후 맹에서나 남궁가에서나 무시를 당하는 세월이었다.

‘하지만 이제 다 끝이다! 천하무림의 힘을 모아 천뢰를 몰아내고 맹주 직을 되찾아 무림에 군림하리라!’

그가 한창 미래의 환상적인 꿈에 젖어 있을 때였다. 장소산이 사람들을 헤치며 앞으로 나서서 말했다.

"물어볼 것이 있습니다."

한창 좋은 기분을 만끽할 때 어린놈에게 방해를 받자 남궁현은 살짝 인상을 썼다.

"자네는 누구인가?"

"장소산입니다."

개방의 방주라는 것을 알자 남궁현의 표정이 금세 부드러워졌다.

"그래, 알고 싶은 것이 무엇이오?"

"제가 이곳에 참석하게 된 이유는 서찰 때문이었습니다. 그런데 그 서찰을 보낸 기준은 무엇입니까?"

남궁현은 의아해했다.

"기준이라니?"

장소산은 답답해졌다.

"어떤 기준으로 어느 문파에 보냈느냐는 겁니다."

"다 보냈는데?"

"예?"

"이번 무림대회에 참석한 문파들에게 모두 보냈다는 말이오. 그렇기 때문에 이렇게 많은 문파에서 참석하게 된 것이 아니오."

장소산은 기가 막혔다. 도대체 생각을 하고 사는 인간이란 말인가?

"그렇게 되면 천뢰도 우리가 이곳에서 자신을 몰아낼 계획을 세우는 것을 알게 될 것이 아닙니까?!"

"뭐, 그렇겠지."

"이게 그렇겠지, 라고 끝날 일이 아니지 않습니까!"

하지만 남궁현에게는 전혀 먹혀들지 않았다. 아니, 오히려 장소산이 왜 이렇게 따지고 드는지 모르겠다는 표정이었다.

"장 방주, 그대의 말인즉 믿을 만한 사람들만으로 어두운 방 안에 모여 수군거리며 음모를 짜야 한다는 말이오?"

"물론 그렇지요."

"허허허."

수염을 쓰다듬으며 크게 웃은 남궁현이 말했다.

"그대는 뭔가 큰 착각을 하고 있는 모양이군. 우린 마교가 아니라 당당한 정파일세. 왜 몰래 숨어 수군거려야 한단 말인가. 당당히 천뢰에게 반대한다는 것을 선포하고 세를 모아야 하네. 제 까짓게 황제를 등에 업는다고 해도 우리 모두가 한목소리가 되어 반대하면 어쩔 수 없을 것이네."

장소산은 얼굴을 감쌌다. 설마설마 했지만 이럴 줄이야. 삼대악인 토벌 때도 그렇고 완전히 꽉 막힌 사람이지 않은가. 도저히 말이 통하지 않았다.

"그렇다면 만약 천뢰가 오늘의 모임을 막기 위해 공격해 온다면 어쩔 것입니까?"

남궁현은 어이없어하며 답했다.

"공격한다니? 여기가 어딘데 감히 그럴 수 있겠나."

많은 사람들이 웃음을 터뜨리며 말도 안 된다고 했다.

"무림맹 안에서 그런 일이 있을 리가 있나."

"천뢰가 그런 짓을 했다가는 천하무림을 적으로 돌리는 것이나 다름없네."

장소산은 자신과 이곳 사람들 간에 심각한 생각의 괴리가 있다는 사실을 깨달았다.

‘위기감이 전혀 없다!’

남궁현이나 여기 사람들은 무인이되 무인이 아니었다. 당장 검을 들고 싸우는 것이 아닌 모략, 세력 다툼이 더 익숙한, 말하자면 정치가에 가까운 자들이었다. 그래서 남궁현은 비밀을 지키기보다 많은 세력을 규합하는 것을 중시하여 모두에게 서찰을 돌리고, 화려하게 잔치를 벌여 사람들의 마음을 사려 한 것이고, 모인 사람들 역시 모임에서의 자신의 위치나 이익을 계산하고 있었다.

‘육대문파가 하나도 보이지 않는 것은 이것 때문이었구나.’

이곳에 모인 문파 중 대문파인 육파, 사가, 오문, 이방은 자신의 개방과 칠성방, 팽가와 신검문, 철장문이 전부였다.

남궁현은 자신을 맹주 직에서 쫓아낸 전력이 있는 육대문파에는 서찰을 보내지 않았을 것이고, 육대문파 역시 남궁현이 주체하는 모임에 참여하여 중심이 아닌 주변에 서는 것을 원하지 않았을 것이다.

남궁현이나 육대문파나 한마음으로 힘을 모아 친뢰를 물아낼 생각은 전혀 없고, 정략적인 알력이나 훗날의 이익과 손해를 계산하고 있었던 것이다. 아직 사냥을 시작하지도 않았는데 잡은 짐승을 어떻게 먹을까 고민하는 격이었다.

‘이렇게 많은 사람들이 모였지만 이들 중에 정말 진심으로 싸울 생각을 가진 자는 하나도 없구나!’

2

남궁현은 장소산이 더 이상 따져 묻지 않자 다시 사람들을 대접하며 선동하기 시작했다.

"자, 여러분, 마음껏 즐기십시오. 내일 또다시 회합을 열겠으니 다른 문파에도 오늘의 일을 알려 참석을 권유해 주십시오."

가규가 장소산에게 말했다.

"아무래도 예감이 좋지 않네. 이 자리를 떠나는 것이 좋겠네."

장소산 역시 동감이었다. 하지만 그렇다고 이 자리의 사람들을 못 본 척할 수는 없었다. 그는 어떻게든 남궁현을 설득하려 했다.

"남 가주님, 이런 식의 모임은 좋지 않습니다. 분명 천뢰가 모임을 막기 위해 무슨 짓을 저지를 겁니다."

그러나 남궁현은 천하태평이었다.

"천뢰가 오늘 낮에 그렇게 무림대통합론을 열심히 떠들었지만 반나절 만에 이렇게 반대하는 사람들이 모이지 않았나. 그의 주장 따윈 통하지 않음이 이렇게 증명되었으니, 무슨 소리를 해도 우리에게는 소용없을 것이네."

장소산은 이렇게 한 소리 해주고 싶어졌다.

'이 인간아, 천뢰가 너처럼 주둥이로만 싸우는 방법밖에 모를 줄 아느냐!?'

그는 분노를 참고 차근차근 설득했다. 천뢰는 단순히 권력을 위해 모략이나 꾸미는 것이 아닌 필요하면 얼마든지 피를 볼 인간이다. 천뢰라면 암살이나 누명을 씌운다던가 수단 방법을 가리지 않고 이곳에 모인 사람들을 없애려 들 것이다.

"어쩌면 이 자리에 이미 천뢰의 첩자가 있을지도 모릅니다. 우리 이름들을 척살 명단에 적고 있을지도 모르지요."

"……"

듣고 보니 조금 걱정이 되기는 하는 모양이다. 남궁현은 심복 수하를 불렀다.

"위 총관!"

뒤에 있던 위정평이 답했다.

"예."

"자네 생각은 어떤가."

위정평이 대답했다.

"장 방주님의 의견은 충분히 타당합니다. 그래서 저도 믿을 만한 사람들만을 비밀리에 모아야 한다고 하지 않았습니까."

장소산이 이어 말했다.

"지금이라도 모임을 해산하고 천뢰 쪽의 동향을 감시하는 것이 좋겠습니다."

남궁현은 떨떠름한 표정이 되었다.

"하지만 모처럼 모인 사람들을 벌써 보내면 흥이 깨질 텐데……."

"지금 흥을 따질 때가……!"

그때였다. 갑자기 낮은 파공음과 함께 술을 마시던 한 사람이 비명을 지르며 쓰러졌다.

"악!"

사람들은 놀라 돌아보았다. 비명을 지른 사람은 화살을 맞고 바닥에 쓰러져 있었다. 남궁현이 노해 외쳤다.

"어떤 놈이냐?!"

담장 위로 푸른 복면을 한 사람이 서 있었다. 남궁현이 그를 발견하고 소리쳤다.

"여기가 어느 자린 줄 알고 감히!"

복면인이 손을 들었다. 사방에서 인영이 나타났다. 그 수는 붉은 복면을 한 자가 오십 명에 남색 복면인이 이백여 명에 달했다. 그들은 모두 활에 화살을 걸고 당장이라도 쏠 태세였다.

"천명회인가?"

장소산이 신음 섞인 목소리로 중얼거렸다. 그로서도 이렇게 대놓고 나타나 공격하는 것은 예상하지 못한 일이었다.

'설사 여기 사람들을 모조리 몰살한다고 해도 이렇게 많은 사람들이 죽으면 숨기는 것은 불가능할 텐데?'

남궁현이 상대의 정체를 짐작하고 외쳤다.

"네놈들은 천뢰의 부하로구나! 이런 짓을 하고 무사할 것 같으냐?"

"하하하!"

웃음소리가 터져 나왔다. 복면인들은 한참을 우스워 죽겠다는 듯 웃어댔다. 무시당해 화가 치밀어 오른 남궁현이 앞으로 나서며 외쳤다.

"이놈들이!"

"쏴라!"

푸른 복면인이 외치자 일제히 화살들이 쏟아졌다. 지금까지 먹고 마시고 노느라 정신이 없던 사람들이 당장 전의를 발휘해 싸울 수 있을 리 없다. 정원에 모인 사람들은 혼비백산하며 화살을 피해 저택의 건물 안으로 들어갔다. 남궁현의 무공은 절정이었지만 쏟아지는 화살을 모두 막아내긴 무리라 그 역시 도망쳐 들어갈 수밖에 없었다.

건물 내로 들어가 상황을 살펴보니 화살에 맞아 죽거나 다친 사람이 오십 명이 넘었다. 술에 취해 제대로 대응하지 못한 탓이었다.

모두들 놀란 가슴을 쓸어내리거나 죽거나 다친 동료들을 보고 침통해 있는데, 밖에서 복면인들의 비웃음 가득한 웃음소리가 들려왔다.

"하하하, 멍청한 놈들!"

“죽일 놈들 같으니!”

남궁현은 분해 길길이 날뛰다가 소리쳤다.

“여러분, 나를 따르시오! 저 무뢰배 놈들에게 정의의 힘을 보여줍시다!”

건물 안으로 들어오자 당장 화살 맞을 염려는 없어졌지만 사방이 포위되었으니 꼼짝없이 갇힌 신세였다. 밖으로 나가 싸우지 않으면 이 상황을 타개할 방법이 없었다. 남궁현의 말에 사람들은 싸울 수밖에 없는 현실을 깨달았다.

즉석에서 오십 명 정도의 결사대가 결정되었다. 남궁현은 검을 뽑아 들고 힘차게 외쳤다.

“나를 따르라!”

그러나 기세 좋게 나간 것도 잠시, 쉴 새 없이 쏟아지는 화살 비를 견디지 못하고 남궁현과 그가 이끄는 결사대는 헐레벌떡 다시 돌아올 수밖에 없었다.

“크윽, 분하다!”

하지만 그는 포기하지 않았다.

“다시 한 번, 다시 한 번 도전합시다!”

이번에 모인 결사대는 스무 명 정도. 장소산이 보다 못해 말렸다.

“위험하니 그만두십시오.”

“위험을 두려워해서 여기 꼼짝없이 갇혀 있어야 한단 말인가? 장 방주는 칠전팔기라는 말도 못 들어보았소? 오르고 또 오르면 언젠가 오를 수 있는 법이오.”

남궁현은 반박하며 사람들에게 외쳤다.

“여기서 포기하면 안 됩니다! 이렇게 많이 쏴댔으니 분명 놈들도 화살이 거의 다 떨어져 갈 것입니다. 그렇게 되면 우리가 이길 수 있습니다."

그의 주장은 꽤나 그럴듯하게 들려 열 명 정도가 더 모였다. 서른 명이 된 결사대 제이진은 다시금 밖으로 뛰쳐나갔다. 그리고 반의 반 각도 되지 않아 비참한 몰골이 되어 도망쳐 들어왔다.

"아직 포기하기는 이릅니다. 이번에야말로 놈들의 화살이……."

그러나 이제 아무도 반응하지 않는다. 결사대가 되어 화살에 맞았던 사람들만이 원망스럽게 쳐다볼 뿐이었다. 남궁현은 비통한 목소리로 외쳤다.

"여러분, 좌절해서는 안 됩니다! 좌절하면 그 즉시 지는 겁니다!"

장소산이 손을 들고 한마디 했다.

"좌절하는 것도 안 되지만 무작정 뛰쳐나가는 것도 안 될 것 같은데요."

사람들은 그의 말에 동감했다. 남궁현이 사람들의 마음이 장소산에게 쏠리는 것에 위기감을 느끼며 따졌다.

"그럼 자네는 대안이 있단 말인가? 자신은 아무 생각도 없으면서 무조건 비평만 하는 사람은 딱 질색일세."

"제 말은 차분히 생각해 보자는 말이지요."

장소산은 가까운 문짝을 두드리며 말을 이었다.

"최소한 이런 것이라도 방패 대신 들고 나갔다면 화살에 덜 맞았을 것 아닙니까."

듣고 보니 맞는 말이었다. 남궁현은 왜 그 생각을 못했을까 한탄하다가 돌연 화를 벌컥 냈다.

"왜 진작 그 말을 안 해줬는가!?"

"저도 좀 전에 생각났습니다. 남궁 가주님이 너무 빨리 나가시니 생각할 틈이 없더군요."

남궁현은 혀를 차고는 다시 기분을 전환하여 외쳤다.

"모두들 문이나 바닥을 떼어 방패를 만듭시다. 그것이면 화살 비를 충분히 막을 수 있소. 이번에야말로 놈들에게 본때를……."

"그만두십시오."

장소산이 다시 그의 말을 막았다.

"제 말은 그런 방법이 있다는 것이지 해결 방법이라는 뜻은 아닙니다. 급조한 어설픈 방패로 화살은 어떻게 한다고 해도 승산이 적긴 마찬가지입니다."

그가 볼 때 적들 중 붉은 복면인은 천명회의 고수일 가능성이 높았다. 그렇다는 것은 정면 승부로도 이기는 것이 힘들다는 것이다.

"일반적으로 무인들이 사용하지 않는 무기인 활을 가져온 것만 봐도 적은 충분히 준비를 갖추고 공격해 온 것을 알 수 있습니다. 그런 상대에게 정면으로 돌진하는 것은 어리석은 짓이지요. 반격은 나중에 생각하기로 하고, 일단 현 상황에서 벗어나는 것이 최선이라고 봅니다."

남궁가의 총관인 위정평이 물었다.

"좋은 생각이 있소?"

"이 건물은 남궁가가 지었다고 들었습니다. 비밀 통로 같은 것은 없습니까?"

비밀 통로란 말에 사람들의 얼굴에 기대감이 떠올랐지만, 위정평은 고개를 저었다.

"아니, 없소. 내가 이 건물 짓는 데 책임자이니 있으면 모를 리가 없지."

“그것참 잘 되었군요.”

“뭐?”

“아니, 책임자였으니 잘 되었다고요. 건물의 구조를 잘 아실 것 아닙니까.”

“뭐, 그렇지.”

위정평은 하인에게 종이를 가져오게 해 건물의 구조를 그렸다.

“그러니까…….”

이 건물은 지하 일층과 지상 이층으로 되어 있었다. 지하는 술과 음식, 잡동사니 등을 보관하는 몇 개로 나누어진 창고였다. 일층은 중심에 많은 사람이 모여 연회를 벌일 수 있는 넓은 대청과 하인들이 일하고 자는 부엌과 방이, 이층은 남궁가의 사람과 손님이 묵을 수 있는 삼십여 개의 방이 있었다. 현재 사람들이 모여 있는 이곳은 일층 중심의 대청이었다.

장소산은 위정평이 그린 구조도를 보고는 출입구들을 지적했다.

“정문 외에 뒷문이 두 곳이나 있군요. 거기다 도구를 쓰거나 무공이 뛰어난 자라면 이층으로 침입하기도 간단하고요.”

“그렇소.”

“그렇다면 일단 적이 침입할 수 있는 위치를 막는 것이 좋겠습니다.”

장소산은 먼저 현재 인원을 점검하여 싸울 수 있는 무인과 부상자, 무공을 못하는 하인들로 분류했다. 싸울 수 있는 무인들에게는 각 문파로 분류하여 지정한 위치를 지키게 하고, 부상자들은 하인들이 보살피도록 했다. 또한 창문을 막아 화살이 들어오지 못하게 했다.

사람들은 장소산의 침착하고 정확한 지시에 군말없이 따랐다. 하지

만 남궁현만은 자신의 자리를 빼앗겼다는 생각에 불만을 가지고 이의
를 제기했다.

"현 위치를 지킨다는 것으로는 아무 해결도 되지 않지 않나."

"물론 그렇긴 하죠."

"그렇다면 수세를 하는 이유가 뭔가. 이래서야 언제 여길 탈출한단
말인가?"

"화살에 맞아 다친 사람이 많은데, 일단 응급조치라도 하고 부상을
추슬러야 하지 않겠습니까."

남궁현은 움찔했지만 물러서지 않았다.

"하지만 그러다가 적들이 불화살이라도 쏘면 꼼짝없이 갇혀 타 죽을
것이 아닌가?"

"그럴 가능성은 적습니다."

"무슨 근거로 단정하는 건가?"

"이 건물은 상당히 큽니다. 이 큰 건물이 모조리 탈 정도의 큰 화재
라면 이곳 무림맹 내성 안의 어디에서라도 보일 겁니다. 그렇게 되면
무림대회에 참석한 문파들이 무슨 일인지 알아보려 몰려올 텐데, 그럼
적들도 곤란하지 않겠습니까."

장소산의 대답에는 빈틈이 없었다. 남궁현은 당황하다가 좋은 생각
이 난 듯 손바닥을 쳤다.

"그래, 그럼 우리가 건물에 불을 지르면 되겠군. 그럼 모두들 불빛을
보고 몰려올 것이 아닌가."

그러나 장소산은 고개를 저었다.

"그것도 방법이 되긴 하겠지만, 우리 역시 위험해지지 않겠습니까.
가뜩이나 부상자도 많은데요. 사람들이 몰려오기 전에 많은 사람들이

죽겠지요."

"……."

남궁현은 반박할 말이 생각나지 않아 입을 다물었다. 사람들은 더 이상 그의 말을 들을 생각을 않고 장소산이 지시한 대로 움직였다. 위정평 역시 지시받은 대로 남궁가의 하인들을 지휘해 부상자들을 치료해 갔다.

"……."

졸지에 외톨이 신세가 된 남궁현은 멍하니 서 있었다. 아무도 상대해 주지 않았다. 그는 문득 외로움을 느끼고 곁의 사람을 불렀다.

"위 총관."

그러나 위정평은 짐짓 무시했다. 남궁현은 화가 났다.

"자네까지 날 무시하는 건가!?"

위정평이 입을 다물고 있자 주변 남궁가의 하인들이 눈치를 살폈다. 잠시 후 침묵을 깨고 위정평이 말했다.

"가주님."

남궁현이 기뻐하며 답했다.

"그래, 위 총관."

"제발 입 좀 다무세요."

"……."

3

장소산의 지시로 건물 내의 방어 체계가 갖추어졌다. 이 정도면 당장 공격을 받아도 쉽게 무너지지 않을 것이라고 판단한 장소산은 조금은 안심하고 밖의 적들의 동정을 살폈다.

'이상하군.'

적들은 여전히 담장 위에서 자리를 잡고 화살을 장전한 채 멈춰 있었다. 전혀 공격할 의사가 보이지 않았다. 나무판으로 막긴 했지만 어느 정도 무공과 궁술이 있으면 충분히 뚫고 유효한 공격을 할 수도 있을 텐데, 이쪽이 나오지 않는 한 화살을 쏠 생각도 없어 보였다.

'우릴 이곳에 가둘 셈인가?'

그것도 이상한 일이다. 지금은 한밤중이라 조용하지만, 날이 밝으면 무림대회에 참석한 다른 문파들이 이곳의 상황을 알 수밖에 없다. 시간을 끌어서 이득이 있는 것은 오히려 이쪽이다.

생각해 보면 지금의 공격 역시 상당히 무모한 짓이라 할 수 있다. 여기 있는 사람들을 몰살한다고 해도 비밀이 지켜질 수는 없다. 곧 무림대회에 참석한 모두가 사실을 알게 될 것이다.

'혹시 마교가 한 짓이라고 할 셈인가?'

문파들을 공격하고 마교의 짓으로 누명을 씌우는 것은 천명회가 잘하는 짓이었다. 하지만 지금까지와 달리 이번 경우는 좀 무리가 있다. 무림맹 내에서 쥐도 새도 모르게 수백 명의 마교도가 침입하여 천뢰의 반대파를 몰살하고 사라졌다고 하면 과연 사람들이 믿을까?

장소산은 이런저런 가능성을 생각해 보았지만 확실히 이거다, 라고 할 만한 해답은 나오지 않았다. 결국 그는 일단 현 상황을 벗어나는 것을 최우선으로 하기로 했다.

그때 가규가 다가와 말했다.

"슬슬 반격할 준비를 하는 것이 어떤가?"

처음 공격을 받은 지 한 시진 정도의 시간이 흘렀다. 두 시진 정도가 더 흐르면 날이 밝기 시작할 것이다. 장소산은 이대로 아침이 되면 좋겠다고 생각했지만, 적들이 무엇을 노리고 공격하지 않는지 알지 못하는 이상, 수동적으로 상황이 나아지길 기다려서는 안 된다고 판단 내렸다.

"좋습니다. 그럼 해보도록 하지요."

장소산은 사람들을 모이게 했다. 경비를 서는 인원, 부상자 등을 제외한 모두가 모이자 그는 계획을 설명했다.

"먼저 저희 개방과 칠성방의 고수들이 정문으로 나가 적의 시선을 끌겠습니다. 그사이 팽가와 남궁가가 뒷문으로 나가 왼쪽으로, 신검문과 철장문의 고수들이 오른쪽으로 공격해 나갑니다. 성공하여 적의 포위가 흐트러지는 게 보이면 제가 돌격을 외칠 것이고, 건물 내에 대기하고 있는 전투 인원 전부가 일제히 나와 개방, 칠성방 고수들과 연합하여 중심을 공격하겠습니다."

그는 말을 이었다.

"만약 상황이 여의치 않다고 느껴지면 후퇴를 외치겠습니다. 그렇게 되면 그 즉시 깨끗이 포기하고 후퇴합니다. 단, 좌우에서는 경공이 뛰어난 세 명의 고수를 선발하여 탈출하도록 하고, 양쪽의 다른 고수들은 그들이 무사히 빠져나가도록 지원한 후에 후퇴합니다."

그는 사람들 중에 경공에 자신있는 여섯 명을 추리고는 당부했다.

"여러분들은 되도록 싸움을 피하고 탈출을 우선으로 합니다. 빠져나가는 데 성공하면 각기 육대문파의 숙소를 찾아서 우리의 상황을 설명하고 지원을 부탁합니다."

그는 여섯 사람에게 개방의 신호탄을 나눠주었다.

"육대문파의 지원을 받아 다시 돌아올 때는 이 신호탄을 쏴주십시오. 그럼 우리도 안에서 내응할 테니 안과 밖에서 동시에 공격할 수 있을 것입니다.”

전체적인 계획의 설명을 끝낸 장소산은 세부적인 지시 사항으로 들어가 어떻게 공격해 나갈지, 후퇴시에는 어떻게 해야 할지를 일일이 설명했다. 남궁현의 무작정 식과는 다른 세심한 대응 전략에 사람들은 신뢰를 보냈다.

“자, 그럼 일각 후에 공격을 개시할 테니 준비해 주십시오.”

장소산이 이끄는 개방과 칠성방의 중앙 공격대는 문과 바닥을 뜯어 임시 방패를 만들고 대열을 짰다. 개방과 칠성방의 인원은 장소산과 십간 다섯, 가규와 천추칠성 일곱, 모두 해서 열네 명이었다. 수는 적지만 하나같이 초일류 이상의 상승고수들로 웬만한 문파쯤은 간단히 멸문시킬 수 있을 정도의 전력이었다.

남궁가, 팽가, 신검문, 철장문들도 위의 두 방보다는 조금 떨어지지만 강호를 영도하는 세가와 문파들답게 정예 고수들의 집단이었다.

“그럼 제가 앞장서지요.”

장소산이 선봉을 맡으려 했지만 가규가 고개를 저었다.

“원래 장군은 너무 앞으로 나서면 안 되는 것이네. 다치기라도 하면 전체의 사기가 떨어질 것이 아닌가. 선봉은 나와 진갑으로 충분하네.”

장소산은 망설이다 고개를 끄덕였다.

“알겠습니다.”

시간이 되었다. 장소산은 숨을 가다듬고 힘차게 소리쳤다.

“공격!”

진갑이 정문을 박찼다. 그와 동시에 개방, 칠성방의 고수들은 일제히 앞으로 뛰쳐나갔다. 기다렸다는 듯이 적들은 일제히 화살을 쏘아댔다. 백여 개의 화살들이 개방, 칠성방 고수들을 향해 쏘아져 왔다.

"하압!"

가규가 힘차게 외치며 도를 휘둘렀다. 그의 칼바람 앞에 날아들던 화살들은 산산이 부서지며 흩어졌다. 도마라 불리며 강호에 명성을 떨친 초절정의 도법 앞에선 한 대의 화살도 침범하지 못했다.

진갑 역시 그에 못지않았다. 봉을 돌리며 철벽의 방어막을 만들어 화살들을 막아냈다. 단순하며 효율적인 움직임은 무공의 정수라 불리기에 손색이 없었다.

이들 두 명의 활약으로 정면에서 날아들던 화살들은 모조리 떨어졌다. 다른 화살들도 뒤를 따르는 고수들이 침착하게 하나씩 떨어뜨려 한 명의 부상자도 나오지 않았다.

"전진!"

장소산의 외침에 그들은 앞으로 나아갔다. 전진할수록 담장 위에 둘러서 있는 적들에게 환히 노출되어 위험도는 커진다. 특히 화살이 한 방향이 아닌 사방에서 날아들기에 더욱 막기 힘들다.

장소산은 전에 남궁현이 결사대를 이끌고 공격하는 것을 유심히 관찰했었다. 그 결과 진정 무서운 것은 적들의 제이차 공격이라는 것을 알았다.

먼저 남색 복면인들이 활을 쏜다. 그리고 이들이 화살을 장전하는 동안 붉은 복면인들이 활을 쏘게 된다.

남색 복면인들의 화살은 사실 거의 문제가 없다. 문제가 되는 것은 붉은 복면인들의 화살이었다.

사실 붉은 복면인들의 궁술은 서투른 데가 있어 정확도에 있어서는 오히려 남색 복면인들보다 떨어졌다. 그러나 그것을 메우고도 남을 위력이 있었다. 그들이 사용하는 것은 일반 궁이 아닌 철궁인 것이다.

보통 사람은 안간힘을 써도 꿈쩍도 안 하는 철궁을 붉은 복면인들은 수월하게 사용하고 있었다. 하나도 빠짐없이 일류 이상의 고수들이 분명했다.

일반적인 화살은 한두 발 정도는 무공의 고수라면 쉽게 쳐낼 수 있다. 몇 발 맞아도 급소를 피해 맞는 것으로 당장 죽지는 않는다. 그러나 붉은 복면인들의 철궁은 검으로 쳐내다가 자칫 검을 떨어뜨릴 정도였다. 급소가 아니라도 몸속 깊숙이 박혀 치명상을 만들어낸다.

첫 번째 화살 공격을 막아내고 마음을 놓는 순간 좀 전과는 비교도 안 되는 위력의 철궁이 날아들어 목숨을 위협하는 것이다. 실제로 현재까지 사망자의 대부분은 붉은 복면인의 철궁이 만들어냈다.

역시나 이번에도 마찬가지였다. 첫 번째 화살 공격이 끝나는 순간, 대기하고 있던 붉은 복면인들이 활시위를 놓았다. 하지만 장소산은 이미 진자하고 있었기에 재빨리 외쳤다.

"흩어져!"

말이 끝나기가 무섭게 이방 고수들은 일제히 사방으로 몸을 날렸다. 좀 전까지 그들이 있던 자리에 수십 개의 화살들이 박혔다. 적들은 이방 고수들의 재빠른 대응에 놀라 동요했고, 그사이 이방의 고수들은 목적했던 자리에 무사히 이르렀다.

이곳 남궁가 저택의 정원에는 찾아보면 숨을 곳이 얼마든지 있었다. 정자, 정원수, 수석, 그리고 연회를 벌이던 식탁들이 그것이었다. 장소산은 미리 붉은 복면인의 화살 공격을 피하는 것과 동시에 각기 숨을 곳을 정해두고 있었다.

이전 남궁현의 결사대는 뭉쳐서 앞으로 돌진해 왔기에 목표가 확실했다. 그러나 이번 이방 고수들의 경우는 사방으로 흩어져 버리자 그렇게 되지 않았다. 이렇게 되자 적들은 한 점의 목표를 정하지 못하고 각자 닥치는 대로 화살을 쏘아댔고, 이전까지의 일사불란한 움직임은 사라졌다.

"뭐 하는 거냐! 놈들은 어차피 두더지들이다. 침착하게 연습한 대로 쏘면 된다!"

푸른 복면인이 소리쳤다. 장소산은 그를 눈여겨보며 중얼거렸다.

"저놈이 우두머린가?"

확실히 지금까지 살펴본 결과 명령을 내리는 자가 분명했다.

그때였다. 갑자기 뒤편이 소란스러워졌다. 좌우측 공격이 시작된 것이다. 건물 뒷문에서 나온 사파의 고수들은 양쪽으로 갈라져 적들이 있는 담장으로 돌진해 갔다.

담장 위의 적들은 화살을 쏴댔다. 몇몇이 맞아 쓰러지긴 했지만 대부분의 고수들은 담장 바로 앞까지 도달할 수 있었다.

"공격!"

그리곤 일제히 담장 위로 뛰어올라 공격해 갔다. 활로는 검이나 도를 막을 수 없다. 황급히 다른 무기를 꺼내려 했지만 이미 때는 늦었다. 십여 명의 남색 복면인이 검에 찔려 담장 아래로 떨어졌다.

하지만 붉은 복면인들은 만만치 않았다. 남색 복면인들 사이에 섞여 있던 그들은 사파의 공격을 침착하게 피하고는 뒤로 물러서서 검을 뽑아 반격까지 해왔다. 의욕이 너무 앞서 성급히 공격하던 팽가의 고수 하나가 반격하는 검에 찔려 쓰러졌다.

"이놈이!"

팽가 가주 팽한천이 노해 외치며 붉은 복면인을 공격해 갔다. 그러나 놀랍게도 상대는 도법으로 천하에 명성을 떨치는 그의 공격을 침착하게 막아내는 것이 아닌가?

'보통이 아니다!'

상대의 무공이 예상 이상이자 팽한천은 분노를 가라앉히고 침착하게 공격해 나갔다. 일류의 실력을 가지고 있는 붉은 복면인이었지만, 역시 팽한천보다는 한 수 아래라 힘겹게 막으며 연신 뒤로 물러났다.

그러는 사이에도 다른 곳의 전투는 치열하게 전개되고 있었다. 사파의 고수들은 담장 위로 올라갔다가 화살의 표적이 됐다 싶으면 아래로 뛰어내리는 식으로 적들의 공격에 대응하며 좌우 양쪽에서 중심을 향해 진격해 갔다. 붉은 복면인들의 무공은 대단했지만 수가 적었고, 대다수인 남색 복면인들의 무공은 확실히 사파의 고수들보다 떨어졌다. 게다가 담장 아래서 찔러대니 피하려고 하다가 아래로 떨어지기 일쑤였다.

여기서 대활약을 보인 것은 남궁가의 남궁현과 신검문의 성무성이었다. 이 두 명은 절정의 무공을 십분 발휘하여 적들을 몰아세웠다.

상황은 이제 장소산의 의도대로 혼전으로 진행되어 가고 있었다. 일단 혼전이 되면 더 이상 화살은 쏠 수가 없다.

"물러나라!"

우두머리인 푸른 복면인이 전열을 정비할 필요를 느끼고 외쳤다. 그런데 그는 말이 채 끝나기도 전에 바로 옆에서 다가오는 날카로운 예기를 느꼈다. 급히 돌아보니 장소산이 바로 앞에 들이닥친 것이 아닌가?

장소산은 지시를 내리는 그를 눈여겨보고 있다가 모두 싸움에 정신이 팔린 틈에 은폐물 사이로 이동하며 접근하여 습격을 한 것이었다.

사부에게 배운 도둑 기술이 진가를 발휘하는 순간이었다.

"윽!"

푸른 복면인은 황급히 장소산의 손을 피했다. 장소산은 이 기회를 잡고 공격의 고삐를 놓치지 않았다. 주변에 다른 복면인들도 있었지만, 장소산이 워낙 우두머리 푸른 복면인에게 달라붙어 있어 제대로 도울 수가 없었다.

하지만 상대방도 만만치 않았다. 소매치기 기술로 단련된 빠른 손놀림을 자랑하는 장소산의 금나수법을 막아내며 반격을 가하는 것이, 장소산의 아래가 아니었다. 순식간에 백여 초가 넘어가는 초고속의 공방이 쉴 새 없이 오갔다.

그리고 한순간! 장소산의 손이 독수리가 먹이를 낚아채듯 우두머리 푸른 복면인의 복면을 벗겨냈다. 상대의 얼굴을 알아본 장소산이 외쳤다.

"네놈이었나!"

드러난 얼굴은 무림맹의 정문을 지키던 문지기 우선이었다. 장소산은 빈정거리듯이 말했다.

"언젠가 만나게 될 줄 알았지만 생각보다 빠른 만남이로군."

우선은 인상을 쓰고는 양손을 반대편 소매에 집어넣었다. 그리고 잡아 빼니 그의 양손에는 강철 손톱이 달려 있었다.

"합!"

휘둘러오는 강철 손톱을 피해 장소산은 뒤로 물러났다. 옷의 앞섶이 찢겨져 너덜너덜해졌다. 그러나 옷을 생각할 틈도 없이 우두머리 근처에 있던 두 명의 붉은 복면인이 동시에 공격해 왔다.

"쳇!"

할 수 없이 둘을 상대하며 물러선 장소산은 한 손을 높이 쳐들고 소리쳤다.

"돌격!"

건물 안에서 대기하고 있던 정파 고수들이 일제히 뛰쳐나와 공격해 갔다.

"와아아아아!"

우선은 인상을 찌푸렸다. 대열을 정비하려 했지만, 이대로라면 더욱 혼전이 될 것이 뻔했다. 그는 결심하고 근처에 있는 한 붉은 복면인에게 소리쳤다.

"마간!"

"알았다."

마간이라 불린 복면인은 품에서 검은 구를 두 개 꺼내서 삐죽 나온 심지에 불을 붙이고는 한창 싸움이 벌어지는 곳에다 집어 던졌다.

"폭탄이다!"

한 사람이 알아보고 급히 소리쳤지만, 이미 때는 늦어 있었다. 대부분의 사람들이 싸우는 데 바빠 날아오는 것을 보지 못했다. 폭탄은 굉음과 함께 대폭발을 일으켰다.

쾅쾅쾅쾅!

폭음과 함께 전세는 뒤바뀌었다.

4

천지를 울리는 굉음에 놀란 사람들은 싸우는 것을 잠시 잊고 돌아보았다. 저택의 서쪽 담장이 완전히 무너져 있었다. 그리고 폭발의 혼란이 가라앉자 드러난 것은 수많은 사람들의 시신이었다.

"이럴 수가!"

장소산이 놀라 말을 내뱉었다. 설마 이런 무지막지한 무기를 준비해 놓고 있었다니!

"네놈은 지마간, 염마초열 지마간이로구나!"

팽한천이 폭탄을 던진 붉은 복면인에게 소리치자 그가 복면을 벗으며 대답했다.

"그래, 바로 내가 지마간이다."

화상과 긁힌 상처로 가득한 얼굴이 드러났다.

염마초열 지마간. 그는 과거 폭탄을 사용하여 수많은 문파를 몰살시킨 대마두였다.

팽한천은 이를 갈며 말을 내뱉었다.

"이, 이놈, 살아 있었군!"

"하하, 네놈의 칼질이 서투른 탓이었지!"

지마간은 웃으며 옷을 벌려 상체를 드러냈다. 엄청난 칼자국이 그의 가슴을 비스듬히 내리긋고 있었다.

"네놈이 자랑하는 도는 안타깝게도 내 심장을 비켜갔다. 일도필살이라고 자랑하더니 허풍에 불과했지!"

과거 무림공적으로 몰린 지마간은 정파연합에 쫓겼고, 선두에 섰던 팽한천에게 죽은 줄 알았으나 이렇게 다시 나타난 것이다.

"이번에야말로 죽여주마!"

팽한천은 외치며 지마간에게 달려갔다. 지마간은 웃으며 검신이 가는 세검을 꺼내 들었다.

"나야말로 네놈의 몸에 훌륭한 그림을 새겨주지."

둘은 맞부딪쳤다. 지마간은 팽한천의 맹렬한 도를 정교한 신법으로 피하며 도의 빈틈에 찔러 넣었다. 그때마다 팽한천은 움찔하며 도의 기세를 거두어야 했다.

"윽!"

당황하는 팽한천에게 지마간이 빈정거렸다.

"왜 그러시나? 좀 더 잘 휘둘러보라고."

팽한천은 당황했다. 삼 년 전 지마간은 그의 적수가 되지 않았다. 그런데 지금 다시 싸워보니 예전과는 무공이 비교도 할 수 없을 정도로 늘어나 있는 것이 아닌가. 사용하는 무공 자체도 삼 년 전과는 완전히 다를 뿐 아니라, 자신의 도법의 약점을 놓치지 않고 공략하고 있었다.

"저런!"

지켜보던 남궁현이 혀를 찼다. 지마간은 팽한천의 도법에 철저히 대비하고 그에 맞는 무공을 익힌 것으로 보였다. 그런 상대에게 팽한천은 아무런 준비 없이 대응하고 있으니 이래서아 상대가 되지 않는다.

보다 못한 남궁현이 도와주기 위해 나섰다. 그러나 몇 걸음 가기도 전에 또 다른 붉은 복면인이 그의 앞을 가로막았다.

"오랜만이군, 남궁현."

붉은 복면인은 즉시 복면을 벗고는 말했다.

"날 기억하겠나?"

풍파에 찌른 초로의 얼굴이 나타났다. 남궁현은 눈을 가늘게 뜨고 살피다가 물었다.

"누구지?"

초로의 인물은 피식 웃고는 대답했다.

"십 년 전 네놈의 협행이라는 것에 희생당한 우정칠한의 첫째다. 네놈에게 여섯 동생들을 모두 잃고 복수하기 위해 십 년을 준비했다.”

남궁현은 눈살을 찌푸렸다. 고민하는 표정이더니 뒤를 돌아보며 위정평에게 물었다.

“누군지 알겠나, 위 총관?”

위정평은 속으로 탄식하며 대답했다.

“거 왜 있잖아요. 십 년 전 가주님이 강호행할 때 남산에서 없앤 악당 아닙니까.”

“남산?”

“남산팔경 구경했잖아요. 그때 악당 소문을 듣고 겸사겸사 해치웠잖아요.”

“……그랬었나?”

남궁현의 형편없는 기억력에 답답해진 위정평은 말해선 안 될 것까지 털어놓았다.

“그때 유부녀하고 밤에 몰래 만나 놀아나다가 남편에게 들켜 난리났다가 금 열 냥 주고 합의 봤잖습니까!”

“아, 맞다! 그랬지!”

손바닥을 친 남궁현은 다시 고민하다가 결국 초로의 인물에게 손을 들고 말했다.

“미안, 전혀 기억 안 나.”

초로의 인물은 기가 막혀 하며 외쳤다.

“방금 ‘아, 맞다! 그랬지!’ 라고 했잖아!”

“그게 말이지, 확실히 남산 갔던 일은 기억나는데 당신이 누군지는 적혀 기억이 안 나. 내가 당시 해치운 마두들이 어디 한둘이어야 말이지. 이거 십 년을 절치부심했다고 하는데 기억 못해서 좀 미안하네.”

초로의 인물은 대노해 쌍검을 뽑아 들고 달려들며 소리쳤다.

"내가 바로 우정칠한의 첫째 김가평이다!"

"아, 그런가. 이제부터 기억하도록 노력해 보지."

둘은 치열하게 싸웠다. 이번에도 팽한천의 경우와 마찬가지였다. 김가평은 전문적으로 남궁현의 창궁검법을 파훼하는 초식을 발휘했다. 싸우는 모습을 보며 위정평이 놀라 소리쳤다.

"이럴 수가! 우정칠한은 기껏해야 이류의 무공이었는데, 십 년 만에 절정고수인 가주님과 막상막하가 되었단 말인가!"

장소산은 그 말을 듣는 순간 어떻게 된 일인지 짐작이 갔다. 그는 고개를 돌려 우선을 보았고, 우선은 웃으며 말해주었다.

"인간의 집념이란 정말 놀라워. 그다지 재능이 없던 인물이 복수심만으로 십 년 만에 이 정도 경지에 이를 수 있다니 말이야. 물론 그만한 무공을 가르쳐 준 우리 천명회의 능력도 대단하지만 말이야."

천명회는 정파에 원한을 가진 사파의 인물들에게 무공을 가르쳐 줘 고수로 키워낸 것이다. 지마간과 김가평 외에도 몇 명의 붉은 복면인들이 복면을 벗고 자신이 원한을 가진 상대에게 정체를 밝혔다.

"와룡생, 내가 누군지 알겠나!"

"김호, 너에게 복수하기 위해 나 영오중이 찾아왔다!"

"오랜만이군, 양우사."

"신룡, 우리 산소어와 목무결 형제를 잊은 것은 아니겠지!"

원한이 있는 자들은 목표가 된 상대를 노리고 공격해 왔다. 갑작스런 상황 변화에 당황한 정파 측은 제대로 대응하지 못하고 있었다.

장소산은 시선을 돌려 지마간이 폭탄을 던졌던 곳을 보았다. 적과 아군이 뒤섞여 수십 명이 시신이 되어 뒹굴고 있었다. 특히 철장문의 피해가 극심해 문주를 비롯한 제자 대부분이 사망한 상태였다.

'실패다!'

장소산은 현 상황을 뒤집는 것은 불가능하다고 판단했다. 그는 이를 갈고는 목이 터져라 외쳤다.

"후퇴! 후퇴!"

몇 번을 외치고서야 사람들은 정신을 차렸다. 정파의 고수들은 미리 약속한 방식에 따라 전열을 정비하고 부상자를 수습하여 건물 안으로 후퇴하려 했지만, 붉은 복면인들, 특히 원한을 가진 자들의 공격은 집요했다.

"어딜 도망가느냐!"

지마간이 외치며 품에서 다시 폭탄을 꺼냈다.

"큭!"

또다시 폭탄에 당한다면 그 피해가 엄청날 것이다. 장소산이 막으려 달려가려는데, 그때 지마간의 뒤에서 한 인물이 홀연히 나타났다.

"……!"

깜짝 놀란 지마간이 돌아보려는 순간, 섬광이 번뜩이며 그의 목이 굴러 떨어졌다. 신검문주 정무성의 솜씨였다.

"폭탄을!"

장소산이 폭탄에 불이 붙은 것을 보고 소리쳤다. 정무성은 고개를 끄덕이고는 검끝으로 떨어지는 폭탄을 살짝 쳐 팅겨냈다. 폭탄은 하늘 높이 두둥실 떠오르며 천명회 고수들 쪽으로 날아갔다.

"도망쳐!"

기겁한 천명회 고수들은 황급히 도망쳤다. 덕분에 폭발에 피해를 입지 않을 수 있었지만, 정파 측에서 후퇴할 절호의 기회를 만들 수 있었다.

“훌륭한 솜씨입니다. 과연 신검이라 칭하기에 부족함이 없습니다.”

장소산은 정무성이 가까이 오자 감사를 표하며 말했다. 정무성은 가볍게 고개를 끄덕였다.

“별말씀을.”

건물 안으로 들어간 장소산은 즉시 사람들을 수습하여 적들이 공격해 들어오는 것이 방비했다. 다행히 적들은 이번에도 건물 안으로는 공격할 생각이 없어 보였다.

“졌군.”

상황이 진정되자 장소산은 피해 정도를 확인하고 한숨을 내쉬었다. 사망자 서른두 명에 부상자가 절반 이상이었다. 이래서는 전열을 정비한다고 해도 다시 공격하기는 무리였다.

“젠장, 이게 뭐야!”

남궁현이 화를 터뜨리며 장소산을 흘겨보았다. 입으로 내뱉지는 않아도 힐난의 의미가 분명했다.

“자네 잘못이 아니네. 자넨 아주 잘했어.”

가규가 장소산을 위로했다. 그러나 장소산은 침울한 표정으로 고개를 저었다.

“아닙니다. 제 잘못입니다.”

이번 실패는 지마간의 폭탄도 문제였지만, 더욱 큰 문제는 붉은 복면인들의 무공이 정파 고수들과 상극이었다는 것에 있었다. 만약 자신이 천명회에 대해 사전에 설명해 주었다면? 최소한 지금처럼 크게 놀라고 당황하여 낭패를 당하지는 않았을 것이다.

부상자의 신음 소리가 들리는 가운데 사람들의 말이 오갔다.

“어째서 그놈들이 다시 나타난 것이지?”

“그거야 천뢰의 부하 녀석들이니까 그렇겠지. 우리를 물 먹이려고 그놈들을 모아놓은 거야.”

“그건 그렇다 쳐도 놈들이 쓰는 무공이 우리 무공과 상극이라는 것은 이상한 일이잖아. 우리 파의 장문인만이 배우는 무공에 상극이 되는 무공을 준비하다니… 아무리 무림맹이라도 그런 것까지 무슨 수로 아느냔 말이야.”

장소산은 목소리를 높여 말을 꺼냈다.

“여러분, 제 말을 들어주십시오.”

사람들의 시선이 그를 향했다.

“여러분이 꼭 들어야 할 이야기가 있습니다.”

第四十一章

천뢰 무적!

무림맹 내성 한구석에 자리한 작은 동산, 그곳에는 누구도 찾지 않는 낡은 공자묘가 하나 있었다.

무인들이 사는 곳에 공자를 모시는 사당이라니. 덕분에 공자묘의 신상은 세월의 풍파 이상으로 낡고 더러워져 있었다.

끼익!

돌연 신상이 옆으로 돌아갔다. 그러자 신상이 앉아 있던 바닥에 구멍이 생겨났고, 그곳에서 나온 것은 다름 아닌 최진방이었다.

"엇차!"

먼저 몸을 빼낸 최진방은 주변을 살펴 인기척이 없는 것을 확인하고 이어 자루를 당겨 꺼냈다. 자루를 제단 위에 올려놓은 그는 입구를 열어 내용물을 확인했다.

"괜찮나?"

점혈을 당해 꼼짝 못하는 임예정의 모습이 드러났다. 말을 못하는 그녀는 째려보는 것으로 그녀가 할 수 있는 최대한의 항의를 했다.

"너무 그러지 말라고. 나로서도 어쩔 수 없는 일이니까."

현재 최진방은 정파의 인물만이 아닌 천명회의 고수들마저 피해야 하는 상황이었다. 오늘 있을 천명회의 계획에 참가하지 않고 몰래 빠졌기 때문이다.

'무공총람만 모두 얻으면 천명회 따윈 나와 상관없다. 그런데 내가 왜 무공총람을 손에 넣을 기회를 뒤로 미루고 천명회를 도와야 한단 말이냐.'

이것이 최진방의 생각이었다.

어찌 되었든 최진방은 다시 자루를 들고 약속 장소로 향했다. 약속 장소에 가까이 이른 그는 몸을 숨기고 조심스럽게 접근했다. 혹시나 장소산이 한패를 끌고 왔을지도 모르기 때문이다.

'아니!?'

약속 장소인 정자에는 한 여인이 서 있는 것이 아닌가? 자세히 보니 그도 잘 알고 있는 강연수였다.

'장소산 놈, 약속을 어겼구나!'

그런데 보니 정작 장소산의 모습은 보이지 않았다. 최진방은 어떻게 된 일일까 고민하며 강연수의 동태를 살폈다.

강연수는 마음이 급한 듯 가만있지 못하고 움직이며 주변을 살폈다. 최진방을 기다리고 있는 것이 분명했다. 뿐만 아니라 그녀의 손에는 다름 아닌 무공총람이 들려져 있었다.

거리가 있고 날은 어두웠지만 최진방이 무공총람을 못 알아볼 리가 없었다. 그는 나름대로 결론을 얻었다.

‘상대가 누구든 무공총람만 얻으면 그만이다.’

생각해 보니 약삭빠른 장소산보다 강연수가 상대인 것이 훨씬 편할 것 같았다. 최진방은 일단 임예정이 든 자루를 나무 뒤에 숨기고 앞으로 나섰다.

“……!”

인기척을 느낀 강연수가 즉시 돌아보았다. 최진방은 살짝 손을 들고는 웃으며 인사했다.

“오랜만이군.”

강연수는 인상을 쓰며 단도직입적으로 물었다.

“예정이는 어디 있지?”

최진방은 능글맞게 대답했다.

“이봐, 너무 조급하게 굴지 말라고. 원하는 것만 얻으면 무사히 돌려줄 테니까. 그보다 왜 장소산이 오지 않고 네가 왔지? 이건 엄연히 약속 위반이다.”

“당신이 멋대로 통보한 것이지 우린 약속한 적 없어!”

최진방은 피식 웃었다.

“하긴 그렇지. 하지만 자신을 구하려다 목숨을 잃은 임한정이 죽기 전에 부탁한다고까지 유언했는데, 다른 사람에게 맡기다니 너무 몰인정한 것 아닌가?”

강연수는 대꾸했다.

“장소산은 개방 방주로 당신 따위를 상대하는 것보다 훨씬 중대한 일이 있다.”

그 말을 듣는 순간 최진방은 장소산이 어디 있는지 짐작할 수 있었다.

'남궁가의 저택에 갔군.'

최진방은 속으로 웃었다. 그렇다면 차라리 잘된 일이다.

'장소산이나 다른 개방 녀석들이 근처에 숨어 있을 걱정은 던 셈이군. 지금쯤 남궁가 저택에 갇혀 꼼짝도 못하고 있을 테니. 무공총람만 얻으면 장소산 녀석이 죽는 편이 오히려 좋은 일이다.'

그의 생각을 깨뜨리며 강연수는 들고 있던 무공총람을 앞으로 내밀었다.

"자, 어서 가져가고 예정이를 넘겨."

최진방은 원하던 무공총람을 눈앞에 두고도 손을 내밀지 않았다. 가까이 다가갔다가는 위험하고, 무엇보다 그가 원하는 것은 이 정도가 아니었기 때문이다.

"왜 달랑 한 권뿐이지?"

강연수는 대꾸했다.

"그럼 어쩌라고."

"내가 아는 것만 해도 장소산 녀석이 가진 무공총람이 다섯 권이 넘는다. 한 권으로 될 것 같으냐?"

확실히 현재 강연수에게는 손에 들고 있는 한 권 외에 여섯 권의 무공총람이 더 있었다. 장소산이 가진 네 권과 그녀 자신의 것인 두 권이었다. 하지만 자신의 가진 패를 벌써부터 모두 보여줄 수는 없는 노릇이다.

"일단 이 한 권을 넘길 테니 예정이가 무사한 것을 보여줘."

강연수의 제안에 최진방은 이 정도는 이미 예상한 것이라 고개를 끄덕였다.

"좋아. 책을 던져라."

강연수가 책을 던지자 최진방은 재빨리 받아 제목을 확인했다.

'수공편.'

자신이 이미 알고 있는 부분이었다. 조금은 실망스러움을 느끼면서 최진방은 임예정을 숨겨둔 나무 뒤로 갔다.

"기다려라."

자루를 가져와 열어 임예정이 무사한 것을 보여주었다. 강연수가 그녀의 얼굴을 보고 기뻐하며 다가가려 하자 최진방은 즉시 외쳤다.

"더 이상 다가오지 마!"

최진방의 손에는 날카로운 단도가 들려 있었다. 강연수는 움찔하고 걸음을 멈추고는 임예정에게 말했다.

"괜찮니?"

점혈이 되어 있는 임예정은 대답할 수 없었다. 강연수는 날카로운 목소리로 물었다.

"왜 대답을 못하지? 어디 잘못된 것 아냐?"

"그야 점혈을 해놓았으니까 그렇지."

"점혈은 풀어!"

"공짜로?"

최진방은 반문하며 손을 내밀었다.

"책 한 권이다."

강연수는 그를 노려보다 품에서 한 권을 더 꺼내 던졌다. 책을 받아 보니 이번에는 심공편이다. 최진방은 간단히 두 권이나 얻어내자 기분이 좋아져 웃으며 임예정의 아혈만을 풀어주었다.

"자, 말해줘라. 난 무사하다고."

임예정이 말을 내뱉었다.

“언니!”

강연수는 급히 물었다.

“몸은 괜찮니? 나쁜 일 당하지는 않았겠지?”

“난 괜찮아요. 그보다…….”

“그보다?”

“아니, 아무것도 아니에요.”

임예정의 태도가 이상했지만 어디 다친 것 같지는 않기에 강연수는 안심하고 최진방을 돌아보며 물었다.

“그래, 이제 어떻게 그녀와 책을 교환할 거지?”

최진방은 능글맞게 웃고는 말했다.

“그보다 먼저 너에게 책이 몇 권이나 남아 있는지 궁금하군.”

강연수는 머뭇거리다가 실제 가지고 있는 것보다 두 권 적게 말했다.

“세 권이다.”

“그럼 다섯 권이겠군.”

거짓말이 바로 들통나 버리자 강연수는 움찔했다. 그 반응으로 자신의 말이 맞았음을 확인한 최진방은 히죽 웃었다.

“망할 장소산 녀석, 많이도 모았군.”

그는 기분이 아주 좋아졌다. 그가 현재 가지고 있는 무공총람은 예전 숭산파 장문을 살해할 때 동료를 배신하고 얻은 권편과 장소산을 잡았을 때 빼앗은 장법편, 두 권이었다.

그가 배운 무공총람의 무공은 신법, 수공, 권법, 장법, 불완전한 내공, 이상 다섯 가지, 원래부터 가지고 있던 신법편이나 임한정이 가졌던 수공편, 천명회로부터 받는 수비편은 모두 장소산이 훔쳐 가버린 것이다. 특히 수비편은 제대로 읽어보지도 못하고 도둑맞아 뼈아팠다.

하지만 이번에 수공편을 되찾고 새로 심공편을 얻었다. 거기에 다섯 권을 더 얻으면 한 권만 빼고 열 권의 무공총람을 모두 얻게 되는 것이다.

최진방은 장소산에게 도둑맞았던 지금까지의 불행이 오늘의 반전을 위해 있는 것 같다는 생각이 들었다. 놈에게 빼앗긴 것뿐만 아니라 새로운 무공총람을 대량으로 얻을 기회! 뿐만 아니라 상대 역시 장소산보다 훨씬 만만하다.

'장소산 녀석이라면 잔머리를 굴려 도저히 몇 권인지 짐작하지 못하게 만들었겠지. 오늘 하늘이 날 돕는구나!'

뛰는 마음을 애써 진정시킨 최진방이 말했다.

"우선 네가 가진 다섯 권의 무공총람을 나에게 보여다오. 진본이라는 사실이 확인되면 내가 인질을 두고 십 장 옆으로 이동하겠다. 너 역시 책을 내려놓고 십 장 옆으로 가라. 자리가 정해지면 셋을 셈과 동시에 나는 책을 향해 가고 너는 인질을 향해 간다. 서로 원하는 것을 얻으면 볼장 다 봤으니 각자 갈 길을 가는 것이 어떠냐."

"좋아."

약속을 정한 둘은 인질과 책을 놔두고 서로를 주시하며 옆으로 걸었다. 십 장을 이동한 둘은 마주 보고 서 있다가 최진방이 숫자를 세기 시작했다.

"하나, 둘, 셋!"

말이 끝남과 동시에 둘은 서로의 목적을 향해 달려갔다. 그런데 여기서 생각지 못한 문제가 발생했다. 양쪽의 둘이 비슷한 속도로 대각선상의 목표를 향해 달려가니 중간에 그만 마주쳐 버린 것이다.

'이때다!'

강연수는 이 기회를 놓치지 않았다. 즉시 손을 뻗어 최진방에게 공격을 가했다.

"……!"

최진방도 바보가 아닌 이상 상대가 인질이 아닌 자신을 노릴 가능성을 생각하지 않은 것은 아니었다. 그럼에도 제대로 대비를 하지 않은 것은 상대를 너무 얕보았고, 자신의 경공에 자신이 있었기 때문이다.

그는 자신이 당연히 강연수보다 빨리 책에 도달하고, 그녀가 인질을 챙기는 시간에 충분히 여유있게 도망칠 수 있다고 생각하고 있었던 것이다. 둘이 같은 속도로 달려가 중간에 마주치는 일 따위 있을 리가 없다고 생각했다.

최진방이 강연수와 마지막으로 만났던 것은 개방대회가 열릴 때였다. 당시 강연수는 여우 가면을 쓴 유자건의 습격을 받고 일격에 쓰러졌다. 그때의 강연수는 후기지수로 명성을 날리고는 있었지만 최진방보다는 약간 떨어지는 수준이었고, 기습이었다고는 하지만 일초에 당하는 모습은 약하다고 생각하게 하기 충분했다.

물론 몇 년 전의 일이니 당연히 무공이 성장했을 테지만, 최진방 역시 새로운 무공총람을 얻고 스스로 상당히 강해졌다 여기고 있었다. 즉, 강연수의 무공을 자신과 비교해 조금 떨어진다고 판단하고 있었던 것이다. 유자건이 야차산에서 강연수에게 패했다는 사실은, 패한 유자건이 사실을 숨겼기에 최진방으로서는 알 도리가 없었다.

옛날 일이긴 하지만 그녀를 몇 달간이나 사로잡아 두었던 일도 있다. 또한 인질 협상에서 고분고분 쉽게 말을 듣는 모습을 보이니 더욱 상대를 쉽게 볼 수밖에 없었다. 숙적으로 여기고 있던 장소산이 이곳

에 나오지 못하고 남궁가의 저택에서 위기에 빠져 있을 것이라는 사실
역시 그의 방심을 부추겼다.

그렇게 만만해 보이는 상대가 자신이 가장 자신있는 신법에서 자신
의 아래가 아니라는 사실은 아무리 강호에서 굴러먹던 최진방이라고
해도 상상할 수 없는 일이었다. 반쯤 안심하고 있던 최진방으로서는
날벼락을 맞는 꼴이었다.

"헉!"

최진방은 급히 몸을 뒤집어 피하려 했다. 그 역시 초일류고수인 이
상 쉽게 당할 수는 없었다. 간신히 일초를 피한 그는 전력으로 신법을
펼쳐 가까운 임예정을 잡아 다시 인질로 협박하려 했다.

그러나 최진방이 임예정을 향해 달려들기를 시도해 보기도 전에 강
연수가 한 마리의 먹이를 노리는 매처럼 덮쳐 왔다. 강연수의 무공은
최진방이 예상하던 수준을 아득히 넘어서는 것이었다.

첫 공격에는 일말의 불안감이 있어 여차하면 포기하고 임예정을 구
하는 것을 우선으로 할 생각이었던 강연수였지만, 이번에는 제대로 전
력을 다한 공격이었다. 최진방으로서는 막을 기회도 능력도 없었다.

"컥!"

강연수의 장이 최진방의 견갑골을 강타했다. 최진방은 비명을 지르
며 그 충격으로 땅에 처박혔다.

"잡았다!"

승리를 선언하며 강연수는 최진방의 팔을 꺾어버리고 순식간에 대
혈들을 막아버렸다. 완전히 제압이 끝나자 그녀는 그는 놔두고 임예정
에게 달려갔다.

"괜찮니?"

점혈을 풀고 묻자 임예정은 답했다.

"고마워요."

임예정을 살피고 안심한 강연수는 검을 뽑아 들었다.

"잠시만 기다리렴. 악인을 제거해 후환을 없애고 너희 숭산파 사람들에게 돌아가자꾸나."

시퍼런 검날이 눈앞에 다가오자 최진방은 다급해졌다. 그는 살아남을 방법을 필사적으로 찾기 시작했다. 궁하면 통한다고 머릿속에 떠오르는 생각이 있어 그는 외쳤다.

"날 죽이면 장소산을 구하지 못할걸!"

강연수는 흠칫하여 물었다.

"무슨 뜻이지?"

"지금쯤 장소산 녀석은 꼼짝없이 포위되어 죽을 날만 기다리고 있을 것이다!"

최진방은 천명회가 자신을 반대하는 모임을 섬멸할 계획을 세우고 있었다는 사실을 말했다.

"장소산이 해야 할 중요한 일이라는 것이 그것이겠지. 그렇다면 안 봐도 뻔한 것이 아닌가."

강연수는 잠시 생각하고는 말했다.

"좋아, 당장 목숨은 살려주지."

그녀는 먼저 최진방의 몸을 뒤져 무공총람을 모두 되찾았다. 뿐만 아니라 최진방이 원래부터 가지고 있던 두 권의 무공총람마저 빼앗았다. 그리고 최진방을 자루 안에 넣고 임예정과 함께 남궁가의 저택으로 향했다.

남궁가의 저택에 이르니 복면을 쓴 자들이 저택을 포위하고 있는 것이 보였다. 상황을 보니 최진방이 말한 그대로였다.

'어쩌면 좋지?'

마음 같아서는 당장 달려가 장소산의 안전을 확인하고 싶었지만, 자신들만으로는 도저히 무리였다.

"우리들만으로는 힘들어요. 다른 문파들의 힘을 모아야 해요."

임예정이 말했다. 듣고 보니 옳은 말이라 생각되어 일단 숭산파의 거처로 향했다.

자신의 문파로 돌아온 임예정은 기뻐하는 숭산파 제자들에게 각파를 돌며 남궁가 저택에서 일어난 사태를 알리고, 그들을 구하기 위해 이곳으로 모여줄 것을 부탁하도록 했다.

2

숭산파가 각 문파에 사실을 알리고 돌아다닐 때쯤, 장소산 쪽이 내보낸 여섯 명의 고수들도 육대문파에 사실을 알렸다. 즉시 육대문파 장문인들은 몇 시진 전에 모였던 회의장에 다시 모였다.

"이게 어떻게 된 일이오. 설마 천뢰가 무력을 사용할 줄이야!"

소림 장문 영선 대사의 말에 다른 장문인들도 표정에 놀라움을 지우지 못했다. 그들로서 예상한 다툼은 심한 언쟁이 오가다가 성질 급한 한두 명이 싸우다 다치는 정도였지 이렇게 하룻밤 만에 다수의 전력을 동원한 전면전이 결코 아니었다.

곤륜 장문 하연선이 말했다.

"제가 말하지 않았습니까. 상황을 너무 쉽게 보지 말자고 말이지요."

무당 장문 연풍 진인이 인상을 찌푸렸다.

"지금은 그런 것을 따질 때가 아니지 않소. 이 일을 어떻게 하는 것이 좋겠소?"

"상대가 무력을 쓰는데 우리가 손 놓고 있을 수는 없는 노릇이지요. 일단 포위되어 있다는 남궁가 이하 문파들을 구하고, 그들과 힘을 합쳐 천뢰와 싸워야 합니다."

영선 대사는 굳은 얼굴로 고개를 끄덕였다. 확실히 이 상황에서는 무력 사용이 불가피하다.

"그런데 다른 두 분은……."

그의 말에 모두의 시선이 빈 두 자리로 향했다. 화산, 공동 두 파의 장문인이 참석하지 않고 있었던 것이다.

"어떻게 된 일인가. 그들도 분명 소식을 들었을 텐데."

하연선이 말했다.

"글쎄요. 다시 사람을 보내도록 하지요. 그보다 한시가 급하니 우리라도 움직여야 합니다."

화산과 공동이 빠진 육대문파 장문인들은 무림맹 내에 있는 자파의 제자들을 모았다. 얼마 후 칠십 명 정도의 제자들이 모였다. 실제 무림맹 내에 있는 제자들의 수는 더 많았지만 당장 소식을 전달받고 모일 수 있는 수는 이것이 한계였다.

천뢰가 각 문파당 참가자 수를 열 명으로 제한했다고 하지만, 이미 무림맹 내에 제자들을 파견해 놓고 있던 육대문파에는 그 제한이 의미가 없었다. 하지만 칠십 명이라는 숫자는 그다지 많은 숫자라고 할 수는 없었다.

"이런 일이 있을 줄 알았으면 제자들을 좀 더 남겨두는 건데……."

아미 장문 정한 사태가 모인 수가 턱없이 적음을 느끼고 실망스러워 하며 중얼거렸다. 천뢰의 힘을 제한하기 위해 제자들의 파견을 줄인 결정이 오히려 반대의 결과를 만들어내고 만 것이다.

"이미 지난 일을 아쉬워한들 무슨 소용입니까. 확실히 우리만으로는 수가 부족하지만 타 문파와 힘을 모으면 충분할 것입니다."

때마침 숭산파 사람이 와서 각지의 문파에 사람을 보내 지금 숭산파 거처에 사람들이 모이고 있다는 소식을 전해왔다. 사파의 고수들은 숭산파의 처소로 달려갔다. 도착해 보니 숭산파 장문 임예정과 화산의 강연수가 상황을 지휘하고 있었다.

"어떻게 된 일인가?"

영선 대사의 질문에 강연수가 자신이 직접 본 사실을 말했다.

"천뢰는 사파의 고수들을 모아 자신을 따르게끔 훈련시키며 오랫동안 준비를 해온 것으로 보입니다."

그녀는 사로잡은 최진방을 증거로 보였다. 영선 대사는 혀를 차며 주변을 살폈다. 모인 인원이 생각보다 신통치 않았던 것이다.

"모든 문파에 사람을 보냈는가?"

임예정이 나서서 답했다.

"본파의 제자들을 모두 움직이고는 있으나 사람 수가 너무 적습니다. 반면 문파들의 수는 워낙 많고 넓은 무림맹 내 곳곳에 흩어져 있어서 어려움이 큽니다."

"그럼 본파의 제자들도 돕도록 하지."

영선 대사는 소림과 무당의 제자들을 연락책으로 보내기로 했다. 문파의 명성이 있으니 숭산파보다는 사람들을 모으기가 쉬울 것이라 판단한 것이다.

그러나 한 시진이 지났지만 결과는 여전히 실망스러운 수준이었다. 모인 수가 채 이백을 넘지 못했다.

"도대체 어떻게 된 일인가? 아무리 밤이 늦었다고 하나 이런 중대한 일이 벌어졌는데 다들 모른 척하고 있단 말인가?"

하연선은 기가 막혀 하면서 화산과 공동파 숙소에 갔던 사람들에게 따져 물었다.

"왜 오지 않고 있단 말인가?"

"숙소를 관리하는 하녀의 말에 따르면, 공동파는 몇 시진 전에 자파의 급보를 받고 모두 떠났다고 합니다. 그 말대로 공동파 숙소는 텅 비어 아무도 남아 있지 않았습니다."

"아니, 그런 일이 있는데 왜 우리에게는 아무 말도 없었단 말인가?"

"워낙 급한 일이고, 밤이 늦어 어쩔 수 없었다고 하더군요."

하연선은 혀를 차고는 화산파 숙소로 갔던 사람을 돌아보았다.

"화산파는?"

"화산파에는 사람이 있지만 장문인이 없었습니다. 제자들을 이끌고 어딘가로 갔다고 하는데, 남은 제자는 몇 되지 않고 모두 삼대제자들뿐이라 결정권을 가진 자가 아무도 없었습니다."

하연선은 고개를 저었다. 하지만 더욱 기가 막힌 일은 따로 있었다. 무엇보다 사가와 오문에서는 한 문파도 참석하지 않았다는 것이다.

남궁가, 팽가, 철장문, 신검문이야 현재 남궁가 저택에 포위되어 있다고 하지만, 아직 이가, 삼문이 남아 있다. 이들 다섯 개 문파는 장문인이나 사람이 없는 것도 아닌데 묵묵부답으로 단 한 명도 보내지 않고 있었다.

"아무래도 천뢰가 문파들을 포섭한 모양이네. 또한 많은 문파들이 사태를 관망하는 듯하네."

소림 장문 영선 대사의 말에 강연수는 한숨을 내쉬었다. 어찌 되었든 지금 할 수 있는 것을 하는 수밖에 없다.

"남궁가 저택 안에는 이삼백 명 정도의 고수들이 있습니다. 그중에는 남궁가주나 칠성방의 가 대협 같은 절정고수들도 제법 있으니 안과 밖에서 동시에 공격을 가한다면 충분히 승산이 있습니다."

여기에 모인 사람들 중 가장 무림에서 지위가 높은 소림의 영선 대사가 무리를 이끌고 곤륜의 하연선이 보좌하기로 했다. 이리하여 결성된 정파구출대는 남궁가의 저택을 향해 출발하려 했는데…….

"습격이다!"

미처 출발을 해보기도 전에 적들이 공격해 왔다. 어디선가 나타난 적들이 화살을 쏘며 사방에서 공격해 온 것이다. 아직 날이 밝지 않아 적들의 위치는 파악하기 어려웠고, 모인 사람들은 자기들 주변에 횃불을 켜 표적을 알려주는 꼴이니 순식간에 수많은 사상자가 발생하고 말았다.

이 같은 상황은 조금이라도 병법을 배운 사람이라면 어처구니가 없어할 정도로 스스로 자초한 것이었다. 사방에 연락을 보내 사람들을 모았으니 적들은 당연히 이곳에서 구출대가 결성되는 것을 알 것인데, 이에 대한 아무런 대비를 하지 않았다. 거기다 불을 켜고 소리를 내어 자신들의 위치를 알리니 이는 공격해 달고 부탁하는 꼴이나 다름없었다.

어째서 그런 실수를 저지른 것일까? 소요유가 일으킨 정사대전 이후 오십 년간 강호는 평화로웠다. 최근 마교 사태가 있긴 했지만 소문파들만이 피해를 입었기에 대문파들이 자신들의 존립을 걱정할 만한 위

힘 요소는 아니었다. 남궁현이 그랬던 것처럼 이곳 사람들 역시 오랜 평화에 찌들어 가장 기본적인 것조차 잊고 있었던 것이다.

"횃불을 꺼라!"

뒤늦게 잘못을 깨달은 하연선이 외쳤다. 불을 끄고 주변이 어두워지자 화살 공격의 위협은 크게 줄어들었다.

원래 이번 무림대회에 참석한 사람들은 모두 자파에서 엄선된 고수들이라 하나같이 무공이 뛰어났다. 불이 꺼지고 잠시 어둠에 익숙해지는 시간이 지나자 적들의 위치를 파악할 수 있었다.

"공격!"

소림의 고수들이 앞장선 반격이 시작되었다. 정예 고수들의 돌진 앞에 적의 진영은 순식간에 무너지는 듯했다. 그런데 그 순간!

"……!"

소림십팔나한 중 하나이자 소림의 손꼽히는 고수인 영진 대사가 선장을 휘두르며 앞장서 적진을 유린하던 도중 돌연 피를 뿜으며 쓰러졌다. 이어 뒤를 따르던 영후 대사 역시 마찬가지였다. 장문인 영선 대사는 적 중에 초절정고수가 있다는 사실을 알아차리고 소리쳤다.

"물러서라!"

말을 마치기도 전에 영선 대사는 몸을 날리며 다른 십팔나한을 쓰러뜨리고 있는 적의 초절정고수를 향해 천수여래장을 펼쳤다. 하지만 상대는 도를 휘둘러 베는 것을 멈추지 않고 왼손만으로 영선 대사의 공격을 맞받아 쳤다.

퍼엉!

파공성이 퍼져 나갔다. 영선 대사는 뒤로 물러나며 소리쳤다.

"천뢰!"

3

영선 대사의 말에 놀란 구출대 고수들은 공격을 멈추고 물러났다.

천뢰는 공격을 멈추고 웃으며 사람들에게 말했다.

"안녕하시오, 여러분들."

영선 대사가 노해 외쳤다.

"이런 짓을 하라고 그대를 무림맹주로 추대한 줄 아는가!"

천뢰는 이죽거리며 반문했다.

"그럼 어쩌라고 추대했소?"

"그야 강호의 정의와 평화를 위해서……."

천뢰는 돌연 하늘을 보여 웃음을 터뜨렸다.

"하하하! 정의? 당신들 꼭두각시가 되는 것이 정의란 말이오?"

"……!"

천뢰는 히죽 웃고는 물었다.

"여기 모인 문파 중 오문과 사가는 하나도 오지 않았지. 반면 남궁가 저택에는 남궁가, 팽가, 신검문, 철장문, 거기다 개방과 칠성방까지 모였지. 왜 그런 줄 아시오?"

"……."

"당신들 육대문파들이 자기들 마음대로 강호를 좌지우지하는 것을 마음에 들지 않아 했던 것이지."

"……!"

천뢰는 계속 말해갔다.

"육대문파는 오랜 세월 동안 자기들끼리 힘을 합쳐 타 세력이 강호의 중요한 위치에 서는 것을 용납하지 않았지. 오문이나 사가, 특히 이 방인 개방과 칠성방의 경우 세력에 있어서는 육대문파를 능가했지만 당신들은 수단 방법을 가리지 않고 강호의 중심 자리를 내주지 않으려 했소. 무림맹주를 오문, 사가에서 뽑는 것은 그들의 불만을 잠재우기 위해서였을 뿐, 결국 이름뿐인 자리로 언제든지 육대문파 장문 회의에서 자를 수 있었지."

그는 빈정거렸다.

"내가 무림맹주에 오른 것 역시 그와 마찬가지지. 내 명성이 높아지고 따르는 자가 많아지자 자신들의 휘하에 두기 위해 자리를 내준 것이지. 안 그렇소?"

하연선이 이를 갈고는 소리쳤다.

"그것이 사실이라도 네가 저지르는 짓의 면죄부는 되지 않는다!"

"하하, 면죄부 같은 것은 바라지 않소. 아니, 오히려 나로서는 감사하오. 덕분에 이렇듯 쉽게 각개격파할 수 있었으니까."

"뭐라고?"

"남궁현이 주도하는 모임에 육대문파는 하나도 참석하지 않았지. 육대문파가 중심이 된 구출대 역시 오문, 사가는 하나도 오지 않았지. 그동안 쌓여왔던 문파 간의 알력이 이렇듯 위기 상황에서조차 결집하지 못하고 따로 놀게 하여 부수기 쉽게 했으니 고마운 일이 아니겠소?"

천뢰는 키득거렸다.

"거기다 남궁가 저택에 모인 오문, 사가의 수도 몇 되지 않더군. 육대문파가 그들이 연합하여 자신들을 위협하는 세력을 형성하지 못하도록 뒤에서 조장한 덕분이지. 뿐만 아니라 정작 육대문파들조차 결집력이 없어 두 문파가 빠졌으니 더욱 감사할 따름이지."

무당 장문 연풍 진인이 한탄하며 외쳤다.

"호랑이를 키웠구나! 마는 밖이 아니라 안에 있었구나!"

천뢰는 빈정거렸다.

"뭘 새삼스러운 소리를. 이미 알고 있지 않았소. 애초에 마는 밖에 없었다는 사실을."

하연선이 외쳐 물었다.

"무슨 뜻이냐?"

"마교가 나타나 소문파들을 공격한 사건. 당신들은 그것이 마교의 짓이 아님을 이미 알고 있지 않았소. 알면서 모른 척하고 있었던 것이지."

"뭣이!?"

구출대에 모인 사람들은 웅성거렸다. 지금까지 마교가 벌인 것이라고 믿고 있었는데 사실이 아니란 말인가?

강연수가 나서서 물었다.

"무슨 소리지? 육대문파가 강호 전체를 속였단 말인가?"

"당연한 말씀이지."

천뢰는 설명했다.

"아는 분도 있고 모르는 분도 있겠지만, 우리는 천명회라는 조직이오. 다름 아닌 육대문파를 중심으로 태어난 조직이지."

그는 천명회의 설립 목적과 그간의 과정을 설명하고는 말을 이었다.

"우리는 마교의 짓으로 꾸며 그간 소문파들을 없애고 강호에 혼란을 일으켰지. 하지만 이상한 일이라고 생각하지 않소? 그렇게 여러 가지 소란을 일으켰는데 어째서 전혀 의심을 사지 않았을까? 해답은 간단한 곳에 있소. 바로 육대문파가 짐작하면서도 묵인한 것이지."

“……!”

“여러분도 알다시피 마교 사건이 터지기 전까지 무림맹은 종이호랑이나 다름없었지. 강호의 영향력은 전혀 없다시피 하고 존립조차 위태로울 지경이었소. 육대문파 입장에서는 상당히 곤란한 일이었소. 왜냐하면 육대문파가 강호에 영향력을 행사하는 중요한 수단 중 하나가 무림맹이었으니까.”

천뢰는 웃음을 터뜨리고는 말했다.

“그래서 모른 척하고 있었던 것이오. 무림맹의 힘이 강해질수록 자신들이 강호에 강한 영향력을 행사할 수 있으니까. 자신들과 관련된 천명회의 짓이란 것이 밝혀지면 곤란하기도 했겠지. 자신들의 휘하 조직이니 여차하면 천명회를 제어할 수 있다고도 봤겠지. 미안하게도 그 생각은 틀려 버렸지만.”

구출대 사람들은 충격에 빠졌다. 자신들이 믿고 있던 정의가 부정당하니 누구를 믿어야 할지 모르게 되어버린 것이다.

하연선이 외쳤다.

“참으로 당당하게도 말하는구나! 그래, 우린 너희 천명회를 알고 있었다. 네가 무언계의 제자가 아니란 사실도 말이다!”

천뢰는 웃으며 응대했다.

“물론 나는 무언계의 정식 제자가 아니지. 하지만 무언계의 무공을 이었다는 것도 사실이지.”

“뭐야?”

“우리 천명회의 최초 목적은 절대고수의 육성이었소. 그래서 결성되자 당시 최고의 고수들을 스승으로 모시려 했지. 당연하게도 천하제일고수인 무언계도 예외가 아니었지. 무언계는 거절했으나 천명회의 끈

질긴 부탁에 자신이 창안해 만든 무공비급 다섯 권을 보내왔지."

강연수가 놀라 소리쳤다.

"무공총람!"

"그래, 맞소. 무공총람이지. 육대문파와 무공총람이 나의 무공의 근본이라고 할 수 있으니 난 무언계의 무공을 이었다고 할 수 있지."

천뢰는 웃으며 말을 이었다.

"물론 그렇다고 무언계를 사부라 생각하고 있는 것은 아니오. 아니, 오히려 그를 만나면 확실히 하고 싶소. 누가 진정한 천하제일고수인지 말이오."

그의 자신감에 사람들은 혀를 내둘렀다. 천뢰는 히죽 웃고는 두 팔을 뻗으며 목소리를 높였다.

"충분한 설명이 된 것 같군. 이제 그만 끝장을 내도록 하지!"

"끝장이 나는 것은 바로 네놈이다!"

하연선이 나서서 외쳤다.

"우리 육대문파가 지난 수백 년간 강호를 영도한 것이 음모나 꾸며서라고 생각하느냐! 네 무공이 설사 천하제일이라고 해도 우리 정파의 최고수들을 모두 당할 수는 없을 것이다!"

천뢰는 웃음을 터뜨렸다.

"하하하! 물론 난 육대문파를 얕보고 있지 않소. 아니, 오히려 높게 평가하지. 그렇기에 더욱 승산은 이쪽에 있는 것이지."

"뭐라고?"

천뢰는 미소를 지으며 한 손을 높이 들었다.

"자, 형제들이여, 이제 연극은 더 이상 필요없네."

그 말이 끝나는 순간, 육대문파 측에서 젊은 제자들이 성큼성큼 걸어나왔다. 그들은 장문인들의 경악한 시선을 받으며 천뢰 뒤에 섰다.

"이, 이럴 수가!"

순식간에 육대문파의 고수들 중 절반가량이 배신한 것이다. 장문인들은 이 놀라운 사실, 특히나 배신자 중에는 그동안 신뢰하던 제자들이 상당수임을 알고 하늘이 무너지는 듯한 충격을 받았다.

"어, 어떻게 이런 일이……."

천뢰의 수하들 중에서도 십여 명의 사람들이 모습을 드러냈다. 그들 중에는 본파에 있어야 할 제자들과 육대문파 소속은 아니지만 정파의 촉망받는 제자들이 상당수였다.

사실 천명회의 고수는 육대문파 내의 일부에 불과했다. 하지만 그들은 대부분 문파 내에서 중요한 후기지수들이었다. 육대문파에서는 그들이 훗날 문파를 영도할 경험을 쌓게 하기 위해 강호 활동에 빼놓지 않고 참석시켰다. 그렇기에 그들은 이번 무림대회 때 장문인을 따라 이곳에 온 것이다.

"너희가… 너희가 어떻게 이럴 수 있단 말이냐?"

정한 사태가 자신을 배신한 제자에게 떨리는 목소리로 물었다. 그녀의 목소리에는 대문파의 장문인답지 않은 울음까지 섞여 있었다.

그러나 제자의 표정은 변함이 없었다. 냉정한 표정으로 양심의 가책도 없는 듯 정한 사태의 눈빛도 피하지 않았다.

"뭘 크게 착각하고 있는 모양이군."

천뢰가 웃으며 말했다.

"소속된 문파는 적당한 신분을 위한 구실일 뿐, 문파에 대한 소속감 따위는 애초에 전혀 없었소. 아니, 일개 문파 따위로 소속을 정하기에는 우리의 그릇이 너무나 크다고 할 수 있지."

하연선이 분노해 외쳤다.

"뭣이! 우리가 그동안 성심성의를 다해 가르쳐 왔는데 문파와는 상관없다니, 금수만도 못한 것들이로구나!"

천뢰가 웃음을 터뜨렸다.

"하하하, 여기 있는 우리 형제들을 당신들이 가르치고 키웠다고 생각하면 그건 큰 오산이오. 당신들이 가르친 것은 우리가 배운 무공의 극히 일부일 뿐, 그따위 것 배워도 그만, 안 배워도 그만이었소. 우리가 배운 진정한 무공은 천명회의 무공이란 말이오!"

그는 싱긋 웃으며 말을 이었다.

"우리 천명회의 무공이야말로 정파 무공의 정수라 할 수 있지. 그렇기에 육대문파가 아닌 천명회가 향후의 강호를 영도하기에 적합하다 할 수 있소. 육대문파, 당신들은 그동안 오래 해먹었지 않소. 뒷사람도 생각해 주어야지. 그러니 이제 그만 퇴장하시오."

4

천명회는 공격을 시작했다. 천명회 고수들은 정파 출신의 영재 오십여 명과 천명회에서 가르친 강호의 무사들 백여 명이었다.

사실 수적으로나 무공 수준으로나 정파들이 우위라 할 수 있었다. 육대문파 제자들이 상당수 배신했지만 배신 안 한 제자들이 더 많았고, 육대문파가 아닌 타 문파에서도 육대문파 제자 못지않은 고수들이 많았다. 전체적인 수에 있어서도 백오십 명 정도인 천명회보다 오십 명 정도가 더 많았다.

그러나 결정적으로 정파 측은 사기가 최하로 떨어져 있었다. 천뢰의 말에 의해 대다수의 문파들이 인술하는 육대문파에 대한 신뢰를 상실한 데다가, 이쪽의 많은 고수들이 배신까지 했으니 전의를 상실한 것이다.

상황이 이렇게 되자 천명회 측의 압도적인 우세로 싸움은 전개되어 갔다. 특히 육대문파 소속이었던 천명회 고수들의 공격은 강력했다.

육대문파 장문인들은 현 사태를 호전시키기 위해서는 적의 우두머리인 천뢰를 쓰러뜨리는 수밖에 없다고 판단했다. 눈빛과 전음으로 서로의 뜻이 같음을 확인한 소림, 무당, 곤륜, 아미의 네 장문인은 일제히 천뢰를 향해 공격해 갔다.

"천뢰, 각오해라!"

"하하, 그렇게 나올 줄 알았다!"

천뢰는 호탕하게 웃으며 조금의 두려움도 없이 강호를 대표하는 사인의 공격을 맞이했다. 한순간의 맞부딪침이 끝나자 사 인의 장문인들은 경악하지 않을 수 없었다.

'이렇게나 강하다니!'

그들 사 인의 합공을 천뢰는 너무나 여유있게 막고 있는 것이 아닌가! 순간 그들의 머릿속에는 과거 정파의 최고 고수들을 단 혼자서 압도했다는 마교의 후예 소요유가 떠올랐다.

"당신들 수준은 기대 이하로군. 무엇보다 실전 경험이 너무 부족해."

천뢰는 싸움 중에도 상대를 평하고는 손가락으로 무당 장문 연풍 진인을 가리켰다.

혼전 중에 임예정을 보호하면서도 천뢰 쪽의 싸움을 살피던 강연수가 얼마 전의 일을 떠올리고 다급히 외쳤다.

“피해요!”

그러나 이미 때는 늦었다. 연풍 진인이 한줄기 피를 뿜으며 그 자리에서 주저앉았다. 다른 세 장문인은 깜짝 놀라 자신을 보호하며 뒤로 물러났다.

“늦었어!”

말과 함께 천뢰의 손가락이 아미 장문 정한 사태를 가리켰다. 정한 사태도 안색이 창백히 변하며 그대로 뒤로 쓰러져 누워버렸다.

“이게 무슨 무공이지!?”

하연선이 놀라 소리쳤다. 천뢰는 웃으며 대답해 주었다.

“심공파.”

육대문파의 제자들이 다급히 장문인들을 지키기 위해 몰려들었다.

천뢰는 도를 허리에 꽂고는 양손을 모아 허공중에서 무언가를 잡는 자세를 취했다. 그러자 그의 양손 사이에서 아지랑이 같은 것이 피어오르면서 회전하더니 빛을 발하는 구체가 생겨났다.

“서, 설마…….”

영선 대사가 떨리는 목소리로 중얼거렸다. 그가 아직 십대 후반의 소림의 영재였던 시절, 저것과 비슷한 것을 본 적이 있었다. 마공을 익힌 자를 소탕하기 위해 소림의 정예로 출진하였다가 보았던 무공, 마교의 후예 소요유의 손에서 펼쳐졌던 그 무공은……

“도망쳐!”

비명과 같은 소리로 영선 대사는 외쳤다. 그와 동시에 천뢰는 양손을 앞으로 뻗었다. 그의 손에 모아져 있던 기의 소용돌이가 쏟아져 나가며 폭풍과 같이 커져 가더니……

콰콰콰콰콰쾅!

기의 폭발. 마치 대포가 터지는 것과 같은 가공할 파괴력. 자파의 수장을 지키기 위해 모여들었던 육대문파의 고수들은 그 위력 앞에 산산이 부서지며 흩어져 갔다.

"……."

구출대, 천명회, 모두 놀라 멍하니 바라보았다. 육대문파의 고수, 하나같이 일류 이상의 최정예 고수 이십여 명이 사방으로 흩어져 쓰러져 있었다. 일류고수 이십여 명 중 절반을 즉사시키고 남은 절반에게는 평생 동안 남을 중상을 입힌 결과는 단 한 수의 무공의 의해서였다.

"멸천구!"

영선 대사가 떨리는 목소리로 중얼거렸다. 과거 자신의 사형제 수십 명을 몰살시킨 마교의 후예 소요유가 창안한, 무림 역사상 최강의 파괴력을 가졌다고 전해지는 저주스런 무공이 오십 년 만에 천뢰의 손에서 다시 나타난 것이다.

하연선이 떨리는 목소리로 말했다.

"말도 안 돼. 어, 어떻게 멸천구를… 그 무공은 마교의 것인데……."

"재현해 냈지."

천뢰는 미소를 지으며 말했다.

"소요유는 내 목표의 경지에 이른 사람이기에 당연히 그에 대해 조사했다. 당시 목격자가 많았고 그들 중 지금까지 살아 있는 사람도 제법 되었기 때문에 멸천구의 무공을 어떻게 펼치는지 듣는 것은 어려운 일이 아니었지. 그것을 근거로 연구하여 재현해 낸 것이다."

사람들은 경악했다. 단지 그것만으로 그 절대무공을 익혔단 말인가!

"괴, 괴물……."

이곳에 모인 사람들은 깨달았다. 천명회는 정말로 자신의 창립 목적을 완벽히 달성해 냈다. 소요유, 무언계 급의 무적의 절대고수! 그것이 지금 눈앞의 인물이었던 것이다.

"아하하, 아하하하하하!"

천뢰의 미친 듯한 웃음소리가 울려 퍼졌다.

"보았느냐? 너희들의 무공 따위는 내 앞에서 그저 하찮은 손놀림일 뿐이다. 이것이야말로 진정한 초인의 무공, 무의 극의인 것이다!"

육대문파를 중심으로 하는 구출대는 패배를 확신했다.

第四十二章

변수 II

천뢰의 가공할 무공 앞에 육대문파의 고수들은 순식간에 쓰러져 가고 있었다. 천뢰는 단 혼자서 삼십 명이 넘는 육대문파 정파 고수를 상대했지만 밀리기는커녕 압도적인 힘으로 상대를 무너뜨려 갔다.

"그만두시오!"

영선 대사가 나서며 천수여래장을 펼쳤다. 셀 수 없이 많은 장영들이 천뢰의 서른여섯 개 대혈을 동시에 노렸다.

"흥!"

천뢰는 코웃음 쳤다. 그는 한 손으로 허공중에 원을 그렸다.

"저건!"

강연수는 천뢰가 펼치는 무공을 알아보았다. 다름 아닌 무공총람 수비편의 적의 공격을 해소시키는 수법이었다.

천뢰가 그린 원이 영선 대사가 만들어내는 장영들을 모조리 삼켜 버렸다. 영선 대사가 제아무리 수많은 장영들을 만들어내도 천뢰의 원 속에서 사라질 뿐이었다.

"말도 안 돼!"

영선 대사는 믿을 수 없었다. 아무리 천뢰와 자신의 무공이 차이가 난다고 해도, 상대가 한 손으로 만들어내는 변화가 자신이 양손으로 펼치는 변화를 능가한단 말인가?

"말이 된다."

천뢰는 비웃으며 말했다.

"당신이 만들어내는 변화 따위 뻔히 보이니까 말이지."

그는 쓰지 않는 다른 손의 손가락을 가볍게 튕겼다. 그와 동시에 영선 대사는 신음을 흘리며 뒤로 넘어졌다.

"이놈!"

하연선이 분개하며 몸을 날렸다. 그는 양손을 소매에 넣어 숨겨놓은 무기를 꺼냈다. 그의 손에 들린 두 개의 가는 연검은 불규칙적인 움직임을 보이며 채찍처럼 천뢰를 내려쳐 갔다.

'이 연검술은 기의 진동으로 펼치는 나조차도 예측할 수 없는 불규칙한 변화를 만들어낸다. 아무리 너라 해도 이 검법을 읽은 수는 없다!'

그의 생각대로 천뢰는 검법을 읽지 못하고 뒤로 물러나 피했다. 천뢰는 조금 감탄한 표정으로 물었다.

"나조차도 처음 보는 훌륭한 검법이군. 곤륜에 이런 검법이 있었을 줄이야. 이름이 무엇인가?"

"연성천기검!"

하연선은 답하며 연성천기검의 최고 절초를 천뢰에게로 향했다. 그러자 천뢰는 빙긋 웃고는 양손을 앞으로 뻗으며 기합성을 내질렀다.

"합!"

그에게서 뻗어 나온 기의 흐름이 하연선의 주변을 감싸 옭아매었다. 기세 좋게 공격하던 하연선은 기의 사슬 앞에 그 자리에서 그대로 멈출 수밖에 없었다.

"이놈, 사술 따위를!"

"사술이 아니오. 당신 따위는 꿈도 못 꿀 무공의 경지지."

천뢰는 답하며 이번에도 손가락을 튕겼다. 하연선은 입가에 피를 흘리며 그 자리에서 검을 떨어트리며 쓰러졌다.

이제 육대문파에서는 천뢰에게 대항할 만한 고수는 남지 않았다. 초일류라 불리며 강호에 명성을 떨치는 자가 십여 명이 남아 있었지만, 천뢰 앞에서는 어린애 수준에 불과했다. 모두들 완전히 전의를 상실하여 도망칠 엄두조차 못 내니 무공을 전혀 모르는 사람과 다를 바 없었다.

전력의 중심이 되는 육대문파가 이 지경이니 다른 구출대의 일원들이 제대로 싸울 수 있을 리가 없다. 천명회 고수들의 공격 앞에 하나둘씩 쓰러져 갈 뿐이었다.

강연수는 모든 것이 틀렸다고 판단했다. 현 상황에서 승산은 전혀 없다. 그렇다면 남은 길은 도망치는 것뿐이다.

예전의 그녀라면 당당한 정파의 인물답게 최후까지 목숨을 걸고 싸우겠다고 생각했겠지만, 장소산과 함께 지내며 많은 정신의 변화가 있었다. 더구나 임예정이라는 보호해야 할 대상도 있으니 당할 수는 없었다.

"도망치자."

강연수는 임예정의 팔을 잡으며 말했다. 하지만 임예정은 고개를 저으며 숭산파 사람들을 돌아보았다.

"그들을 버릴 수는 없어요."

"싸워봤자 그들에게 아무 도움도 안 돼. 그리고 그들도 죽지는 않을 거야."

강연수가 잘 보니 천뢰는 싸움 초반 멸천구로 십여 명을 죽인 것 외에 더 이상의 살인은 하지 않고 있었다. 육대문파 장문인들은 부상을 입고 쓰러졌지만 단 한 명도 죽은 사람은 없었고, 다른 천명회 고수들도 심하게 저항하지 않는 이상 부상을 입혀 저항을 못하게 하는 것으로 끝내는 식이었다.

어디까지나 제압이지 몰살이 목적이 아닌 것으로 보였다. 강연수는 그 사실을 설명하고 임예정을 안고 싸움터를 벗어나려 했다.

"어림없다!"

천명회의 고수들이 앞을 가로막았다. 그들은 도망치는 자들을 철저히 포위하여 막고 있었다. 하지만 일반 천명회 고수들로서는 강연수를 막을 수 없었다.

"죽고 싶지 않으면 물러서!"

강연수는 외치며 검을 휘둘렀다. 눈부신 빛을 발하는 검강이 초승달 모양으로 뻗어나갔다. 그 위력 앞에 천명회 고수들은 기겁하며 물러섰고, 강연수는 임예정을 안고 그 사이를 바람처럼 빠져나갔다.

"후우!"

일각 정도를 전력으로 질주한 강연수는 걸음을 멈추었다. 주변을 살펴보니 추격자의 모습은 보이지 않았다.

'이제부터 어떡하면 좋을까?'

천명회의 추적에도 대비하고 장소산 일행도 구해야 하니 참으로 난감한 상황이 아닐 수 없었다. 그러고 보니 사로잡은 최진방을 놓고 왔는데, 그 상황에서는 어쩔 수 없는 일이었다.

"언니."

임예정이 말을 걸자 강연수는 생각에서 깨어나 물었다.

"응, 왜?"

"묻고 싶은 것이 있어."

"뭔데."

"나의 아버지는 최진방과 공모해 장 소협을 해친 거야?"

강연수는 흠칫했다. 이번에 무림맹에 와서 만나면 이야기해 줄 생각이었지만, 이런저런 일이 생기면서 잊었는데 임예정이 사실을 들춘 것이다.

"누구한데 들었니?"

"최진방한테."

강연수는 한숨을 내쉬었다.

"그래, 그가 뭐라고 이야기하던?"

임예정은 최진방에게 들은 이야기를 그대로 전했다. 강연수는 모두 듣고 나서 입을 열었다.

"그가 한 말은 대부분 사실이지만 틀린 것도 있어. 임 숙부는 상황이 어쩔 수 없어서 한때 최진방과 손을 잡았지만 그 후 몇 번이나 후회했어. 그리고 최후에는 악과 손을 잡아 살기보다 당당히 죽기를 택하셨지. 누가 뭐라 해도 그분은 훌륭하신 분이야."

"응, 고마워요."

임예정은 웃었다. 눈가에 맺힌 눈물을 닦은 그녀는 물었다.

"이제부터 어떻게 할 거야?"

"글쎄, 마음 같아서는 장소산을 구하고 싶지만 현실적으로 힘들 것 같고…….'

"방법은 있어."

"뭐?"

임예정은 설명했다.

"천뢰가 지금 마음껏 날뛸 수 있는 것은 이곳 무림맹이 천뢰에 의해 고립되어 있기 때문이야. 이 안에서 천뢰에 반대하는 힘이 천뢰가 가진 힘에 밀리기 때문에 이런 상황이 되었지. 하지만 강호 전체를 놓고 본다면? 천뢰가 가진 천명회의 힘 따위는 미미해서 상대할 가치조차 없어."

강연수가 물었다.

"하지만 강호 전체의 힘을 당장 여기 무림맹으로 불러올 수는 없잖아."

임예정은 고개를 저었다.

"모두 불러올 수는 없지만 어느 정도는 가능해. 여기 무림맹으로 들어오기 전이 기억나지 않아? 안으로 들어오고 싶지만 못 들어오는 사람들이 수없이 많았다는 사실을."

"아, 그렇지!"

"그들의 수는 수천에 달해. 그들만 들어오면 이곳 무림맹 내의 세력비는 순식간에 역전되고 천뢰는 절대 지금처럼 날뛰지 못할 테지."

강연수는 생각해 보았다. 밖에 있는 무인들이 안으로 들어오지 못하는 이유는 무림맹을 지배하는 천명회에서 제지하고 있기 때문이다.

그러나 그것은 밖의 무인들이 결코 힘이 없어서가 아니었다. 무림맹이 정한 규칙을 존중하고 문제를 일으키고 싶지 않을 뿐이다. 만약 안에서 뭔가 심각한 일이 벌어지고 있고, 무림맹이 이를 은폐하려 한다는 것을 안다면 힘으로라도 안으로 들어오려고 할 것이고, 소수의 문지기와 경비만으로 이를 막기는 불가능할 것이다.

"그러고 보니……."

장소산도 개방의 후발대를 준비했다고 말했던 것이 생각났다. 그들은 분명 성밖에서 안으로 들어올 기회를 기다리고 있을 것이다.

문제는 어떻게 성을 빠져나가 밖에 알리느냐는 것이다.

"좋아, 내가 해보겠어."

강연수는 결심하고 말했다. 임예정은 걱정스러운 표정으로 그녀를 살폈다. 확실히 믿고 맡길 사람은 그녀밖에 없지만, 천명회가 바보가 아닌 이상 결코 쉽게 그녀가 나가는 것을 용납하지 않을 것이다.

"괜찮겠어?"

임예정의 물음에 강연수는 주먹을 들어 보이며 자신해 보였다.

"문제없어. 이 몸께서는 절정고수라고. 천뢰만 제외하면 천명회 내에선 그 누구도 내 상대가 안 된다고."

임예정은 웃고는 말했다.

"나도 조금은 도움을 줄 수 있겠네. 사실 비밀 통로가 있어."

"비밀 통로?"

"그래. 최진방이 날 사로잡아 두고 있었잖아. 그런데 날 가둔 것은 외성에 있는 농가였어. 그는 내성과 외성을 오가는 비밀 통로를 이용하고 있었어."

강연수는 기뻐하며 물었다.

"어딘지 알겠어?"

"자루에 넣어져 구멍을 통해 밖을 보는 것이 고작이었지만, 대충 어디쯤에 있는지는 짐작하고 있어."

"그렇다면 해결된 것이나 다름이 없네!"

강연수는 좋아하며 설명했다.

"개방의 신호탄이 있어. 외성 성벽 가까이 가서 신호탄을 터뜨리면 분명 밖에 있는 개방도들이 알아보고 들어올 거야."

임예정도 좋아했다.

"정말 그렇군. 그런데 그 신호탄이라는 것을 가지고 있어?"

"지금 나에게는 없지만, 개방 숙소에 가면 분명 한두 개쯤은 남아 있을 거야. 당장 가지러 가자."

둘은 즉시 개방 숙소로 향했다. 잠시 후 개방 숙소에 도착하니 그곳에 남아 있는 개방 사람이라고는 수초 하나밖에 없었다.

장소산과 십간들은 남궁가의 저택에 가고, 남아 있던 두 명의 장로도 그들을 구출하기 위해 숭산파로 갔다가 천명회에 당한 상태였던 것이다.

혼자 남아서 불안해하는 수초에게 강연수가 말했다.

"여기 있어봐야 소용없어. 우리와 함께 가자."

수초가 합류한 일행은 임예정의 안내를 받아 최진방의 비밀 통로로 향했다.

"여기예요."

도착한 곳은 낡은 공자묘였다.

"아마 어딘가에 장치가 있을 거야."

셋은 나누어 공자묘를 뒤져 장치를 찾아냈다. 제단의 촛대를 돌리니 공자묘의 신상이 뒤로 돌아갔다.

"좋아, 가자."

강연수가 앞장서고 임예정과 수초가 뒤를 따랐다. 셋은 별문제없이 통로를 통과하여 끝에 도달했다. 통로 끝에는 낡은 사다리가 있었고, 천장에는 뚜껑이 달려 있었다.

"여길 나가면 무림맹의 외성일 거야."

셋은 사다리를 타고 밖으로 나왔다. 나와 보니 그곳은 관제묘였다. 어찌 되었든 무사히 내성을 빠져나왔다고 생각하고 웃음 지으며 셋은 관제묘를 나섰다. 그런데 그런 그녀들의 앞을 가로막는 사람들이 있었다.

"어딜 가시나."

앞을 막은 자들을 확인한 강연수는 놀랐다. 자신이 사로잡았던 최진 방과 자신의 사문인 화산파가 아닌가!

"장문인이 어째서……."

떨리는 목소리로 의문을 표하는 강연수를 보고 화산 장문 엽전취는 미소를 지으며 말했다.

"순순히 항복하거라."

2

최진방은 숭산파 처소 앞마당 구석에 묶여 있는 상태였다. 움직일 수 없으니 아무것도 하지 못하고 그냥 멀뚱히 구경만 하고 있을 수밖에 없었다.

그러던 중 싸움이 한창 진행되고 있을 때, 우연히 천명회 소속의 무인 하나가 근처로 다가왔다. 어떻게 간신히 아혈을 푼 최진방이 그를 불렀다.

"이보게, 나 좀 풀어주게."

천명회 무인은 웬 노인이 묶여 자루에서 머리만 내밀고 있자 의아해하며 물었다.

"당신 누구요?"

같은 천명회였지만 상대는 최진방을 몰랐다. 최진방은 급히 말했다.

"날 모르겠나? 천명회 적노 소속일세."

천명회에서는 처음부터 천명회에서 키워진 영재를 청신(淸新), 영입된 사파의 고수를 적노(赤露), 일반 무사 출신 무인을 남방(嵐房)이라고 불렀다. 천명회에서만 통하는 은어를 말하는 것을 보고 같은 편이라고 생각한 무인은 물었다.

"어떻게 된 일입니까?"

"그만 육대문파 놈들에게 잡히고 말았네. 어서 나 좀 풀어주게. 이 은혜를 잊지 않겠네."

천명회에서 적노의 신분은 청신 다음으로, 무인이 소속된 남방보다 높았다. 은혜를 입혀두면 나중에 득이 있을 것이라 생각한 무인은 묶은 줄을 풀어줬다.

"고맙네."

최진방은 자유를 찾자 풀어준 무인에게 말했다. 그러나 입으로는 감사를 표하면서도, 그의 손은 상대의 급소를 찌르고 있었다.

"……!"

소리 한 번 못 지르고 상대는 절명했다. 최진방은 죽인 상대를 아무렇게나 치워 버리고 주변 상황을 살폈다.

현재 전황은 천명회 쪽이 유리했다. 그러나 최진방으로서는 그 사실이 그리 반갑지 않았다.

'정파 녀석들, 생각보다 형편없군.'

그로서는 피 터지게 싸워 양쪽 모두 큰 피해를 입는 편이 좋았다. 어느 쪽이 이기든 자신에게는 좋을 것이 없었기 때문이다.

싸움이 끝나고 천뢰가 자신이 이곳에 있다는 사실이 알게 된다면 추궁할 것이 뻔했다. 천명회 외부 고수 출신인 그는 지금 남궁가 저택을 공격하고 있어야 하기 때문이다. 육대문파가 이기면 사파인 자신이 어떻게 될 것인지는 말할 것도 없다.

그에게 있어 가장 좋은 것은 혼전을 틈타 강연수를 공격하여 무공총람을 빼앗은 다음, 강연수는 천명회에 당해 죽고 자신은 이곳을 빠져나가는 것이었다.

'강연수는 어디 있지?'

최진방은 되도록 싸움에 말려들지 않으려 애쓰며 강연수를 찾았다.

'옳지, 저기 있군!'

때마침 강연수는 천명회의 포위를 탈출하고 있었다. 그녀가 펼치는 무위는 멀리 있는 최진방의 눈에도 확실히 보였다. 그는 속으로 환호하며 싸움터에서 도망치는 강연수와 임예정을 쫓았다.

하지만 그는 줄곧 강연수와 임예정의 뒤를 쫓으면서도 정작 손을 쓰지는 못하고 있었다. 강연수에게 당하고, 또한 그녀가 천명회의 포위를 탈출할 때 보인 무위를 보고 나니 자신의 무공으로는 그녀의 상대가 되지 못한다는 것을 절실히 깨달았기 때문이다.

혼자서는 강연수를 이길 수도 없고, 그렇다고 그녀를 놔두고 응원군을 부르러 갈 수도 없었다. 그가 이러지도 못하고 저러지도 못하고 있는데, 강연수와 임예정이 무림맹 밖의 응원군을 부를 것을 의논하기 시작했다.

그 모습을 숨어서 보고 있던 최진방은 회심의 미소를 지었다. 드디어 기회가 찾아온 것이다.

'이거 잘되었군.'

임예정이 말하는 비밀 통로가 어딘지는 최진방 자신이 누구보다도 잘 안다. 바로 자신이 최초의 발견자이기 때문이다.

남들의 눈을 피해 무림맹을 드나들기 위해 알아보던 중 우연히 발견한 비밀 통로. 아마 마교와의 전투 때 이용하기 위해 만든 것으로 보이는 그곳을 최진방은 지금까지 그 누구에게도 말하지 않고 있었다.

'나 혼자서는 강연수의 상대가 되지 않는다. 하지만 내가 그들이 개방 처소에 들렀다가 오는 동안 조력자를 데려올 수 있다면 이야기가 달라지지. 나와 조력자가 미리 비밀 통로 입구에서 기다리고 있다가 공격하면 승산은 나에게 있다.'

그녀들이 개방의 숙소로 향하자 최진방도 즉시 조력자를 구하기 위해 움직였다. 그런 그가 향한 곳은 다름 아닌 화산파였다.

최진방은 천명회의 일을 하면서 몇 번 화산파와 연락을 주고받는 일을 맡은 적이 있었다. 그렇기에 화산 장문 엽전취와 안면이 있었고, 그가 천명회 편이라는 것을 잘 알고 있었다. 또한 강연수는 화산파의 제자니 그녀를 제압하기에 엽전취가 제격이라고 판단했다.

소림이 보낸 사람은 만날 수 없었지만, 천명회의 이름을 앞세워 최진방은 엽전취를 쉽게 만날 수 있었다. 그는 강연수가 하려는 일을 설명하고는 말했다.

"귀 파의 제자가 우리 천명회의 일을 망친다면 천뢰가 크게 노여워할 것이오."

때마침 모인 구출대가 천명회에게 패했다는 소식이 전해져 올 때였다. 이제 승리의 추는 천명회 쪽으로 기울고 있다고 생각될 때 이런 이야기를 듣게 되자 엽전취는 생각하고 말고 할 것도 없었다.

"본파의 제자가 함부로 날뛰는 것을 막지 못했으니 실로 죄송스런 일이 아닐 수 없소. 즉시 손을 쓸 테니 염려하지 마시오."

최진방은 계획대로 되자 속으로 미소를 지었다.

"한시가 급하니 즉시 나와 함께 가서 그녀를 사로잡읍시다."

엽전취는 믿을 만한 제자 열 명을 이끌고 최진방과 함께 나섰다. 목적지에 도착해 보니 아직 강연수 일행은 도착하지 않고 있었다.

"마침 잘되었소. 확실히 도망치지 못하게 잡읍시다."

최진방은 화산파 사람들을 비밀 통로로 안내해 외성으로 나와 강연수 일행을 기다렸다. 그리고 얼마 지나지 않아 아무것도 모르는 강연수 일행은 최진방의 함정에 빠진 것이다.

'걸렸구나!'

강연수 일행이 나오자 최진방은 속으로 환성을 질렀다. 그는 강연수가 엽전취를 보고 놀라는 동안 재빨리 관제묘 입구에 자리를 잡았다. 비밀 통로로 도망쳐 들어가는 것을 막기 위해서였다.

강연수는 최진방을 신경 쓸 겨를이 없었다. 그녀는 눈앞의 엽전취를 바라보며 물었다.

"장문인께서는 천명회에게 혼을 팔고 저를 막으시려는 겁니까?"

엽전취는 웃었다.

"혼을 팔다니, 말이 심하군."

그는 여유롭게 말했다.

"넌 아직 젊어서 모르겠지만 세상일이란 흑백으로 나눌 수 없는 법이다. 시세를 알아야 준걸이라는 말도 있지 않느냐."

강연수는 고개를 끄덕였다.

"결국 천명회에 넘어갔다는 말이로군요. 무림대회 전에 제가 찾아가 천명회에 대해 말했지만 아무런 조치를 취하지 않은 것도, 그때 이미 천뢰의 수하가 되었기 때문이군요."

엽전취를 눈살을 찌푸렸다.

"수하라니, 틀렸다. 난 그저 대세를 따른 것이다."

"당당한 정파의 장문인이 그릇된 것을 알고, 소림이나 무당 등이 당하는 것을 뻔히 보면서도 손을 놓고 있는 것이 대세를 따르는 것이라고요?"

강연수의 말에는 비웃음이 실려 있었다. 엽전취의 표정이 굳어졌다.

"그렇다."

그는 말을 내뱉었다.

"강호무림은 천명회의 것이 될 것이다. 정의니 협의니 따지며 그에게 대항하는 것은 결코 옳은 일이 아니다."

"결국 강자에 붙어 연명하려는 약자의 변명이로군요."

"흥! 너야말로 아무것도 모르고 눈앞의 일에 흥분하여 날뛰는 망아지 같구나. 세상일이라는 것이 쉬운 줄 아느냐?"

엽전취는 신경질적으로 목소리를 높였다.

"정의니 협의니 하는 것은 듣기에나 좋은 말일 뿐, 세상을 사는 데 하등 도움이 되지 않는다."

그는 임예정을 가리켰다.

"저 아이 아비의 경우를 봐라. 대세에 따르지 않고 대항한 결과가 어떠냐. 본인은 죽고 숭산파는 쇠퇴했다. 넌 우리 화산파가 임한정과

같은 어리석은 짓을 반복하여 숭산파와 같은 꼴이 되어야 한다는 것이
냐?"

임예정이 분노해 외쳤다.

"아버님을 모욕하지 마세요!"

엽전취는 비웃음을 지었다.

"내가 아니라 그 누구라도 임한정의 일을 들으면 그를 비웃을 것이
다. 애초에 협의를 따지려면 처음부터 그럴 것이고 계산적으로 행동하
려면 끝까지 그럴 것이지, 이랬다저랬다 하면서 약점을 잡히고 막판에
이르러 협의를 따지다 비명횡사했으니, 세상에 이처럼 어리석은 자가
또 어디 있단 말이냐."

화를 참지 못하고 임예정은 엽전취에게 달려들려고 했다. 그러나 강
연수가 손을 들어 그녀를 막았다. 고개를 흔들어 참으라 한 강연수는
엽전취를 바라보며 말했다.

"숭산의 임 장문인께서는 훌륭한 분이셨습니다. 자신의 잘못을 부끄
러워하고 고칠 줄 아는 분이었으니까요."

그녀는 검을 뽑아 들었다. 엽전취 역시 검을 뽑으며 말했다.

"장문인에게 검을 뽑다니, 파문당할 죄라는 것을 알고 있겠지?"

강연수는 웃었다.

"나의 화산파에 당신 따위의 장문인은 없습니다."

3

"감히!"

엽전취가 외치며 허공에 수십 송이의 검화를 만들어내며 돌진해 왔

다. 강연수 역시 매화검법을 펼치며 검화를 만들었다. 양쪽이 만든 검화가 허공중에 얽히며 꽃잎을 비산했다. 강연수는 상대가 장문인임에도 검법에 있어서 조금도 밀리지 않았다. 지켜보던 다른 화산파 제자들은 아무리 뛰어난 영재라지만, 젊은 제자의 무공이 장문인에 버금간다는 사실에 놀라지 않을 수 없었다.

엽전취는 미소를 지었다. 확실히 강연수의 검법은 예상 이상이었지만 그는 그다지 놀라지 않았다. 이곳으로 오는 동안 최진방으로부터 몇 번이고 주의를 들었기 때문이다. 무엇보다 그에게는 승리를 위한 패가 있었다.

양쪽이 펼치는 검법은 모두 화산파의 매화이십사결이었다. 화산이 자랑하는 상승의 검법, 하지만 그에게는 매화이십사결을 능가하는 장문인만이 익힐 수 있는 매절십육결이 있었다.

장문인이 배울 수 있는 매절십육결은 매화이십사결의 상승 초식이자 상극이라 할 수 있었다. 매초에 매화이십사결의 약점을 노리는 절초가 숨어 있기에, 아무리 검법에 조예가 깊다고 해도 매화이십사결로는 절대로 이길 수 없었다.

'끝이다!'

엽전취는 속으로 외치며 매절십육결을 펼쳤다. 상대의 매화이십사결의 약점을 노리는 필승의 초식!

그런데 이게 웬일인가? 강연수는 엽전취의 필승의 초식을 가볍게 넘기며 반격까지 가해오는 것이 아닌가!

'아니, 이게 어떻게 된 일이란 말인가!'

엽전취는 당황했다. 그로서는 전혀 예상할 수 없었던 일이다. 그는 강연수의 매화이십사결이 일반적인 화산의 매화이십사결과는 다르다는 사실을 몰랐던 것이다.

강연수는 화산의 무공을 익혔으되 무공총람의 무공도 함께 익혔다. 무공에 천부적인 재능을 가지고 있던 그녀는 두 가지 무공을 함께 익히며 양쪽의 장점을 하나로 모았다. 그녀가 펼치는 매화이십사결은 겉모양은 화산의 검법이었지만, 사실상 그녀 자신만의 새로운 검법이라 할 수 있었다.

일반적인 화산파의 매화이십사결의 약점 따윈 그녀의 검법에는 존재하지 않았다. 이렇다 보니 상대의 약점만을 노리던 엽전취는 반대로 낭패를 당하게 되었다.

"윽!"

엽전취가 낮은 신음을 흘리며 뒤로 물러났다. 그의 손등으로 피가 흘러 바닥에 떨어지고 있었다.

"장문!"

"됐다!"

화산 제자의 당황스런 외침을 엽전취는 신경질적으로 받고 강연수를 노려보았다. 그의 얼굴에는 장문인이면서 삼대제자에게 패했다는 수치로 인해 안면이 떨리고 있었다.

강연수는 검끝을 가볍게 흔들며 말했다.

"사손뻘에게 당한 수치는 아시는 모양이군요. 전 수치를 모르는 분인 줄 알았습니다."

수치가 분노로 변해 폭발했다. 엽전취는 충혈된 눈으로 소리쳤다.

"문파의 반역도를 잡아라!"

엽전취를 따라온 열 명의 화산파 제자가 검진을 이루며 다가왔다. 강연수는 그들의 얼굴을 둘러보며 아랫입술을 살짝 깨물었다.

"좋아, 어디 끝까지 해보자!"

그런데 그때 뒤에서 최진방의 목소리가 들려왔다.

"끝은 이미 난 것 같군."

놀라 돌아보니 최진방이 임예정과 수초를 붙잡고 있었다. 강연수가 엽전취와 화산 제자들을 상대하느라 신경 쓰는 사이 뒤에 있던 최진방이 손을 쓴 것이다.

"비겁한!"

강연수의 노한 외침에 최진방은 웃음으로 답했다.

"난 원래 비겁한 놈이다. 이미 알고 있는 사실이니 새삼스럽게 알려줄 필요는 없다. 쓸데없는 말은 그만두고 검이나 버리시지."

그녀는 할 수 없이 검을 떨어뜨렸다. 화산파 제자들이 즉시 그녀의 양팔을 잡아 결박했다. 엽전취는 의기양양한 표정이 되어 말했다.

"문파의 존장을 능멸한 벌을 받을 것이다."

강연수는 비웃으며 대꾸했다.

"벌을 받을 사람은 당신이야!"

"이것이!"

엽전취는 그녀의 따귀를 때리려 했다. 그런데 그때 어디선가 웃음소리가 들려왔다.

"하하하, 진 쪽이 당당하고 이긴 쪽이 꼴불견이니 참으로 보기 드문 장면이로구나!"

놀란 엽전취가 주변을 살피며 외쳤다.

"누구냐!?"

"나다!"

대답과 함께 모습을 드러낸 것은 무언계였다. 그는 외성에서 내성으로 들어갈 방법을 찾다가 이곳에서 들려오는 소리를 듣고 오게 된 것이다.

엽전취는 상대의 정체는 알 수 없지만 상당한 고수로 보이자 말했다.

"이 일은 우리 화산파 내의 일이니 참견하지 마시오."

무언계는 의아하다는 표정을 지었다.

"너희가 화산파란 말이냐?"

"그렇소."

"이상한 일이군. 내가 아는 화산파는 당당한 명문정파인데, 어찌하여 인질을 잡고 협박 따위를 하지?"

엽전취는 상대가 이렇게 나오는 이상 좋게 해결하긴 틀렸다고 생각하고는 싸늘하게 말했다.

"당신이 믿지 못하겠다면 확인시켜 주지."

그의 눈짓을 받자 화산파 제자들이 일제히 덤벼들었다. 무언계는 그들의 공격을 보며 빙그레 미소 지었다.

"과연!"

무언계는 소매를 떨치며 앞으로 전진했다. 화산파 제자들의 검이 일제히 그의 요혈을 노려왔다. 그러나 무언계가 한 번 소매를 흔들 때마다 한 명씩 튕겨져 몇 장 밖으로 나가떨어지는 것이 아닌가?

마치 날파리를 쫓는 것 같은 단순한 동작이었지만, 덤벼든 화산 제자들은 하나도 남김없이 쓰러져 버렸다.

"과연 무공은 화산파의 것이 확실하군. 그렇다면 어떻게 된 일일까?"

무언계는 고민하는 표정을 짓더니 곧 알겠다는 표정을 지었다.

"알았다. 네놈들은 화산파의 반도들이로구나!"

무언계의 무공에 엽전취는 승산이 없다는 것을 깨달은 상태였다. 그는 뒷걸음질치며 외쳤다.

"당신은 누구요? 난 화산 장문 엽전취요! 날 해치는 것은 화산, 아니, 육대문파 전부를 적으로 돌리는 거요."

강연수가 외쳤다.

"흥, 육대문파를 배신해 놓고는 뻔뻔스럽게 육대문파를 들먹이다니!"

"시끄럽다!"

엽전취는 검으로 강연수를 겨누려 했다. 인질로 삼으려 한 것이다. 그러나 무언계의 동작이 더 빨랐다. 그는 엽전취에게로 손을 뻗더니 가볍게 손가락을 튕겼다.

땡!

금속성이 울리며 엽전취의 검이 허공으로 떠올랐다 떨어졌다. 무언계의 손가락에서 발출된 보이지 않는 힘이 탄환처럼 발사되어 검 손잡이를 때린 것이다.

엽전취는 저린 손목을 잡으며 표정이 창백해졌다. 상대의 무공이 그로서는 도저히 감당할 수준이 아니라는 것을 깨달은 때문이다.

"당신은 대체……."

"시끄러우니까 그만 닥쳐라."

말이 끝나기가 무섭게 무언계가 귀신같은 신법으로 다가와 엽전취의 머리통을 후려쳤다. 엽전취는 그대로 기절해 버리고 말았다.

엽전취는 처리한 무언계는 최진방 쪽을 돌아보았다.

"맞을래, 꺼질래?"

아직 인질을 잡고 있는 최진방이었지만, 도저히 승산을 찾을 수 없었다. 그는 깨끗이 인질을 포기하고 물러났다.

"헤헤, 꺼지겠습니다."

"그래, 잘 생각했다."

최진방은 그대로 관제묘를 통해 비밀 통로로 사라졌다.

"시세를 아는 준걸인 녀석이로군."

무언계는 강연수를 풀어주며 물었다.

"너흰 혹시 내성에서 온 것이냐?"

"예."

강연수가 무언계를 만나는 것은 이번이 처음이었다. 개방 사건 때 그녀가 개방으로 돌아오기 전에 무언계는 추월락과 함께 떠나 버렸기 때문이다. 그저 정파의 기인이라고 생각한 그녀는 내성에서의 일을 설명했다.

무언계는 놀라며 물었다.

"장소산이 잡혔다고? 그럼 그와 함께 있던 수초란 아이는 어찌 되었지?"

"제가 수초인데요."

수초가 대답하자 무언계는 기뻐했다.

"그럼 네가 인면토룡의 내단을 가지고 있겠구나!"

무언계는 생각했다.

'장소산 일은 그저 밖에다 신호탄 한 방 쏴주면 내가 할 일은 끝나는 셈이다. 그리고 이 아이에게 인면토룡만 받으면 된다.'

그러나 수초는 고개를 저었다.

"아니, 가지고 있지 않아요."

"아니, 왜!?"

"장소산에게 줬는데요."

무언계는 머리를 감싸 쥐고 소리쳤다.

"이런 젠장!"

왜 하나같이 무림맹 안이란 말인가! 그는 고민했다.

'그냥 신호탄 쏴서 개방에서 알아서 하라고 할까? 아니, 개방에서 시끄럽게 쳐들어가면 이미 잡혀 있는 장소산 쪽이 위험해진다. 가장 확실한 방법은 일단 장소산 녀석과 내단의 안전을 확보한 다음 신호를 쏴서 개방을 부르는 것이다.'

그러나 자신만으로 장소산을 구출하는 것은 위험이 크다. 강연수 등이 돕는다고 하더라도 천명회와 비교하면 전력의 차가 너무 심하다.

'무슨 생각을 하는 거지?

고민하는 무언계를 강연수는 묘한 눈으로 쳐다보았다. 다채롭게 변화하는 무언계의 표정은 도무지 속을 짐작할 수 없게 만들었다.

"에이~ 그냥 신호탄 쏘는 것이 낫겠네. 역시 위험 부담을 감수할 필요는 없지."

결국 무언계는 결정을 내리고는 말했다.

"난 개방의 부탁을 받고 안의 상황을 살피러 온 사람이다. 나와 함께 가자. 밖에서 개방과 칠성방의 정예가 기다리고 있으니 신호를 보내면 즉각 구원하러 올 것이다."

원래 계획이 그것이었으니 강연수로서도 거절할 이유가 없었다.

"예, 그렇게 하도록 하죠."

일행은 신호를 보내기 좋은 외성벽 쪽으로 향하려 했다. 그런데 그때 그들의 앞을 가로막는 사람이 있었다.

"잠시만 기다려 주십시오."

나타난 노인은 말했다.

"밖의 세력을 끌어들이면 시끄럽게 되어 잡혀 있는 장소산 측이 위험해집니다. 차라리 저희가 힘을 합쳐 그들을 구하는 것이 어떨까요?"

나타난 노인을 수초가 알아보았다.

"청류!"

강연수는 놀랐다. 직접 본 적은 없지만 청류라면 마교의 후예 무명회의 지도자가 아닌가!

무언계는 갑자기 사람이 나타나고 청류란 이름을 들어도 별 반응이 없었다. 그저 상대를 쳐다보다가 덤덤한 목소리로 물었다.

"함께 힘을 합치자고?"

청류는 고개를 끄덕였다.

"예, 그렇습니다. 저는 무명회를 이끄는 청류라고 합니다. 장소산과는 이런저런 인연이 있지요. 저희 무명회의 힘과 천하제일고수인 무 대협의 힘이 합쳐지면 그리 어려운 일이 아니라고 생각합니다."

무언계란 말에 강연수 등이 놀라 쳐다보았다. 하지만 무언계는 그녀들은 신경 쓰지 않고 차가운 눈빛으로 청류를 바라보고 있었다.

돌연 그가 웃었다. 그는 진작에 청류가 근처에서 지켜보고 있다는 것을 알았다. 그러다 무언계가 밖으로 신호를 보낸다고 하니 그제야 부랴부랴 나서서 함께 장소산을 구하자고 하는 것이다.

"너, 속셈이 뭐야?"

청류도 웃었다. 역시 소요유를 쓰러뜨린 사람이다. 간단히 넘어오지는 않는다.

"전 그저 모든 일에는 시기가 있고, 무 대협이 하려는 일은 좀 이르다고 생각할 뿐입니다. 그러니 저의 뜻을 따라주기를 바랄 뿐입니다."

“싫다면?”

“막을 수밖에요.”

무언계는 피식 웃었다.

“나와 싸우겠다고?”

청류는 담담한 표정으로 받았다.

“당신이나 저나 따지고 보면 소요유의 진전을 이은 사람이지요. 이 참에 둘 중에 누가 그분의 무공 진수를 깨달았는지 가리는 것도 재미있는 일이겠지요.”

둘은 무서운 기세로 노려보았다. 강연수 등은 그 기세만으로도 숨이 막히는 것을 느끼며 물러났다.

그때였다. 돌연 무언계가 머리를 긁적였다.

“아아, 그만뒀다.”

그는 투덜거리며 말했다.

“난 그 노인네 제자도 뭣도 아니야. 누가 무공을 이었나 따지고 싶지 않아. 뭐, 생각해 보면 그 노인네에게 빚이 있다고 할 수도 있으니 한 번은 속아 넘어가 주는 것으로 하지.”

청류는 고개를 숙였다.

“감사합니다.”

“그리고 한 가지 말해두는데…….”

무언계는 말했다.

“소요유의 무공을 이은 것만으로는 날 이길 수 없다고.”

청류는 쓴웃음을 지었다.

“과연 그렇군요.”

第四十三章

선택

선택 1

　　장소산은 임한정이 자신을 속인 일이나 마교의 후예인 무명회의 일은 제외하고, 자신과 천명회가 관련된 사건들을 모두 이야기했다. 사람들은 그의 이야기에 놀라고 천뢰가 자신들을 속였다는 사실에 기가 막혀 했다.

　　남궁현이 이를 갈며 물었다.

　　"그러니까 천뢰란 녀석은 무언계의 제자고 뭐고 아무 관계도 없단 말이지?"

　　장소산은 고개를 끄덕였다.

　　"예, 그렇습니다."

　　신검문주 정무성이 말했다.

　　"숭산 장문이 죽은 사건은 마교의 짓으로 알려졌는데 천뢰의 짓이었군. 아니, 지금까지 마교가 한 짓이라는 것은 모조리 다 천명회가 저지른 것이 아닌가."

장소산은 말했다.

"천명회야말로 모든 일이 원흉입니다. 마교는 아무 관계가 없습니다. 아니, 마교는 오히려 피해자일 뿐이지요."

정무성은 살짝 눈살을 찌푸렸다.

"그렇다면 밖의 붉은 복면을 한 놈들이 우리들의 무공절기의 약점을 아는 것은 이상한 일이 아니다. 천명회가 정파의 장로 급들이 만든 조직이고 최강의 무인을 만들기 위해 일했다면, 자연히 정파의 절기란 절기는 모두 수집했을 테니까. 아무리 자파의 무공에 보안을 철저히 했다고 하더라도 자파의 어른들이 무공을 빼돌린 장본인이었다면 어떻게 할 수 없었겠지. 하지만 말이야……."

그는 심각한 표정이 되었다.

"그 말인즉 여기 안에도 천명회와 관여된 자들이 있을 수도 있다는 소리가 아닌가."

"……!"

모두들 놀라 서로의 얼굴을 돌아보았다. 혹시 이 중에 누군가가? 사람들의 눈에 의심이 생겨났다.

"아니, 그렇지는 않을 겁니다."

장소산이 고개를 저었다.

"분명 여기 모인 문파 중에 천명회와 연관있는 사람이 있을지도 모릅니다. 하지만 여기 안에는 없을 것입니다."

가규가 물었다.

"어째서 그렇게 장담할 수 있는가?"

"천명회와 관계가 있다면 여기 모임이 위험하다는 것을 알고 있을 텐데 굳이 사지로 들어올 리가 없지 않겠습니까."

사실 그 위험을 감수하는 첩자가 있을지도 모르지만, 장소산은 일부러 그 사실을 숨기고 자신있게 말했다. 이 상황에서 서로 간에 불신이 생긴다면 문제가 더 심각해지기 때문이다.

이곳의 몇몇 사람들도 장소산의 말속의 빈틈을 눈치 챘지만 그의 의중을 알아차리고 더 이상 문제를 제기하지 않았다.

정무성이 말했다.

"잠깐, 그 말을 반대로 해석해 보면 여기 참석 안 한 녀석들은 천명회와 한패일 가능성이 있다는 이야기군."

사람들의 웅성거림이 커졌다. 장소산은 고개를 끄덕이고는 말했다.

"그 말씀대로입니다. 하지만 아무리 천명회라고 하더라도 무림대회에 참석한 문파 대부분을 수중에 넣지는 못했을 겁니다."

사람들은 심각한 표정이 되어 앞으로의 일을 생각했다. 단순한 강호의 세력 다툼이라고 생각했던 일이 진상을 알고 보니 여간 심상치가 않았다.

팽한천이 장소산에게 물었다.

"앞으로 어떻게 하면 좋겠는가?"

이 문제는 모두가 걱정하는 일이라 다들 장소산에게 시선을 돌렸다. 어느새 장소산은 이곳 모든 문파의 영도자가 되어 있었다.

"다시 한 번 공격하면 좋겠지만 우리 상태가 그리 좋지 않군요. 밖의 지원을 기다리는 편이 좋겠습니다."

공격에 실패했을 때 밖의 도움을 요청할 여섯 명의 고수들은 아까의 전투 때 모두 저택을 무사히 빠져나갔었다.

장소산은 밖을 살폈다. 조금 있으면 날이 밝는다.

"분명 지원이 올 것입니다. 믿고 기다립시다."

그때 누군가가 비관적인 말을 꺼냈다.

"나간 여섯 명이 모두 잡혔으면 어떡하지?"

사람들 사이에 걱정이 퍼지자 장소산은 웃으며 안심시켰다.

"설사 여섯 명의 고수들이 적에게 당한다고 해도 곧 아침이 될 테고, 늦든 빠르든 밖의 사람들은 문제가 생겼음을 자연 알게 될 겁니다. 여기에는 이번 무림대회에 참석한 백 개의 문파 중 삼십 가까이나 모여 있습니다. 이 정도의 많은 문파가 없어졌는데 이상하게 여기지 않는다는 것은 말이 안 되지요."

그는 말을 이었다.

"그리고 여기 올 때 문파 인원 전부가 오진 않았을 것 아닙니까. 숙소에 남겨진 사람들이 이렇게 늦게까지 돌아오지 않는 것을 이상히 여겨 찾으러 오겠죠."

장소산의 말대로 언젠가는 이곳 일이 알려질 수밖에 없다. 사람들은 의욕을 되찾았다.

"이 저택에는 식량도 상당히 있고 잘만 지키면 일주일 이상 충분히 버틸 수 있습니다. 시간을 끌수록 우리가 유리합니다."

장소산은 사람들을 격려하며 적들의 공격에 대비하게 했다.

다시 한 시진 정도가 흘렀다. 적들은 여전히 공격할 생각을 보이지 않고 있었다. 이제 해는 완전히 떠올라 완연한 아침이었다.

장소산은 교대로 아침을 먹고 잠도 자게 했다. 모두들 싸우고 밤새도록 긴장하느라 피로가 심했다.

그러는 사이 이제 해는 중천에 떠올랐다. 장소산은 마음속의 불안감이 점점 현실이 되어감을 느꼈다.

‘뭔가 잘못되었다!’

이 시간이면 무림맹 내에서 이곳 일이 알려지지 않을 리가 없다. 그런데도 밖은 아무 조짐도 보이지 않는다. 밖으로 보냈던 여섯 고수들도 감감무소식이다.

장소산은 답답함을 느꼈다. 분명 밖에서 뭔가 심상치 않은 일이 벌어지고 있다. 문제는 이곳에서는 전혀 알 수가 없다는 것이다.

‘다시 한 번 시도해 볼까?’

이번에는 확실히 돌아올 수 있는 믿을 만한 절정고수를 다시 밖으로 내보낼 생각을 해보았지만, 결국 고민 끝에 고개를 저었다. 그러려면 다시 총공격에 나서야 하는데, 그 피해를 감당할 자신이 없었다.

무엇보다 이미 한 번 했던 방법은 통하지 않을 것이다. 그 증거로 적들은 정원에 있던 은폐물들을 모조리 치워 버렸다.

시간은 계속해서 무의미하게 지나가고 있고 사람들 사이에서도 점점 불안감이 커져 가는 분위기였다. 장소산은 애써 불안감을 감추고 사람들에게 희망을 주려 노력했다. 하지만 그것도 한계가 있었다.

“도저히 참을 수 없네!”

팽한천이 목소리를 높여 외쳤다.

“언제까지 기다리고 있어야 한단 말인가! 내가 볼 때 밖의 지원을 기다리기는 다 틀린 것 같네. 이렇게 된 이상, 죽이 되든 밥이 되든 우리만으로 이곳을 탈출해야 한다고 생각하네.”

팽가를 중심으로 십여 개 문파들이 그의 의견에 찬성하고 나섰다.

장소산은 난감함을 느꼈다. 그 역시 슬슬 그렇게 해야 하는 것 아닌가 생각하고 있었다. 문제는 그다지 승산이 보이지 않는다는 것이다.

“진정하고 잠시만 기다려 보십시오.”

"언제까지 기다려야 한단 말인가? 확실한 시한을 정해보게!"

팽한천이 이렇게까지 나오자 장소산은 한숨을 내쉬고는 마음을 결정했다.

"알겠습니다. 오늘밤, 딱 오늘밤 해시(약 11시) 전까지 기다리지요. 그때까지 아무 성과가 없으면 총공격을 하기로 하지요."

"좋아. 모두들 이의없겠지?"

사람들은 고개를 끄덕였다. 다시 시간은 흘러갔다. 해가 지고 저녁을 먹으니 이제 해시까지는 한 시진밖에 남지 않았다.

'역시 틀린 건가?'

이렇게 된 이상 최후의 수단을 생각하지 않으면 안 된다. 장소산은 어떻게 하면 최소한의 피해로 이곳을 빠져나갈 수 있을지 머리를 싸매고 고민에 빠졌다.

그런데 그때였다. 밖을 살피던 사람들이 소리 질렀다.

"누군가 온다!"

모두들 급히 밖을 살폈다. 장소산 역시 마찬가지였다. 누군가 대문으로 들어서고 있었다. 그런데 포위하고 있는 적들은 그를 전혀 막으려 하지 않았다. 원군을 기대했던 장소산은 실망했다.

'한패였군.'

그런데 나타난 사람이 가까워져 얼굴을 알아볼 수 있게 되자 장소산은 크게 놀랐다. 다름 아닌 천뢰가 아닌가!

천뢰는 태연히 걸어 건물의 정문 앞까지 이르렀다. 그리고는 남의 집에 찾아온 손님마냥 소리쳐 불렀다.

"그쪽 책임자 있으면 좀 나와 보시오!"

사람들은 당황했다. 적의 수괴가 무슨 볼일인가? 특히 암기 등을 날리면 굳이 밖으로 나가지 않아도 공격할 수 있는 위치까지 아무렇지 않게 다가오는 천뢰의 행동에 사람들은 의아함을 느끼지 않을 수 없었다.

"어떻게 할 건가?"

가규가 물었다. 장소산은 잠시 고민하다 대답했다.

"일단 무슨 소리를 할런지 들어보기나 하지요."

그가 나가려는데 남궁현이 따라붙었다.

"나도 함께 가겠네."

책임자가 되고 싶은 모양이었다. 장소산은 피식 웃고는 고개를 끄덕였다.

"마음대로 하십시오."

장소산은 진갑, 남궁현과 함께 정문 앞으로 나갔다. 천뢰는 장소산의 모습을 보자 약간 놀라는 표정을 짓더니 말했다.

"자네가 나오다니, 우린 뭔가 인연이 있는 모양이군."

천뢰의 목소리는 건물 안의 사람들도 충분히 들을 수 있을 정도였다. 장소산 역시 목소리를 높여 물었다.

"할 말이 뭔가?"

천뢰는 빙그레 웃고는 대답했다.

"뻔하지. 항복을 권유하러 왔네."

장소산은 인상을 썼다.

"항복이라고?"

"그래, 지금 순순히 항복하면 앞으로의 무림대연합에서 섭섭치 않은 자리를 약속하지."

"헛소리! 네놈의 무림대통합 따위가 될 듯싶으냐!"

천뢰는 웃었다.

"될 거야. 아니, 이미 칠 할쯤은 달성되었어."

"뭐라고?"

천뢰의 미소가 짙어졌다.

"넌 의문을 느끼고 있겠지. 왜 아무도 도와주러 오지 않는 것일까, 밖에서 대체 무슨 일이 벌어지고 있는 것일까?"

장소산의 표정이 굳어졌다. 천뢰는 그 얼굴에서 승리감을 느끼며 말했다.

"대답은 간단해. 여기 모인 문파 외에 무림대회에 참석한 문파들 모두가 이미 무림대통합에 찬성하고 나를 따르기로 약속했다는 것이지."

"……!"

2

장소산은 이를 악물었다. 방금 천뢰의 말은 그가 생각하고 있던 최악의 경우였던 것이다. 그러나 그는 그렇게 쉽게 그 사실을 믿을 수 없었다.

"말도 안 되는 소리. 문파들이 자신의 사문을 파는 짓을 그렇게 쉽게 할 리가 없지."

"아니, 충분히 가능해."

천뢰는 자신있게 말했다.

"문제는 그것을 어떻게 대세로 만드느냐는 것이지. 주변의 다른 문파들이 모두 따르는데 혼자만 못하겠다고 우길 수는 없는 노릇 아닌가. 그리고 무엇보다 나는 그들이 원하는 것을 줄 수 있지."

"원하는 것?"

"그래, 바로 무공이지."

천뢰는 한 팔을 내밀어 허공을 쥐어 보이며 답했다.

"문파라는 것은 결국 무공을 익히기 위해 모인 집단이야. 이 기본을 잊으면 안 되지. 그들은 늘 강한 무공을 갈망하지. 특히 힘이 약해 무시당해 온 약소 문파들은 특히. 우리 천명회는 천하 무림의 절기 절반 이상을 소유하고 있다. 또한 무림대통합이 이루어지면 전 무림의 절기를 마음껏 익힐 수 있으니 그들이 마다할 이유가 없지 않은가."

장소산은 다시 물었다.

"그럼 무공이 충분한 대문파들은?"

"황제지."

천뢰는 히죽 웃었다.

"소림이니 무당이니 하는 것도 결국 국가의 힘 앞에는 아무것도 아니지 않나. 무엇보다 그들은 절대 모험을 안 하는 것들이야. 그들이 원하는 것은 강호를 영도하는 영향력과 지위. 무림대통합이 이루어진 후에도 지금과 다름없을 것을 약속하면 역적으로 몰려 멸문할 위험을 감수하면서까지 날 적대할 이유가 없지."

그는 말을 이었다.

"물론 처음에는 저항한다. 실제로 그들은 행동에 들어갔지. 하지만 곧 나에게 진압되었고, 현재 나에게 장문인들이 잡혀 있다. 난 그들을 죽이지 않는다. 시간을 가지고 설득할 생각이야. 그들은 결국 현실과 타협할 수밖에 없겠지."

그는 재미있다는 표정을 지으며 말해갔다.

"사실 간단한 일이야. 예전까지 강호일통을 노리는 자들은 무식하게 힘으로 굴복시킬 생각만 했어. 그러니까 실패하지 않고는 못 배기지. 나처럼 모든 문파들이 원하는 것을 합리적으로 찾아 제시하고 합의를 얻어내면 굳이 무력을 많이 쓰지 않아도 얼마든지 강호를 손에 넣을 수 있단 말이야.”

“말도 안 돼.”

남궁현이 그의 말을 끊고 말했다.

“모두 너를 따른다고? 여기에는 너에게 반대하는 삼십여 개 문파가 모여 있다. 또한 천하에는 천 개가 넘는 문파가 있고. 그들이 너를 따를 것 같으냐.”

천뢰는 크게 웃더니 고개를 끄덕였다.

“하하, 물론 잘 알고 있다. 뿐만 아니라 이렇게 모이길 기다리고 있었지.”

“뭐야?”

“생각해 봐라. 나에게 반대하는 문파가 여기 모여 있다. 그 말인즉 밖에는 나에게 반대하는 측의 비율이 급격히 줄어든다는 것이지.”

남궁현은 그의 말을 이해할 수 없었다.

“그게 무슨 말이냐?”

“설명해 주지.”

천뢰는 허리에 찬 장도를 뽑았다. 장소산 일행이 흠칫하며 뒤로 물러섰지만, 그는 무시하고 계속 바닥에 원을 그려 나갔다.

“이게 무림맹이다.”

다시 원 안에 또 하나의 원을 그렸다.

“무림맹의 내성이지.”

그는 설명했다.

"이곳 무림맹의 내성에는 백여 개의 문파가 모여 있다. 그중 대회전에 이미 나의 편이 된 문파가 스무 개 정도다. 불과 오분의 일이지. 나머지는 중립의 마흔 개 정도, 나에게 반대하는 측 마흔 개 정도. 전체적인 전력으로는 내가 압도적으로 불리하지. 그래서 난 여기 다시 원을 하나 더 만들었다."

두 개의 원 안에 또 하나의 원을 그렸다.

"여기 나에게 반대하는 서른 개 문파가 모였다. 난 그것을 포위하여 고립시켰다. 그럼 이제 어떻게 될까?"

장소산은 인상을 찌푸렸다. 천뢰는 회심의 미소를 짓고는 두 번째 원 안을 두드렸다.

"여기서는 남은 일흔 개 문파 중 스무 개가 내 편, 마흔 개 정도는 중립, 열 개 정도가 반대가 된다. 이제 승산은 나에게 있다. 중립 녀석들은 세가 강한 쪽에 붙게 마련이다. 좀 전에 말했던 합리적인 조건을 제시하면 더욱 그렇지. 나머지 열 개 문파는 깨부수면 그만이지."

그는 장소산을 보며 말을 이었다.

"왜 구원이 오지 않나 궁금했지? 구원은 오긴 왔어. 어젯밤에 육대 문파를 중심으로 구출대가 편성되었지. 출발하지도 못하고 나에게 당했다는 문제가 있긴 하지만 말이야."

그는 웃었다.

"확실히 그때 이곳의 문파들이 공격해 왔다면 양쪽의 적을 맞아 이쪽이 위험했겠지. 하지만 너희는 이 절호의 기회를 모르고 넘어갔다. 너희가 내보낸 연락책들은 오히려 나에게 무림맹 내의 반대파를 일소할 수 있는 기회를 만들어주었지."

장소산의 표정이 굳어졌다. 자신이 밖으로 도움을 요청할 것까지 계산에 넣고 있었다니! 완전히 천뢰에게 당한 것이다.

"잠깐!"

남궁현이 나섰다. 그는 분을 주체하지 못하고 식식거리며 물었다.

"이곳 모임은 내가 주체한 것이다. 너는 어떻게 이 모임을 알았지? 모임을 연 장본인인 나도 모임을 생각해 낸 것이 네가 대회 때 하는 말을 듣고 난 후였다. 그런데 넌 하루 만에 그 계획을 생각해 냈다는 것이냐?"

천뢰는 웃으며 답했다.

"계획은 몇 달 전부터 준비했지. 실행은 무림대회 준비 때부터고."

"아니, 어떻게?"

"그야 뻔히 짐작이 가니까."

천뢰는 비웃음을 보냈다.

"남궁현, 너의 단순한 머릿속 정도는 말이야. 네가 나에게 무림맹주 직을 빼앗기고 되찾을 기회를 노리고 있다는 것, 내가 무림대회 때 대통합을 주장하면 반대파를 모아 날 맹주 직에서 몰아내려 할 것이라는 것, 그 모임 장소가 네가 큰돈을 들여 준비한 이 건물이 될 것이라는 것쯤은 조금만 생각해도 짐작하고도 남는다."

그는 장소산에게 시선을 돌렸다.

"뭐, 그 모임에 여기 장 방주까지 참석할 줄은 미처 몰랐지만 말이야."

천뢰는 어깨를 으쓱했다.

"결론은 나의 승리라는 것이다. 죽고 싶지 않으면 항복하는 것이 좋아."

남궁현은 분에 몸을 떨다 외쳤다.

"비록 무림맹 내에서는 너의 승리라고 해도 천하의 문파들이 널 가만둘 것 같으냐!"

"가만 안 두면 어쩔 거지?"

천뢰는 피식 웃었다.

"천하의 문파들이 많아도 대부분 자기 지방에서 먹고사는 데에 바쁜 것들이다. 그들이 목숨을 걸고 나에게 대항할 것 같은가? 연합을 만들고 다른 문파들을 영도할 만한 대문파들은 모두 이곳에 있는데. 설사 내가 너희들을 모조리 몰살시킨다고 하더라도 복수하겠다고 나서는 놈들은 너희 문파 관계자들뿐, 다른 문파들은 구경만 하겠지."

그는 웃음을 지으며 말해갔다.

"정파니 뭐니 해도 결국 정의와는 관계없는 놈들이다. 모두 자기에게 득이 되나 실이 되나 계산하지 정의 따위는 아무도 관심 두지 않아. 자, 헛소리는 그만두고… 항복할 것인가, 죽을 것인가 결정하시지."

"당연히 누가 너 따위에게……!"

남궁현이 소리치려 하는데 장소산이 팔을 들어 막았다.

"모두와 의논할 시간은 주겠지?"

천뢰는 빙긋 웃었다.

"그야 나에게도 그만한 아량은 있지. 넉넉하게 하룻밤을 줄 테니 충분히 생각하도록 해."

그는 말을 끝내자 몸을 돌렸다. 그런데 그때 그의 무방비한 모습을 보고 기회라고 판단한 남궁현이 검을 뽑아 벼락같이 찔러갔다.

"앗!"

건물 안의 사람들이나 포위하고 있던 천명회 사람들이나 모두 놀라 소리쳤다. 남궁현의 기습은 참으로 시기적절했고, 기세 또한 범상치 않았다. 웬만한 고수라면 설사 미리 단단히 대비하고 있어도 피하지 못할 속도였다.

"홍!"

그러나 천뢰는 뒤통수에 눈이라도 달린 것처럼 코웃음 치며 상체를 옆으로 틀어 피했다. 남궁현은 즉시 찌르기를 베기로 바꾸고 천뢰의 목을 베려 했다. 천뢰는 손을 들어 검을 막았다.

남궁현은 회심의 미소를 지었다. 자신의 검은 남궁가의 가보로 천하의 명검이다. 손 따위 종이 자르듯 잘라 버릴 수 있다.

'병신을 만들어주마!'

그런데 이게 웬일인가? 남궁현의 검은 천뢰의 손바닥에 간단히 막혀 버리는 것이 아닌가?

"기류!"

장소산이 놀라 소리쳤다. 남궁현의 검은 분명 명검이었지만 천뢰의 손을 자를 수는 없었다. 아무리 날카로운 검날도 닿지 않는 한 아무것도 벨 수 없기 때문이었다. 검은 천뢰의 손바닥을 한 치 앞에 두고 보이지 않는 힘에 막혀 더 이상 전진하지 못하고 있었다.

"호오~ 넌 이 무공을 본 적이 있는 모양이지?"

천뢰가 홍미를 보이며 물었다.

"이 무공은 내가 근래 새로 터득한 무공이다. 그래서 아직 이름조차 짓지 않았는데, 네가 이 무공을 알고 있다니 신기한 일이로군. 무공 서적에서 읽었나? 아니면 누군가 쓰는 것을 보았나?"

장소산은 대답하지 않았다. 하지만 천뢰는 곧 알아차렸다.

"그렇군. 무언계지? 무언계가 쓰는 것을 보았던 것이로군."

정확히 말하자면 무언계의 무공을 익힌 여태환이 쓰는 것을 본 것이지만 거의 비슷하게 맞췄다고 볼 수 있었다. 천뢰는 흥미로운 표정이 되어 말했다.

"무언계의 무공은 내 예상보다는 좀 더 강한 모양이군. 그렇다면 이건 할 수 있는지 모르겠군."

천뢰는 검을 막지 않은 손을 들어 옆으로 돌렸다. 그와 동시에 남궁현의 오른팔이 꺾여 돌아가기 시작했다. 남궁현은 체면 때문에 이를 악물었지만, 팔이 완전히 반대로 돌아가 버리자 고통을 견디지 못하고 비명을 내질렀다.

"아악!"

무공이 절정에 이르고 가까이 있는 장소산과 진갑만이 남궁현의 팔을 비트는 힘의 흐름을 느낄 수 있을 뿐, 다른 사람들은 그저 남궁현의 팔이 저절로 돌아가는 것으로 보였다. 그 비밀을 모르는 사람들로서 그 광경은 경이롭고 또한 공포스러운 것이었다.

천뢰는 장소산을 보며 다시 물었다.

"어때? 무언계도 이런 재주를 가졌나?"

장소산은 식은땀을 흘리며 대답했다.

"모르겠다."

"그런가. 아쉽군. 뭐, 언젠가 본인을 만나면 알게 되겠지. 그전에 죽지만 않는다면 말이야. 하하하!"

웃음을 터뜨리며 천뢰는 돌아가 버렸다. 장소산과 진갑은 한숨을 내쉬고는 쓰러진 남궁현을 부축하여 건물 안으로 돌아왔다.

건물 안의 사람들 표정은 하나같이 침통해 있었다. 기대했던 원군이 오지 않는다는 사실, 다른 문파들이 모두 천뢰에게 굴복했다는 사실, 거기다 천뢰의 인간 같지 않은 무서운 무공까지 눈으로 보게 되자 모두들 자신을 크게 잃었다.

"항복하는 것이 낫지 않을까?"

위정평이 말을 꺼냈다. 남궁현이 고통에 끙끙대면서도 발끈해 외쳤다.

"무슨 소리냐! 저런 놈에게 항복하느니 죽겠다. 아니, 죽어도 저놈을 한 번이라도 찌르고 죽겠다!"

"하지만 천뢰의 무공을 봤지 않습니까. 우리 힘으로 그에게 상처라도 하나 낼 수 있겠습니까? 아니, 그전에 그의 부하에게 전멸당하게 생겼다고요."

많은 사람들이 위정평의 말에 동감하고 나섰다. 일단 항복하는 척하고 나중에 기회를 노리는 것이 어떠냐고 하는 사람도 있었다.

주변에서 떠드는 소리를 들으며 장소산은 품에서 비단 주머니를 꺼냈다. 지수가 자신이 위험에 빠졌을 때 펴보라고 했던 것이었다. 그로서는 웬만해서는 사용하고 싶지 않았지만 지금으로서는 다른 방법이 생각나지 않았다.

"당신은 결국 비단 주머니를 펼칠 수밖에 없을 거예요."

지수의 말을 떠올리며 장소산은 쓴웃음을 지을 수밖에 없었다.

'그녀의 말대로 됐군.'

3

그는 현재의 상황이 그녀가 예상한 대로이길 바라며 비단 주머니 안의 쪽지를 읽었다. 쪽지의 내용은 간단했다.

무명회에 도움을 청하라.

장소산은 순간 어이가 없었다. 이렇게 갇혀 있는데 무슨 수로 무명회에 도움을 청하란 말인가?

그때 누군가 외치는 소리가 들렸다.

"자존심도 좋고 정의도 좋지만 일단 살아야지 무엇을 하든 할 것 아니오. 현실을 봐야지, 현실을! 우리들만으로 무슨 수가 있단 말이오!"

그 말을 듣는 순간 깨달아지는 것이 있었다. 장소산이 입을 열었다.

"현실을 보았다면!"

모두의 시선이 그를 향했다. 장소산은 한숨을 내쉬고는 말을 이었다.

"진작에 현실을 보았다면 일이 이렇게까지는 되지 않았겠지요."

정무성이 물었다.

"무슨 뜻인가?"

"애초에 마교란 말에 정신이 팔리지 않고 현실을 보았다면 배후의 천명회를 알 수 있었겠지요. 과거에 사로잡혀 현재를 보지 않아 이렇게 된 것이란 말입니다."

그 문제에 관계없다고 할 수 없는 남궁현이 인상을 쓰며 말했다.

"그래서 어쩌란 말인가? 이제 와 잘잘못을 따지기라도 하잔 말인가?"

"지금이라도 과거를 잊고 현재를 본다면 승산은 있습니다."

사람들의 눈이 둥그레졌다. 남궁현이 믿을 수 없다는 표정으로 물었다.

“천뢰를 쓰러뜨리고 우리가 승리할 수 있단 말인가?”

“그렇습니다. 하지만…….”

장소산은 잘라 말했다.

“여러분들에게 그런 용기가 있을지 모르겠군요.”

사람들은 의아해졌다. 팽한천이 물었다.

“도대체 무슨 소리를 하는 건가? 확실히 말해보게.”

“제 말은 천명회를 이기기 위해 과거의 적과 손을 잡을 수 있느냐는 말입니다. 원한은 깨끗이 잊고 말이지요.”

더 이상의 설명은 없었다. 사람들은 고민했다. 먼저 입을 연 것은 가규였다.

“상대가 누군지는 모르겠지만 그들이 앞으로 우리에게 해를 끼치지 않고 협력할 생각이 있다면 가능하겠지. 과거의 적이 오늘의 친구가 되는 것은 드문 일도 아니니까.”

다른 사람들도 이어 고개를 끄덕였다.

“그렇지.”

“현 상황에서는 이것저것 가릴 판이 아니지 않나.”

장소산은 웃었다.

“그렇다면 모두의 뜻이 그런 것으로 알겠습니다.”

그는 사람들을 둘러보며 말했다.

“자, 이렇게 결론이 났습니다. 이제 우리를 도와주실 수 있겠습니까?”

사람들은 장소산이 도대체 누구에게 하는 소린지 의아해졌다. 귀신이라도 부를 셈이란 말인가? 그런데 그때 장소산의 말에 답하는 소리가 있었다.

"이쪽은 언제라도 도울 준비가 되어 있었네. 그저 다들 받아들이기만을 기다리고 있었을 뿐이지."

사람들의 시선이 소리가 들려온 곳으로 향했다. 말을 한 것은 신검문주인 정무성이었다. 그는 앞으로 걸어나와 장소산 앞에 섰다. 신검문의 제자들도 뒤를 이었다.

정무성은 포권을 하며 입을 열었다.

"여러분, 소개하겠소. 나는 마교의 후예 무명회의 지도자 청류의 사제인 정무성이오. 뒤의 제자들 역시 무명회의 사람이오."

"……!"

사람들은 경악했다. 강호를 이끄는 육파, 사가, 오문, 이방 중 하나인 신검문이 마교의 세력이었다니! 몇몇은 급히 허리춤의 무기로 손을 가져가는 사람도 있었다.

"여러분, 좀 전에 말한 것을 잊으셨습니까? 과거의 원한은 잊고 손을 잡을 수 있다고 했지 않습니까."

장소산의 말리자 팽가천이 떨떠름한 표정으로 말했다.

"그, 그렇지만 마교와 손을 잡는 것은……."

남궁현 역시 말했다.

"그렇소. 무엇보다 정체를 숨기고 우리 틈에 섞여 있었던 것이 의심스럽소."

그는 의심의 눈길을 장소산에게도 돌렸다.

"그대는 어찌 여기 마교 무리가 있다는 것을 알아차렸나?"

장소산은 답했다.

"솔직히 말씀드리지요."

그는 자신이 무명회와 관계되었던 일들을 모두 털어놓고는 말했다.

"무명회로서는 현 상황을 좌시하지 않을 것이고, 이곳에도 정체를 숨기고 찾아오지 않았을까 생각한 것입니다. 설마 신검문이 무명회일 지는 몰랐지만 말입니다."

정무성도 말했다.

"여러분도 들으셨다시피 천명회는 자신들이 저지른 일을 모두 우리 무명회의 책임으로 돌렸습니다. 아무리 우리 무명회가 정파와 충돌하 지 않으려 해도 이렇게 된 이상 가만있을 수는 없지 않겠습니까. 그래 서 이렇게 정체를 숨기고 조사하고 있었던 것이죠."

가규가 물었다.

"내가 알기로 신검문의 역사는 백 년이 넘었소. 그럼 그때부터 마교 였단 말이오?"

"그렇습니다. 신검문은 처음부터 무명회의 지부였습니다. 우리 무 명회가 강호와 소통하기 위한 통로 중 하나였지요."

"좋소, 그건 넘어가기로 하겠소. 현재 가장 중요한 문제는 따로 있으 니까. 어떻소, 무명회에서는 현재 이 상황을 타개할 방법이 있소?"

"물론이지요. 무명회의 지부는 우리 신검문뿐이 아닙니다. 네 개의 문파가 더 이번 무림대회에 참석했지요. 그들은 지금 밖에서 우리와 내응할 준비를 하고 있을 것입니다."

가규는 곰곰이 생각해 보다가 말했다.

"그렇다면 전부 오십 명이군. 하지만 그 정도로는 여긴 어떻게 탈출 한다고 해도 무림맹 내의 천명회 세력을 무너뜨리기는 어려울 것 같은 데?"

"여길 나갈 수만 있다면 다른 방법을 찾을 수 있겠지요."

정무성은 장소산을 돌아보았다.

“안 그렇소?”

장소산은 고개를 끄덕이고는 사람들에게 말했다.

“무림맹 밖에서는 개방과 칠성방의 정예 고수들이 다수 대기하고 있습니다. 우리가 외성까지만 나갈 수 있다면 그들을 부를 수 있습니다. 그렇게 되면 충분히 천명회와 자웅을 겨룰 수 있다고 생각합니다.”

사람들의 표정이 밝아졌다. 막막하던 차에 희망이 생겨난 것이다. 그러나 아직 문제는 남아 있었다. 마교인 그들을 과연 믿을 수 있을까? 라는 불안감이었다.

정무성 역시 이를 짐작하기에 말했다.

“여러분은 생각하고 계실 것입니다. 마교인 저들을 믿을 수 있을까? 뭔가 노리는 게 있어 속이고 있는 것이 아닐까? 저는 우리 지도자인 청류를 대신하여 확실히 말하겠습니다. 우리가 노리는 것은 단 하나, 바로 떳떳해지는 것입니다.”

그는 말을 이었다.

“이번에 우리는 천명회에게 이용당해 누명을 썼습니다. 야차산에서 정파의 총공격을 받고 많은 사람이 죽었지요. 한번 묻고 싶습니다. 여러분이 저희 입장이었다면 어떻게 하셨겠습니까?”

“…….”

생각할 것도 없었다. 복수뿐이다. 억울한 것도 억울한 것이지만, 당하고 참기만 하면 약한 문파라고 얕잡아 보인다. 나중에 더 억울한 일을 당할 수도 있다. 이것이 강호의 생리인 것이다.

“과거 여러분이 마교라 부르던 본 교는 당하면 그 배로 되갚아주었지요. 그 결과 피를 피로 씻는 싸움이 있었고, 결국 본 교는 멸망했습니다. 정파 역시 많은 사람들이 죽었지요."

정무성은 한숨을 내쉬었다.

"우리의 지도자인 청류께서는 과거를 반복할 수는 없다고 생각하셨습니다. 그래서 참기로 하셨지요. 사실 우리가 복수를 생각했다면 지금처럼 좋은 기회가 또 있을까요? 정파와 천명회가 서로 싸우다 힘을 소모한 틈을 노리면 간단할 텐데요. 여러분 중에 야차산의 총공격에 참여하신 분이 상당수일 텐데, 군이 도울 이유 따위는 어디에도 없지요."

몇몇은 뜨끔한 표정을 지었다. 야차산의 전투에 참여해 많은 마교도를 죽인 사람들이었다.

"하지만 우린 복수는 하지 않습니다. 여러분을 도와 천명회와 싸울 것입니다. 이유는 간단합니다. 그저 우리가 아무 짓도 하지 않았고, 여러분과 싸울 생각이 없다는 것을 알아주기를 바라기 때문입니다."

정무성은 쓴웃음을 지으며 말을 마쳤다.

"이래도 제 말을 믿지 않으신다면 할 수 없습니다. 우리 무명회와 함께 싸울 수 없다는 문은 얼마든지 말씀하십시오. 우린 여러분의 뜻에 따를 뿐입니다."

잠시 침묵이 맴돌았다. 사람들은 고민했다. 하지만 결국 결론은 정해져 있었다. 현재 상황에 무명회의 도움을 받지 않으면 탈출은 불가능하기 때문이다.

"우리 칠성방은 무명회와 함께하겠소."

가규를 시작으로 다른 문파들도 하나둘씩 찬성하고 나섰다. 몇몇 불만이 많은 문파들도 결국 대세를 따를 수밖에 없었다.

"그럼 결정이 났군요."

장소산이 입을 열었다.

"그럼 이제부터 어떻게 싸울지 생각해 보도록 하지요."

第四十四章

천뢰의 오판

천뢰는 남궁가의 저택에서 항복을 제안하고 나왔다. 만면에 웃음을 짓고 있는 그에게 우선이 다가와 말을 걸었다.

"그대로 멸하는 것이 좋지 않습니까?"

"힘으로 해결하는 것은 좋지 않아."

천뢰는 손을 저었다.

"저 안의 문파들은 각지에 나름대로 세력을 이루고 있어. 지금 저들을 쓸어버렸다가 근거지에서 복수를 위해 뭉치기라도 하면 골치 아프게 되지."

"어차피 이번에 항복한다고 해도 고향으로 돌아가 생각이 바뀔지 모르는 일 아닙니까."

"그야 물론 당장 항복한다고 해도 우리에게 불만이 많겠지. 하지만 그건 나중에 적당히 달래주면 되는 문제지. 중요한 것은 그들과 돌이킬 수 없는 적이 되면 안 된다는 것이지."

우선은 고개를 끄덕였다. 이 말은 이미 전에도 받은 명령이었다. 그렇기에 소탕 작전을 펼치지 않고 포위만 하고 있었던 것이다. 상대의 반격이 거세지 않았다면 폭탄을 사용하는 일도 없었을 것이다.

천뢰는 웃으며 말했다.

"내가 하고자 하는 것은 황제가 천하를 거느리는 것과 같은 방식이네. 각지에 제후를 두고 그들을 다스림으로써 강호를 좌지우지하는 것이지. 천명회만으로 강호 전부에 영향력을 행사하기는 불가능한 일이 아닌가."

"그렇지요."

천명회의 고수라고 해봐야 오백이 넘지 않는다. 그나마 대부분은 강호의 하류무사들을 적당히 가르친 수준이고, 진정한 고수라고 할 수 있는 숫자는 백 명 정도밖에 되지 않는다. 그 백 명 중에서 절반조차 사파고수를 영입한 것으로 신뢰할 만한 자들이라고는 할 수 없다.

진정한 천명회 출신이라고 해봐야 오십 명 정도밖에 되지 않는 것이다. 그 정도로는 천하는커녕 한 지방에서도 제대로 영향력을 행사하기 어렵다.

"그보다 주의하도록 하게. 무언계가 나타날지도 모르니."

우선은 의아한 표정을 지었다.

"천하제일고수 무언계 말입니까?"

"그래, 날 찾아오는 듯하더니 사라져 버렸어. 어쩌면 이곳에 나타나 안의 문파들을 구하려고 할지도 모르지."

천뢰는 웃으며 말을 덧붙였다.

"무언계가 나타나면 바로 연락하도록. 내가 직접 처리하도록 하지."

반드시 이길 수 있다는 자신감을 아낌없이 내보내고 있었다. 우선
역시 걱정하는 빛 없이 고개를 끄덕였다.

"알겠습니다."

천뢰는 포위 상황을 살피고 자신의 거처로 돌아왔다. 지수가 그를
기다리고 있었다.

"어떻게 되어가오?"

"우리를 따르겠다는 문파가 삼십을 넘었어요. 하지만 나머지 대부분
의 문파들은 고민하고 있는 모양이더군요."

천뢰는 상관없다는 투로 말했다.

"남궁가에 잡혀 있는 문파들이 항복한다면 그들도 대세를 따를 수밖
에 없겠지."

"하지만 그들은 쉽게 항복하려 하지 않을걸요."

"항복하지 않으면 죽음뿐이지. 이곳 무림맹 안에서 이제 날 거역할
수 있는 자는 아무도 없으니까."

지수는 답했다.

"그렇겠죠. 하지만 잊으면 안 돼요. 당신의 힘이 미치는 곳은 무림
맹 안일 뿐이라는 것을요."

"그야 물론이지."

천뢰는 웃으며 고개를 끄덕였다. 지수는 한숨을 내쉬며 말했다.

"무림맹 밖의 무인들의 수가 좀처럼 줄어들지 않고 있어요. 뿐만 아
니라 호시탐탐 안으로 들어올 기회를 노리는 모양이에요. 만약 밖의
무인들이 안으로 들어오기라도 하는 날이면 우리의 계획은 물거품이
될 거예요."

"그들은 그저 소문에 이리저리 흔들리는 구경꾼들일 뿐이오. 그렇게

신경 쓸 문제가 아니오."

지수는 고개를 저었다.

"그렇게 간단히 볼 문제가 아니에요. 수백 년의 영화를 자랑하던 나라들도 결국 민중의 반란을 시작으로 멸망한다는 이치를 당신은 기억해야 해요. 아무래도 외성 쪽의 방비를 강화하는 편이 좋겠어요."

"그렇게 걱정된다면 당신 마음대로 하시오."

"알겠어요. 천명회를 따르겠다는 문파의 수장들이 기다리고 있으니 만나보도록 해요."

"알겠소."

천뢰는 응답하고 나갔다. 남은 지수는 다시 한 번 한숨을 내쉬었다.

"또한 당신은 많은 나라들이 여자 하나를 시작으로 멸망했다는 이치를 기억해야 했어요."

2

날이 저물고 다시 해가 떠오르려 한다. 장소산이 뒤를 돌아보며 물었다.

"준비는 됐습니까?"

사람들은 굳은 표정으로 고개를 끄덕였다. 천뢰가 예고한 시간이 다가오고 있었다. 이제 승부의 때가 온 것이다.

장소산은 옆의 정무성을 돌아보았다. 정무성은 별다른 표정 없이 앞을 바라보고 있었다. 앞으로 있을 싸움의 두려움은 찾아볼 수가 없었다. 다른 신검문, 아니, 무명회 사람들 역시 마찬가지였다.

이번 작전에서 무명회는 가장 위험한 역할을 자청했다. 문파들의 신뢰를 얻기 위한 선택이었다.

"왜 그러나?"

정무성이 자신을 쳐다보고 있는 것을 눈치 채고 물었다. 장소산은 멋쩍은 웃음을 짓고는 물었다.

"괜찮겠습니까?"

장소산의 질문의 뜻을 눈치 채고 정무성은 말했다.

"그러고 보니 자네는 우리 무명회의 마을에 온 적이 있었지. 하지만 그곳은 그저 살기 위한 마을일 뿐 싸우기 위한 힘을 기르는 곳은 아니었지."

그는 웃었다.

"무명회의 진정한 힘을 보여주도록 하지. 적을 죽이기 위해서만 존재하는 힘을."

그의 말을 들으며 장소산은 깨달았다. 무명회는 현 상황을 여유있게 해결할 능력을 가지고 있었다. 그럼에도 지금까지 가만히 있었던 것은 정파가 궁지에 몰려 자신들에게 의지하기를 기다리고 있었던 것뿐이었다.

"그럼 먼저 시작하도록 하지."

정무성은 앞으로 걸어갔다. 무명회의 구 인이 뒤를 따랐다. 열 명의 그들은 당당히 정문을 열고 앞마당으로 나갔다.

우선은 사람들이 나오자 수하들에게 활을 겨누게 하고 동태를 살폈다. 항복인지 싸울 것인지 의도를 파악하려 한 것이다.

"너희들은……."

그가 말을 막 꺼낼 때였다. 정무성 이하 십 인은 동시에 검을 뽑았다.

‘싸우겠다는 것이군.’

우선은 눈살을 찌푸리고는 손을 들어 신호했다. 동시에 백여 발의 화살이 일제히 날아올랐다.

정무성은 웃었다. 그는 무명회의 고수들과 함께 앞으로 걸어나가 앞마당의 중앙에 섰다.

파파파파악!

화살들이 쏟아졌다. 무명회의 고수들을 고슴도치로 만들어 버릴 기세였다. 그러나 결과는 모두 헛되이 바닥을 찔렀을 뿐, 단 한 발도 무명회 고수를 맞히지 못했다.

“아니!?”

우선은 놀라 눈을 부릅떴다. 화살이 맞지 않았다는 사실 때문만이 아니었다. 무명회 고수들은 손에 든 검을 사용해 화살을 쳐내지 않고 신법만으로 화살을 피한 것이다.

“쏴라!”

이차 화살이 발사되었다. 붉은 옷을 입은 고수들이 쏘는 것이었다. 좀 전에 발사된 것과는 비교도 안 되는 위력의 화살들······.

파파파파파!

그러나 이번에도 결과는 같았다. 무명회의 고수들은 몸을 가볍게 틀고 발을 조금 옮기는 것만으로 화살들을 모두 피해냈다.

“이, 이럴 수가!”

우선이 놀라 자신도 모르게 말을 내뱉었다. 지휘자가 당황하면 수하들은 더욱 당황한다. 그는 자신의 실수를 깨닫고 급히 소리쳤다.

“전원 동시에 쏴라!”

그러나 이번에도 결과는 같았다. 무명회 고수들은 자신들이 위치한 앞마당 중앙에 서서 화살들을 피해냈다. 여전히 손에 든 검은 전혀 사용하지 않고. 마치 사람은 가만히 서 있는데 화살이 스스로 비켜가는 것 같았다.

"엄청난 신법이다!"

놀라는 것은 천명회뿐만 아니라 건물 안에서 지켜보는 문파 사람들 역시 마찬가지였다. 선봉에 서서 화살 공격을 처리하겠다는 얘긴 들었지만, 설마 이런 식으로 처리할 줄은 상상도 하지 못했다.

진갑이 신음 섞은 목소리로 말했다.

"영신군림이로군."

장소산이 물었다.

"영신군림?"

"마교에 전해지는 최고의 신법이지. 전해지는 바에 따르면 인간이 감히 신을 해하지 못하는 것처럼, 공격하는 쪽이 일부러 피하는 듯한 착각을 일으킨다고 하더군. 나도 처음 보지만 말이야."

그 후 천명회는 몇 번이나 화살을 쏘았지만 여전히 한 발도 성공하지 못했다. 무명회 고수들 주위에 무수히 떨어져 있는 화살만이 헛된 노력을 증명할 뿐이었다. 이렇게 되니 우선은 화살 공격이 무의미하다는 사실을 인정할 수밖에 없었다.

"큭!"

우선은 수하들에게 활을 버리고 무기를 들게 했다. 그런데 그때였다. 정무성이 그에게 말을 걸었다.

"그대는 북두칠성을 본 적이 있는가?"

무의미한 적의 질문 따위 대답할 의무는 없었다. 그러나 우선은 무언가에 홀린 것처럼 자신도 모르게 대답했다.

“봤다.”

“그런가?”

정무성은 웃었다.

“다행히 저승길에 길을 잃지는 않겠구나.”

첫 번째 말은 앞마당이었는데, 두 번째 말을 할 때는 우선의 앞이었다. 검광이 일며 우선의 머리가 바닥에 떨어졌다.

“부디 편히 가시게나.”

장소산을 포함한 모든 사람들이 놀랐다. 우선은 절정 급의 고수였다. 그런데 너무나 쉽게 죽어버린 것이다.

죽는 방법도 어이가 없을 정도였다. 정무성이 말을 걸고 우선이 대답했다. 그리고 그사이 정무성이 신법을 펼쳐 다가가서 검을 휘둘러 목을 벴다. 정무성이 신법이 빠르긴 했지만 못 피할 정도는 결코 아니었다. 그런데 우선은 자기 목이 잘리는 동안 멍하니 서 있을 뿐이었다.

‘최면술?’

그렇게밖에 생각할 수 없었다. 정무성의 물음에 대답하는 것으로 우선은 심지를 제압당해 움직이지 못한 것이다.

너무나 어이없는 지휘관의 죽음으로 천명회 측은 완전히 정신을 못 차리고 있었다. 정무성은 휘파람을 불었다. 그와 동시에 무명회 고수들이 뛰어들었다. 순식간에 십여 명이 목숨을 잃었다.

장소산은 놀라지 않을 수 없었다. 정무성의 무공도 놀랍지만, 다른 무명회 고수들의 무공도 하나같이 초일류였다. 선봉이 아니라 그들만으로 싸워도 충분한 것이 아닐까 생각될 정도였다.

“우리도 가야지.”

“아, 예.”

가규가 말을 건 덕분에 정신을 차린 장소산은 뒤를 향해 소리쳤다.

"적은 전의를 상실했습니다. 공격합시다!"

그의 외침에 기세를 탄 정파의 고수들이 함성과 함께 일제히 공격해 갔다. 하지만 화살 공격 문제가 해결되었다고 모든 것이 다 해결되는 것은 아니었다.

"남궁현!"

남궁현에게 원한이 있는 천명회의 김가평이 덤벼들었다. 부상이 있는 남궁현이 자신과 상극의 무공을 가진 그의 공격에 난감해하자 정무성이 끼어들어 앞을 가로막았다.

"무념."

정무성의 입이 열리는 순간 수십 개의 검기가 김가평에게로 쏟아졌다.

"……!"

김가평의 무공은 남궁세가의 무공과 상극이라 남궁현과 싸울 때는 유리했지만, 그의 실력 자체는 절정이라 할 수 없었다. 그런 그가 남궁가의 무공과 상이하며 남궁현 이상의 고수인 정무성의 검을 막을 순 없었다.

"캬악!"

쏟아지는 검기들에 난도질당하며 김가평은 절명했다. 남궁현은 어색한 표정을 지으며 말했다.

"고, 고맙소."

정무성은 빙긋 웃으며 고개를 숙였다.

"천만에 말씀."

지휘관을 잃었지만 붉은 복면인들은 상관하지 않고 공격해 왔다. 정파의 무공과 상극인 그들은 정파 고수들로는 막을 수 없었다. 다시 전과 같이 밀릴 상황, 그때 어디선가 새로운 고수들이 나타났다. 바로 정무성이 말했던 대기하고 있던 무명회 고수들이었다.

그들은 이미 모든 것을 알고 있는 듯, 붉은 복면인을 철저히 상대하여 정파 고수들의 부담을 덜어주었다. 덕분에 정파 고수들은 마음껏 싸울 수 있었고, 점차 승부는 장소산 측에 유리해져 갔다.

"탈출합시다!"

장소산이 소리쳤다. 지금 싸우고 있는 상대만이 천명회 전력의 전부가 아니다. 여기서 오래 시간을 끌 수 없다고 판단한 그의 명령에 따라 일행은 남궁가 저택을 빠져나갔다. 이미 포위망은 너덜너덜해진 상황이라 천명회는 그들을 막을 수 없었다.

남궁가 저택 안의 정파 사람들은 두 패로 나뉘어 이동했다. 한쪽은 전투 가능한 전력인 백여 명의 고수들이었고, 나머지는 남궁가 하인들과 부상자들, 그리고 그들을 호위할 전력이었다.

첫 번째 전투 가능한 인원이 무림맹 돌파를 하고, 두 번째 무리는 전투를 피해 숨어 있는다는 계획이었다. 두 번째 무리의 경우는 상황이 안 좋으면 항복하도록 되어 있었다.

"갑시다!"

전투 가능한 인원만으로 편성된 정파의 고수들과 새롭게 합류한 무명회 고수들을 이끌고 장소산은 달려갔다.

3

"도망쳐? 우선이 죽었다고?"

보고를 받은 천뢰는 눈살을 찌푸렸다.

"장소산 녀석, 생각 이상으로 해주는군."

현 상황에서 빈틈을 보이면 이쪽으로 돌아선 문파들까지 생각을 바꿀 우려가 있다. 천뢰는 결심하고 자리에서 일어났다.

"아무래도 안 되겠군."

곁에 있던 지수가 물었다.

"직접 나설 생각인가요?"

"아무래도 그럴 수밖에 없겠소."

천뢰는 웃으며 지수의 머리칼을 쓰다듬었다.

"금방 다녀오도록 하지."

지수가 말했다.

"남궁가에 보낸 고수들이 당했을 정도면 천명회의 힘만으로는 버거울 수도 있어요. 굴복하기로 한 문파들을 동원하는 것은 어떻겠어요?"

"그것 괜찮은 생각이군. 나에게 거역하면 어떤 꼴을 당하는지 알려주는 것도 좋겠지. 놈들이 도망치면 안 되니까 내가 먼저 천명회의 전력을 데리고 출발할 테니, 그대는 문파들을 모아 따라오도록 하시오."

그는 천명회의 고수와 무인들을 소집했다. 천명회 출신 고수들의 수는 오십, 무인들의 수는 이백이다.

넓은 무림맹 안이었지만 장소산 무리가 도망친 곳을 찾는 것은 쉬운 일이다. 무림맹에는 내성과 외성 모두 문이 한 곳밖에 없기 때문이다. 천뢰는 수하들을 이끌고 유일한 출입문으로 향했다.

남궁가 저택의 위치는 내성의 문과는 상당히 떨어져 있었다. 반면 천뢰가 있는 무림맹 정의관과는 가까웠다. 그렇기 때문에 먼저 출발한 것은 장소산 측이었지만 도착은 천뢰 측이 더 빨랐다.

천뢰가 내성의 문 앞에서 느긋하게 기다리자 잠시 후 장소산 일행이 나타났다. 그들은 지키고 있는 천뢰들을 보자 흠칫하며 발을 멈추었다.

"항복하면 목숨을 구할 뿐 아니라 이득까지 주겠다고 하는데도 굳이 싸우려 하다니 어리석은 것들이군. 이렇게까지 나온 이상 각오는 되어 있겠지?"

천뢰의 말에 장소산은 말없이 뒤에 눈짓을 보냈다. 칠성방주 가규, 개방의 진갑, 남궁가의 가주 남궁현, 무명회의 정무성이 그의 옆에 섰다.

"과연 이들이 너희 측의 최고의 인물들이군."

천뢰는 장소산을 포함한 이들 다섯 명이 자신을 상대할 고수들이라는 사실을 알아차렸다. 하나같이 강호에서 최강 급의 절정고수들이다. 하지만 그는 여유가 있었다.

"재미있겠군."

그는 뒤의 수하들에게는 기다리라고 명하고 앞으로 나섰다.

"어디 덤벼봐라."

천뢰는 웃으며 손가락을 까닥거렸다. 다섯 명의 절정고수를 혼자서 상대할 생각인 것이다. 장소산은 굳은 표정으로 말을 내뱉었다.

"자만이 하늘을 찌르는군."

하지만 그의 자만심이 이쪽으로서는 절호의 기회였다. 다섯은 몸을 날려 천뢰의 주위를 둘러쌌다. 주변의 사람들은 숨을 죽이고 싸움이 시작되기를 기다렸다.

첫 선공은 정무성이었다.

"그대는 하늘의 북두칠성을 본 적이 있는가?"

정무성의 질문에 천뢰는 피식 웃고는 대꾸했다.

"그딴 게 싸우는 것과 무슨 상관이야?"

천뢰가 말을 열 때쯤 정무성은 그의 바로 앞까지 접근해 있었다. 검광이 번뜩이며 그의 목을 노렸다.

"웃차!"

가볍게 뒤로 넘겨 피했다. 정무성의 최면은 천뢰에게는 전혀 통하지 않았다. 오히려 천뢰의 강력한 반격이 되돌아왔다. 천뢰의 손가락이 정무성을 향했다.

"……!"

정무성은 급히 검을 세웠다.

땡!

금속성이 울려 퍼지며 정무성은 하마터면 검을 떨어뜨릴 뻔했다. 천뢰는 감탄하는 표정을 지었다.

"이렇게 가까운 거리에서 심공파를 막아내다니 훌륭하군!"

그때 그의 뒤에서 남궁현이 기습해 왔다.

"천뢰!"

그러나 남궁현의 기습은 통하지 않았다. 천뢰는 가볍게 피하고는 걷어찼다.

"귀찮다!"

원래 남궁현은 전에 천뢰를 기습했다가 당한 부상이 낫지 않은 상태였다. 그럼에도 장소산이 빠지라고 권했으나 부득불 참가한 것이다. 그런 상태로 천뢰의 반격을 받기는 무리였다.

픽!

그대로 발길질에 삼 장 밖으로 나가떨어졌다. 뒤이어 공격하려 했던 장소산과 진갑은 날아오는 남궁현의 몸을 피해 부득이하게 양쪽으로 나뉘어 공격해 갔다.

둘이 사용하는 신법은 똑같이 개방에 전해지는 취선보였다. 둘은 불규칙한 움직임을 보이며 천뢰의 좌우에서 동시에 권을 내질렀다.

"파!"

천뢰는 양손을 나눠 좌우의 공격을 동시에 막았다. 그가 손바닥을 회전시키자 양쪽의 권력이 소실되었다. 그 순간 가규가 돌진하며 도를 내려쳤다.

단순하지만 시기적절한 공격, 또한 무엇보다 강하고 빨랐다. 장소산과 진갑의 공격은 양손을 모두 사용하고 있는 천뢰로서는 막을 수 없는 공격이었다.

천뢰는 원을 그리고 있는 양손을 교차시켰다. 그러자 강력한 흡입력이 장소산과 진갑을 끌어당겼다.

"윽!"

진갑은 버텼지만 장소산은 버티지 못했다. 끌려간 장소산은 가규가 휘두르는 도의 공격을 가로막았다.

가규는 별수없이 도를 거두어야 했다. 그러나 전력으로 휘두른 도의 힘을 회수한다는 것은 절정고수라도 어려운 일이었다. 그는 급히 도의 방향을 바꿨고, 도는 애꿎은 바닥을 내려쳤다.

쾅!

폭음과 함께 도가 땅바닥에 박혔다. 얼마나 도의 위력이 강한지 보여주는 모습이었다. 그러나 이 한 번의 공격은 가규에게 너무나 큰 빈틈을 만들어주고 말았다.

"훗!"

천뢰는 가볍게 웃으며 손가락으로 가리켰다. 그가 발하는 심공파에 가규는 신음을 흘리며 뒤로 물러섰다.

그때 정무성이 덤벼들었다. 수십 개의 검기가 천뢰를 난도질했다.

'이건?'

천뢰는 정무성의 검법이 마교의 것임을 알아차리고 흠칫하고는 뒤로 물러서 피했다.

"마교 놈이 섞여 있었군."

승부는 천뢰의 말로 잠시 멈추었다. 장소산은 상황을 살피고 가규에게 물었다.

"괜찮으십니까?"

가규는 쓴웃음을 짓고는 답했다.

"그럭저럭이네."

장소산의 표정이 어두워졌다. 싸움은 말 그대로 찰나의 순간이었다. 이쪽의 경우 선공한 정무성을 제외하고는 한 번씩 공격하는 것이 전부였을 정도의 짧은 시간. 그러나 그 결과는 기가 막힐 지경이다. 남궁현은 완전히 쓰러졌고 가규는 내상을 입었다. 반면 천뢰는 눈썹 하나 까닥하지 않았다.

천뢰가 정무성을 가리키며 다시 말했다.

"저자는 마교의 인물이다. 너희들은 그것을 알고 있나?"

장소산은 대꾸했다.

"그것이 어쨌다는 거지?"

"뭐야, 알면서도 묵인하고 있다는 건가?"

천뢰는 어이가 없다는 표정을 지었다.

"명색이 정파라는 것들이 마교와 손을 잡다니, 선대에 부끄럽지도 않은 모양이로군."

그의 말에 장소산 측 사람들은 동요하는 빛을 띠었다. 하지만 장소산은 당당히 반박했다.

"그러는 너야말로 마교보다 더한 짓을 하고 있으니 부끄럽지 않은가?"

"하하, 재미있는 소리로군. 내가 마교보다 더하다?"

천뢰는 폭소하고는 말했다.

"뭘 모르는 소리를 하는군. 마교니 사파니 누가 나쁘냐는 것은 중요한 것이 아니야. 진짜 중요한 것은 적이 필요하다는 것이지."

"적?"

천뢰는 히죽 웃었다.

"그래, 강호의 문파라는 것은 무공, 즉 싸우는 법을 배우는 곳이다. 싸우는 법을 배우면 써먹어보고 싶어하는 것은 인간의 심리로 당연한 이치지. 하지만 명색이 정파라는 것이 아무나 시비 걸어 싸울 수는 없지 않나. 그렇다 보니 싸울 핑계가 있는 상대를 찾을 수밖에 없고, 그 대표적인 것이 마교라는 것이다."

장소산이 황당해하며 말했다.

"말도 안 되는 소리."

"아니, 충분히 말이 된다. 무공을 배우는 자에게는 적이 필요하다. 그 증거로 마교가 없어지고 사파가 힘을 잃어도 각 문파 간에 크고 작은 싸움은 끊이지 않고 있지 않나. 이건 아무리 세월이 흐르고 강호 간에 세력 관계가 바뀌어도 문파가 싸우는 방법인 무공을 가르치는 이상 없어질 수 없는 문제다."

장소산은 뭔가 이상함을 느꼈다.

"잠깐, 그렇다면 무림대통합은 뭐지? 넌 싸움이 없는 강호를 만들겠다고 하지 않았나!"

"싸움이 없는 강호? 그딴 것이 있을 리가 있나."

천뢰는 비웃었다.

"싸움이 없는 강호 따위 전혀 만들 생각이 없다. 아니, 반대로 내가 만드는 강호에는 더 많은 싸움이 있겠지."

"뭐라고?"

"현재의 강호는 문파 간에 세력의 등급 차이가 비교적 뚜렷하지. 그렇기 때문에 어느 이상의 싸움으로 발전하지 않는다. 싸워봤자 뻔히 진다는 것을 아는 약소 문파가 참을 수밖에 없으니까. 하지만 무공이 개방되어 약소 문파도 상승 무공을 배울 수 있게 되면? 싸울 힘이 있는데 참을 필요 따위는 어디에도 없지."

천뢰는 두 팔을 활짝 벌리며 외쳤다.

"약소 문파는 지금까지의 불평등함에 불만을 가지고 도전하고, 강한 문파는 권리를 지키기 위해 싸울 수밖에 없겠지. 무공이란 원래 싸우기 위한 것. 그 근본 취지에 참으로 어울리는 세상이 되지 않겠나!"

장소산은 놀라 외쳐 물었다.

"넌 강호일통을 하고 싶은 것이 아니었나? 그렇게 되면 강호일통은……."

"물론 난 최고의 자리에 선다."

천뢰는 웃으며 답했다.

"내가 만드는 강호는 지금까지의 세력 다툼 따위가 아닌 진정한 강자만이 군림하는 강호지! 그리고 그 가장 위, 최고의 자리에 서는 것은 내가 될 것이다. 나야말로 최강의 존재니까!"

장소산은 이를 갈았다. 천뢰는 강호를 다스릴 마음이 전혀 없었다. 그저 혼란한 강호에 누구나 인정하는 명실상부한 최강자로서 군림하고 싶을 뿐인 것이다.

'과연 이번 무림대회에서 이런 일을 벌인 것도 이해가 되는군.'

장소산이 지금까지 의문을 가지고 있던 것은 천명회만으로 강호를 다스리는 것은 불가능하다는 것이었다. 강호 전체를 두고 보면 너무나 작은 세력이기 때문이다.

지금까지는 그 문제를 해결하기 위해 무림대통합을 주장한 것이라 생각했는데, 지금 보니 그것은 현재 강호의 지배 계급을 무너뜨리기 위해서였을 뿐이다. 모두가 평등한 위치에 서서 싸우자는 것일 뿐인 것이다.

천명회는 강호를 다스릴 만한 힘이 없다. 하지만 지배력에 연연하지 않고 그저 최강 문파의 자리에 서는 것만이라면 충분히 가능하다.

"그럼 지금까지 마교를 노리고 일을 벌인 것은……."

"천명회에 있어 마교야말로 진정한 적이지."

천뢰는 말했다.

"우리 천명회가 마교와 싸우기 위해 탄생했기 때문만이 아니다. 마교는 현재까지 강호 역사상 일개 문파로는 명실상부한 최강의 존재니까. 마교를 이기지 않고서는 진정한 최강이 될 수 없지."

그는 어깨를 으쓱했다.

"하지만 현재의 마교에는 실망했다. 제대로 싸울 마음도 없다니. 과거의 악명을 날리고 강호 전체를 공포에 떨게 했던 힘은 전혀 찾을 수가 없었다. 야차산의 결과 후 지금까지 보복도 못하는 모습을 보고 난 더 이상 마교를 상대하는 것을 포기했다."

그는 정무성을 흘금 보았다.

"뭐, 쓸 만한 고수는 있는 모양이로군. 그러나 당하고도 제대로 복수조차 못해서야 강호에서 무시당할 따름이지."

그때였다. 덤덤한 대답 소리가 들려왔다.

"억울해도 무고한 피를 흘리지 않기 위해 참는 것이 진정한 군자가 아닐런지."

천뢰는 흠칫하며 돌아보았다. 청류가 강연수 등과 함께 서 있었다.

"만나는 것은 처음이군. 본인이 무명회의 회주인 청류라 하오."

"네가 마교의 우두머리냐?"

천뢰는 히죽 웃었다.

"어디로 들어왔는지 모르겠지만, 드디어 싸울 마음이 든 모양이군."

청류는 고개를 저었다.

"아니, 난 싸우러 온 것이 아니오. 싸움을 끝내러 온 것이오."

"그것이 쉽게 될까?"

천뢰는 말하고는 몸을 날려 청류에게 달려들었다. 청류는 덤덤히 그 자리에 우뚝 서 있었다. 천뢰는 인상을 쓰며 외쳤다.

"반격하지 않으면 죽는다!"

그때였다. 청류 옆에 서 있던 사람이 움직였다. 바로 무언계였다.

쿠웅!

순간 땅이 진동하는 듯했다. 무언계와 한 번 충돌한 천뢰는 뒤로 재주를 넘으며 착지했다.

"누구냐?"

방해받은 천뢰는 노해 외쳤다. 무언계는 웃으며 반문했다.

"스승 얼굴도 못 알아보는 건가?"

그 말을 통해 상대의 정체를 깨달은 천뢰는 흠칫 놀랐다.

"무언계?"

"그래, 내가 네 스승님이시다."

천뢰는 의아하다는 표정이 되었다.

"어째서 무언계가 마교 우두머리와 함께 있지?"

무언계는 과거 무명회의 창시자인 소요유를 쓰러뜨렸었다. 천뢰가 볼 때 무명회와 무언계는 적일 수밖에 없었다.

무언계는 웃으며 답했다.

"원래 세상일이라는 것이 복잡하게 마련이다. 정파가 만들어낸 네가 정파의 적이 되고, 마교의 후예인 무명회가 정파와 협력하게 된 것처럼."

"그런가?"

천뢰는 피식 웃었다.

"뭐, 아무래도 상관없다. 이 기회에 가려보도록 하지. 진정한 천하제일고수가 누구인지 말이야."

무언계는 뚱한 표정이 되어 고개를 돌리며 귀를 후비더니 대꾸했다.

"싫어."

"뭐?"

"왜 내가 너와 싸워야 되지?"

천뢰는 인상을 썼다.

"천하제일고수씩이나 되는 것이 겁을 먹고 피하는 거냐?"

무언계는 투덜거렸다.

"천하제일고수 따위 되어봤자 누가 돈을 주는 것도 아니고, 생기는 것도 없는 천하제일고수 자리 때문에 귀찮게 손발을 놀려야 된다면 그딴 것 아무나 가지라지."

"좋아, 어디 네 목이 잘리는 순간에도 여유를 부릴 수 있는지 보자!"

천뢰는 외치며 도를 뽑아 들었다. 그러자 무언계는 피식 웃고는 말했다.

"너야말로 여유가 있을까?"

소란스러운 소리가 들려왔다. 사람들이 돌아보니 한 떼의 사람들이 몰려오고 있었다. 이번 무림대회에 참석했던 다른 문파들이었다.

"흥! 너희들은 끝났군."

천뢰가 자신만만하게 말했다.

"이제 너희들에게 승산은 없어졌다."

"과연 그럴까?"

청류가 말했다.

"우리야말로 기다리고 있었다, 모든 것의 종지부를 찍을 이때를!"

무언계가 품에서 신호탄을 꺼내 하늘로 쏘아 올렸다. 푸른 불꽃이 하늘에서 터지더니 내성의 문이 활짝 열렸다. 그와 함께 한 떼의 사람들이 쏟아져 들어왔다.

나타난 사람들은 무명회, 개방, 칠성방의 정예들이었다. 천명회 측으로 돌아선 정파의 문파들, 이어 나타난 세 문파의 정예 고수들, 순식간에 내성의 앞에는 천 명 가까운 사람들로 가득 찼다.

"아니, 어떻게 된 거지?"

천뢰는 당황했다. 내성의 수비들은 무엇을 하고 있었단 말인가? 상대의 세력이 강해 막지는 못하더라도 최소한 연락이라도 했어야 하는 것이 아닌가?

천명회 측과 무명회 측은 양쪽으로 갈라져 대치했다. 양쪽의 세력비는 엇비슷해 싸움이 벌어지면 어느 쪽이 이길지 짐작할 수도 없었다.

진정한 천뢰는 상황이 나빠지기는 했지만 충분히 싸워볼 만하다고 판단했다.

"그래, 어디 한번 해보자."

"아니, 싸울 필요는 없소."

청류는 고개를 저으며 말했다. 천뢰는 어이없어하며 물었다.

"이 상황에서도 싸우지 않겠다니, 야차산 때처럼 무력하게 당하겠다는 거냐?"

"아니, 그저 시시비비를 가릴 뿐이오."

"뭐?"

청류는 눈을 감았다.

"지금은 기다릴 뿐이오."

천뢰는 인상을 쓰며 외쳤다.

"네가 기다리겠다고 해도 난 싸워야겠다!"

그는 공격 명령을 내렸다. 그러나 천명회 소속 무인들만이 앞으로 나섰을 뿐, 그의 편인 정파들은 움직이지 않았다. 천명회 고수들도 자신들만으로는 무명회 쪽의 고수들 전부와 싸울 수는 없기에 곤란한 표정이 되어 멈출 수밖에 없었다.

"왜 공격을 안 하는 거냐!?"

천뢰가 다그쳤다.

"저자들은 적이다. 마교와 소통한 자들이다!"

그 말에 몇 명이 움직이려 했다. 그러나 청류가 나서서 말했다.

"여러분, 기다려 주십시오. 확실히 우린 마교의 후예입니다. 하지만 마교는 아닙니다. 우린 정파의 적이 될 생각도, 싸울 생각도 없습니다."

천뢰가 따져 물었다.

"싸울 생각이 없다면 왜 이곳에 왔나!"

"말하지 않았소, 시시비비를 가리려 왔다고."

청류는 대답하고는 목소리를 높였다.

"기다려 주십시오. 잠시만 기다려 주시면 싸울 필요 없이 모든 것이 해결될 것입니다."

그의 말은 설득력이 있었다. 원래 싸울 마음이 없었던 천명회 측 정파들은 무기를 거두었다. 천뢰가 화가 나 소리치려는데…….

"어? 어떻게 된 판이야, 이거?"

얼빠진 듯한 목소리에 사람들은 시선을 돌렸다. 문을 통해 누군가 터덜터덜 걸어 들어오고 있었다. 장소산이 그를 알아보고 말했다.

"영산자."

얼마 전, 무림맹에 들어올 때 자신도 들여보내 달라고 소란을 피우던 사람이었다. 그 사람뿐만이 아니었다. 이어 사람들이 끊임없이 들어오기 시작했다.

"뭐야, 이거?"

"싸움난 건가?"

"누가 설명 좀 해줘."

들어오는 사람들은 바로 무림맹 밖에서 있던 강호의 무인들이었다. 무명회 등이 외문을 부수고 안으로 들어가자, 원래부터 안으로 들어가고 싶어했던 그들은 뒤이어 무슨 일인가 싶어 하나둘씩 이곳으로 들어온 것이다.

천뢰는 당황했다. 현 상황은 그가 예상할 수 있는 범위를 넘어서고 있었다. 그는 급히 지수를 찾았지만 수많은 사람들이 주변에 가득해 그녀의 모습을 발견할 수가 없었다.

'지수, 어디 있지?'

일각여가 지나자 안으로 들어온 강호의 무인들은 원래 안에 있던 문파의 사람들 수를 넘어섰다. 아직 상황을 파악하지 못한 그들은 도대체 어떻게 된 거냐고 자기들끼리 떠들어대 소란스러웠다.

"드디어 때가 왔군요."

청류가 입을 열었다. 내공이 담긴 그의 목소리가 울려 퍼지자 소란은 사라지고 주위는 조용해졌다.

"지금 이곳에는 천하의 문파, 무인들이 모였다고 해도 과언이 아닙니다. 이제 시시비비를 가릴 때가 됐습니다. 여러분, 누가 옳고 그른지 판단해 주십시오."

그는 장소산에게 고개를 돌렸다.

"자, 장 방주, 부탁하오."

장소산은 깨달았다. 청류는 지금의 이 순간을 위해 자신에게 기대했다는 것을, 모든 진실을 알고 무명회를 대신하여 사실을 밝힐 사람으로서…….

이곳에는 천하의 문파 무인들이 모여 있다. 말하는 사실은 순식간에 강호 전체로 퍼져 나갈 것이다. 천뢰가 저지른 짓은 천하에 알려질 것이고, 아무도 천뢰를 따르거나 우러러보지 않을 것이다.

무공은 아무래도 상관없어진다. 설사 천뢰가 산을 옮기는 힘을 가졌다고 해도 무의미하다. 장소산은 말로써 진실을 전하고, 천뢰 역시 말로써 해명하지 않으면 안 된다.

"여러분……."

장소산은 숨을 가다듬고 입을 열었.

"이제부터 제가 하는 말은 모두 제가 겪은 진실입니다."

4

그는 자신이 겪은 일을 이야기해 나갔다. 이야기가 모두 끝나고 장소산은 천뢰를 향해 시선을 돌렸다.

"천뢰, 어디 할 말이 있으면 해보시오."

이야기가 진행되는 동안 묵묵히 있던 천뢰는 입을 열었다.

"한 가지 묻고 싶다."

"뭐요."

"난 무림맹 안에 아무도 들어오지 못하도록 철저히 막았다. 그런데 어떻게 마교 놈들이나 이렇게 많은 인간들이 들어오는 동안 몰랐지?"

"그 대답은 내가 하지."

나선 것은 무명회의 한중평이었다.

"비밀 통로가 있었지. 이곳 무림맹 성이 지어질 때부터 만들어져 있던 통로가."

천뢰는 황당하다는 표정이 되었다. 그렇게 간단한 문제였단 말인가.

"말도 안 돼! 그런 통로가 있었다면 무림맹주인 내가 모를 리가……."

"당연히 당신은 모르겠지. 이 성의 비밀 통로는 우리 무명회가 성을 건설할 때 만든 것이오. 그렇기에 당연히 우리만 알고 있을 수밖에. 최진방이란 자가 우연히 내성과 외성의 통로를 발견한 모양이지만, 그 역시 외성과 밖의 통로는 찾지 못했지."

"……!"

천뢰는 기가 막혔다. 이 성은 마교와 싸우기 위해 지은 것이지 않는가? 그런데 마교의 후예인 무명회가 침입 통로를 만들어두다니!

"말도 안 돼!"

"아니, 충분히 말이 되지."

한중평은 빙글거리며 설명했다.

"당신들 정파인들이 이 성을 지을 때 직접 돌과 흙을 날랐겠소? 당연히 인부들을 썼지. 그 인부들 중에 우리 회의 신도가 섞여 있었다면? 우리 무명회는 천하에 무수히 많은 신도가 있소. 그 신도들은 대부분 사정상 믿음을 숨기고 있지. 그들 중에는 공사 인부가 직업인 형제들도 아주 많다고 합니다. 하하하하!"

천뢰는 기가 막혀 하다 다시 물었다.

"그렇다면 개방, 칠성방 인간들이 무림맹 안으로 들어온 것을 내가 모르는 것은 왜지? 그들 역시 비밀 통로를 이용한 것인가?"

"그건 바로 제가 당신의 적이기 때문이지요."

말을 하며 모습을 드러낸 것은 지수였다. 그녀는 말했다.

"당신은 나를 믿고 수비 일을 나에게 맡겼죠. 당신의 수하들은 적의 침입 사실을 당신에게 알리려 했지만 모두 나에게 차단당했지요."

천뢰는 믿을 수 없었다. 어떻게 그럴 수가! 그는 억지로 웃으려 애쓰며 말했다.

"거짓말이지? 당신이 왜 나를 배신한단 말이오. 내가 무림일통을 하면 당신과 함께 영광을 누릴 텐데. 그걸 스스로 차버릴 리가 없지. 암, 그렇고말고."

지수는 고개를 저었다.

"그렇지가 않아요. 난 그런 것은 한 번도 원한 적이 없어요."

“……!”

“제가 몇 번이나 말하지 않았던가요. 이런 일은 집어치우고 그저 조용히 살고 싶다고. 하지만 당신은 언제나 제 말을 듣지 않았죠.”

그녀는 한숨을 내쉬었다.

“결국 전 당신을 막기 위해 배신할 수밖에 없었어요.”

천뢰는 멍청한 표정으로 한참을 서 있었다. 정신이 나간 것이 아닌가 생각하는데, 그는 돌연 크게 웃음을 터뜨렸다.

“하하하, 그런 것이었군. 그런 것이었어!”

그는 손으로 얼굴을 감싸며 계속해서 웃었다.

“난 바보멍청이였다! 바보멍청이였어!”

지수는 그런 그를 그저 바라볼 뿐이었다. 천뢰는 한참을 웃다가 멈추고는 그녀에게 말했다.

“난 당신이 천하무림을 원하는 줄 알았소. 그래, 정말 그런 줄 알았지. 하지만 아니었군. 당신이 원하는 것은 바로 이것이었군.”

지수가 답했다.

“난 몇 번이나 말했어요, 그만두라고. 하지만 당신은 듣지 않았죠.”

“좋아! 그래, 좋아! 그래, 정말 당신 말대로였다!”

천뢰는 혼이 빠진 듯 멍하니 서 있었다. 잠시 후 다시 입을 연 그는 허탈한 표정을 지으며 말했다.

“그래, 마지막까지 당신이 원하는 대로 해주지. 당신이 원하는 것은 뭐든지 해준다고 약속했지. 하지만 이대로 끝날 수는 없어.”

그는 무언계에게 시선을 돌렸다.

“무언계, 나와 싸우자. 누가 진정한 천하제일고수인지 가려보자.”

무언계는 뚱한 표정으로 대꾸했다.

"싫어."

천뢰의 얼굴이 일그러졌다.

"어째서지?"

"넌 졌으니까."

"아직 싸우지도 않았다!"

"누가 나에게 졌다고 했나?"

"그럼 누구에게……."

"넌 방금 장소산에게 졌잖아."

"……!"

무언계는 말했다.

"세상에는 승자와 패자가 있지. 그것을 가리는 방법은 꼭 싸우는 것만이 아니야. 학문으로 겨룰 수도, 재력으로 겨룰 수도, 책략으로 겨룰 수도 있어. 무공이란 수많은 겨루는 방법 중의 하나일 뿐이야."

그는 천뢰를 손가락질했다.

"넌 장소산에게 졌어. 장소산의 주장을 한마디 반박조차 못했잖아. 덕분에 넌 천하무림에서 고립되어 버렸고, 그 상황을 바꿀 가망성도 없어. 설사 지금 네가 자랑하는 무공으로 장소산을 죽인다 해도 그 사실은 변하지 않아."

무언계는 어깨를 으쓱하며 말을 이었다.

"결론을 말하자면 난 패자 따위에게 흥미없어. 그리고 이미 진 녀석을 뒤처리하는 취미도 없고 말이지."

천뢰는 멍한 표정이 되어 중얼거렸다.

"내가… 졌다고?"

그는 장소산을 돌아보았다. 오래전 그를 처음 봤을 때가 생각났다.

단 한 수면 쓰러뜨릴 수 있는 상대, 상대할 가치조차 없다고 무시했던 인간······.

'그런 녀석에게 내가 졌다고?'

무언계가 말했다.

"졌다는 것을 인정하기 싫으면 어디 장소산의 주장을 무너뜨려 봐라. 말로 상대를 몰아세워 봐."

천뢰는 필사적으로 생각했다. 그러나 그가 아는 수천 가지 무공 중에 그 어느 것도 이 상황에서의 해결책을 가르쳐 주지 못했다. 더듬거리며 뭔가 말해보려 했지만 머리가 텅 비니 말이 제대로 나올 리가 없었다.

"난, 나는······."

그때 지수가 말했다.

"천뢰, 당신이 졌어요."

그 말은 사형선고나 다름없었다. 천뢰는 그대로 주저앉았다.

"내가 졌다."

장소산은 한숨을 내쉬었다. 오늘만을 기다리며 수년을 싸우며 천하를 돌아다녔다. 그러나 승리의 순간은 쾌감이 아니라 그저 덤덤함뿐이었다.

그는 천뢰를 바라보았다. 아까 전까지 절정고수들을 압도하던 그가 멍하니 포박을 당하고 있었다. 절대로 이길 수 없어 보였던 상대가 너무나 약해 보였다.

5

　싸움은 끝이 났다. 천명회의 조직은 아직도 많은 고수들과 전력을 보유하고 있어 충분히 무림맹 내의 정파와 무명회들과 싸울 수 있었으나, 우두머리인 천뢰가 저항하지 못하고 잡히자 전의를 상실했다.

　정파의 장문인들은 일단 천명회의 인물들을 모두 구속하고, 음모에 가담한 정도와 죄에 따라 처벌을 정하기로 했다.

　무명회의 경우는 회주인 청류의 제안에 따라 지금까지의 일은 모두 불문에 붙이기로 했다. 그들이 마교의 후예인 이상 나중에 여러 가지 진통이 있겠지만, 최소한 마교라는 이유만으로 적대 관계가 되는 일은 벗어난 것이다.

　“끝났군.”

　장소산은 중얼거렸다. 끝이 났지만 마음은 개운하지 않았다.

　“끝이로군요.”

　말을 건 것은 지수였다.

　“어때요. 제 비단 주머니가 쓸모가 있었나요?”

　장소산은 쓴웃음을 지었다.

　“그렇소. 그런데 어떻게 무명회 사람이 그곳에 있을 줄 알았지?”

　“그 정도는 예상할 수 있는 일이죠.”

　대답한 그녀는 그대로 몸을 돌려 갔다. 장소산은 뒤에 대고 물었다.

　“어디 가시오?”

　“피곤하니 방으로 돌아가 쉬고 싶군요.”

　천명회의 인물이었지만 그녀가 정파를 위해 천명회를 배신한 것을 알기에 아무도 그녀를 제지하지 않았다. 그녀가 가는 것을 지켜보던 장소산은 청류를 찾아갔다.

　“오랜만입니다. 그간 평안하셨습니까?”

청류는 웃으며 답했다.

"평안하기보다는 바빴지."

결박당하는 천명회 사람들을 보며 장소산이 입을 열었다.

"그건 그렇고, 좀 허망하게 끝이 났군요."

"하긴 그렇지. 원래 싸움이란 그런 것이지. 시작할 때는 치열하지만 끝은 허무한 법이야."

"그것도 그렇지만, 비밀 통로가 더 놀랍습니다. 설마 그런 것을 준비해 두었을 줄이야……."

"하하, 이건 무명회 내에서도 나와 소수만이 아는 비밀이었네. 무명회도 놀고 있었던 것만은 아니었지."

장소산은 쓴웃음을 지었다.

"생각해 보니 저는 어르신에게 이용만 당한 것 같군요. 이번 결과도 그렇고, 애초에 비밀 통로가 있었다면 언제라도 몰래 숨어들어 와 싹쓸이할 수 있었던 것 아니었습니까."

"그건 그렇지. 하지만 그래서는 언제까지 정파의 숙적이었겠지. 이토록 일이 잘 풀릴 수 있었던 것은 분명 자네 덕분이네."

장소산은 머리를 긁적였다.

"결국 이용당한 것이로군요."

청류는 돌연 쓴웃음을 지었다.

"원래 서로 이용하고 이용당하는 법이지."

"예?"

"아니, 아무것도 아닐세."

장소산이 뭐라 말을 하려는데, 돌연 뒤에서 그를 부르는 소리가 들렸다.

"이봐, 장소산!"

돌아보니 무언계가 바로 뒤에 나타나 있었다. 그는 조급한 듯 손을 비비며 급히 물었다.

"수초에게 들어보니 네가 인면토룡의 내단을 가지고 있다며?"

"예, 그런데요?"

무언계는 즉시 손을 내밀었다.

"나에게 주게. 이번 일에는 나도 꽤 힘을 썼으니 그 정도쯤이야 받을 자격이 있겠지? 너에게는 필요도 없는 거잖아."

"알겠습니다."

장소산은 무언계와 함께 숙소로 가서 짐에서 내단을 찾아 주었다. 드디어 내단을 손에 넣은 무언계는 기뻐 날뛰었다.

"이제야 집으로 돌아갈 수 있겠구나!"

무언계는 신이 나서 사라지고, 장소산은 다시 대회장으로 돌아가 정파의 수장들과 일의 뒤처리를 의논했다. 의논을 하다 보니 밤이 늦어 나머지는 후에 하기로 하고, 장소산은 회의장을 나섰다.

"장소산!"

기다리고 있던 강연수가 말을 걸었다. 장소산은 웃으며 물었다.

"여긴 웬일이오?"

"왜긴 왜야. 널 데리러 왔지. 지금 천명회를 쓰러뜨린 기념으로 잔치가 벌어지고 있으니 어서 가자."

"아, 그렇소? 그럼 가야지."

웃던 장소산은 돌연 표정을 바꿨다.

"그런데 미안하지만, 아직 일이 남아 있소. 나중에 갈 테니 먼저 즐기고 있으시오."

강연수는 실망한 표정이 되었다.

"중요한 일이야? 웬만하면 나중에 하고 지금 가지?"

"오늘 내에 끝내야 할 일이오."

"그럼 할 수 없지."

강연수는 가려다가 문득 생각나서 들고 있던 천으로 싸인 묶음을 내주었다.

"이거."

"뭐요?"

"네가 맡겼던 무공총람이야. 최진방 녀석 것까지 빼앗아서 수를 늘려왔지."

말하던 강연수는 돌연 표정을 찡그렸다.

"그리고 보니 최진방을 그때 놓치고 어떻게 되었는지 알 수가 없군. 뭐, 그런 조무래기 아무래도 상관없지만."

장소산은 책을 받아 들었다.

"그럼 있다가 봅시다."

"그래, 서두르라고. 안 그러면 먹을 것이 남아나지 않을 테니까."

"물론이오."

웃으며 강연수와 헤어진 장소산은 걸음을 옮겼다. 그가 도착한 곳은 무림맹주의 처소, 천뢰가 살던 숙소였다. 천뢰가 그렇게 되니 사람들이 모두 떠나고 넓은 숙소는 쓸쓸함만이 가득했다.

조용한 숙소 안에 들어서니 한곳에만 불이 켜져 있었다. 장소산은 그곳이 어딘지 알고 있었다. 예전에 한 번 들어간 적이 있는 지수의 방이었다.

다가간 장소산은 말을 걸었다.

"실례하겠소."

"장 방주시군요. 들어오세요."

장소산은 문을 열고 방으로 들어갔다. 지수는 의자에 앉아 자수를 놓고 있었다. 장소산은 방을 둘러보고는 말했다.

"사람들에게 물으니 당신이 이곳에 있다고 하더군."

지수는 여전히 수를 놓으며 고개도 돌리지 않고 말했다.

"이곳에서 꽤나 오랫동안 살아왔죠. 일이 이렇게 된 이상 곧 떠나야 겠지만 그게 쉽게 되지 않군요."

"앞으로 어떻게 할 생각이오?"

"처벌은 면했으니 감사히 여기고 조용한 곳을 찾아 지낼 생각이에요. 나중 일은 나중에 생각하도록 하지요."

"그렇군."

지수는 손놀림을 멈추었다.

"그 말을 듣기 위해 날 찾으셨나요? 한창 바쁘신 중에 찾아올 만한 이유는 아닌 것 같은데요?"

장소산은 고개를 끄덕였다.

"당신 말대로요."

"무슨 일이죠?"

"결말을 내기 위해서요."

"결말?"

"그렇소. 아무래도 확실하게 결말을 내지 않아서는 마음이 풀릴 것 같지가 않더군."

지수는 웃었다.

"천뢰는 잡혔고 천명회는 무너져 강호는 평화로워졌는데, 더 이상

끝낼 것이 어디 있는지 모르겠군요."

장소산은 고개를 저었다.

"물론 강호는 평화로워지겠지. 하지만 아무리 문제가 해결되었다고 해도 해답을 놓친다면 그건 결말이 났다고 볼 수 없지 않겠소?"

지수는 고개를 돌렸다. 그녀와 장소산의 시선이 마주쳤다.

"당신이 말하고자 하는 해답이라는 것은 뭔가요?"

장소산이 답했다.

"예전에 사부님이 말씀하셨지, 모든 일에는 원인이 있다고. 그렇다면 진정한 결말이란 원인을 찾는 것이겠지."

"원인? 천뢰가 그런 일을 벌인 원인 말인가요? 꽤나 흥미로운 말이로군요. 그래, 당신이 생각하는 원인이 뭔가요?"

"바로 당신이오."

장소산은 지수를 똑바로 쳐다보며 말을 내뱉었다.

"당신이야말로 모든 일의 원흉이오."

第四十五章

진실

지수는 장소산을 바라보았다. 장소산 역시 그녀를 똑바로 응시했다. 둘은 한참을 그렇게 서로 쳐다보고만 있었다.

입을 연 것은 지수였다.

"바보 같은 결론이로군요."

그녀는 말했다.

"확실히 천뢰가 무림일통을 하려 한 이유 중에는 나에게 보여주려는 허영심이 포함되어 있다고 할 수 있겠지요. 하지만 그것만으로 날 원흉 취급하는 것은 심하다고 생각하지 않나요? 마치 남자가 여자에게 쓸 돈을 구하기 위해 범죄를 저지르면 그게 다 여자 책임이라고 하는 것 같군요."

장소산은 피식 웃었다.

"물론 그런 식의 책임 전가는 아니오. 내 말은 말 그대로 당신이 원흉이라는 것이오."

지수도 웃었다.

"그러니까, 내가 이야기의 최종 결전에 나오는 최후의 적이라는 말인가요? 기대를 실망시켜서 죄송하지만 저의 무공은 천명회 중에서 그다지 내세울 정도가 아니랍니다. 결코 천하제일고수 무언계의 진전을 이은 개방 방주님의 상대가 되지 않지요."

"무공이야 아무래도 상관없소."

장소산은 고개를 저었다.

"세상을 움직이는 힘은 무공 따위가 아니라 사람 그 자체라고, 그 천하제일고수 무언계도 말했지."

그는 말했다.

"무공은 중요하지 않소. 중요한 것은 사람과 사람과의 관계, 그리고 그 의미이지. 천뢰에게 있어 당신은 모든 것을 바쳐서라도 원하는 것을 이루어주고 싶은 상대이고, 당신은 그 점을 이용해 뭐든지 할 수 있는 여자라는 것이 핵심이지."

지수는 고개를 저었다.

"어처구니가 없군요. 당신, 바로 오늘 낮에 있었던 대회장에서의 저와 천뢰의 대화를 잊은 건가요? 난 몇 번이고 천뢰를 말렸어요. 하지만 천뢰는 제 말을 듣지 않았죠."

"물론 들었소. 또한 천뢰가 당신이 원하는 것은 뭐든지 해주겠다고 약속했다는 말도 들었지."

장소산은 말을 이었다.

"당신이 원하는 것을 뭐든지 해주겠다는 사람이 왜 당신이 몇 번이나 한 말을 듣지 않았을까? 간단하지. 당신의 만류는 진심이 없었기 때문이지. 왜냐면 당신은 욕심쟁이에 제멋대로인 여자니까.”

지수는 살짝 눈살을 찌푸렸다.

“너무 심한 말이로군요.”

“심하지 않소. 당신은 나와 만난 후 늘 아무 욕심이 없고 세상에 달관한 모습을 보였소. 하지만 그건 거짓이었지. 어리석게도 난 진작에 깨닫지 못했소. 그 증거가 바로 곁에 있는데도 말이오.”

“내가 욕심쟁이에 제멋대로인 여자라는 증거 말인가요?”

“그렇소.”

지수는 풋 하고 웃고는 말했다.

“어디 보여줘 보시죠.”

“여기 있소.”

장소산이 내민 것은 타구봉이었다. 지수는 웃으며 물었다.

“그 타구봉이 어째서 증거가 되지요? 나는 그것을 당신에게 주었어요. 주인에게 물건을 돌려주는 사람이 욕심쟁이인가요?”

“확실히 당신은 돌려주었소. 하지만 빼앗아 십 년 가까이 돌려주지 않은 것도 사실이지.”

“타구봉을 개방의 사공 방주에게 빼앗은 사람은 천뢰였어요.”

“하지만 당신이 시켰지.”

장소산은 설명했다.

“돌아가신 나의 사부님은 천뢰와 당신이 사공 방주에게서 타구봉을 빼앗은 상황을 자세히 이야기해 주셨지. 그 이야기를 그대로 해볼까? 타구봉을 보자 당신은 말했소. ‘저 봉이 정말 예쁜데요. 가지고 싶어요.’ 그러자 천뢰는 고개를 끄덕였지. ‘좋아, 그럼 내가 그대에게 선물하지.’”

지수의 표정이 굳어졌다.

"어린 시절 치기 어린 욕심이었죠."

"과연 그럴까? 한 방파의 신물을 치기 어린 욕심으로 빼앗고 십 년 가까이 가지고 있다가 돌려주었다? 그렇다면 왜 나를 만나고서야 돌려주었지? 돌려줄 마음이 있었으면 언제라도 가능했을 텐데."

지수는 답했다.

"그야 전 천명회 밖으로 통 나가지 않았으니까요. 멀리 있는 개방에 어떻게 돌려주겠어요. 무엇보다 내가 돌려주었다가는 개방에서 내가 누구고 어떻게 타구봉을 얻었는지 조사할 텐데 그럼 곤란하지 않겠어요?"

장소산은 물었다.

"타구봉을 가지고 있다는 것을 밖에 알릴 수 없었다는 말이오?"

지수는 웃으며 고개를 끄덕였다.

"그야 물론이죠."

"그럼 어째서 무명회는 알고 있었지?"

"예?"

장소산은 물었다.

"예전 내가 무림맹으로 가는 도중 만났던 한중평과 채영신이 말해주었지. 타구봉을 가지고 있는 것은 지수란 사람이라고. 그걸 어떻게 알았을까?"

"그야 그들은 마교의 짓으로 혼란을 꾸미는 천명회를 조사했을 테고, 그 와중에 저에 대해 알게 되었겠지요."

"하지만 그건 뭔가 이상한데?"

지수는 살짝 인상을 썼다.

"뭐가 말이죠?"

"당시는 천명회가 마교의 짓으로 벌이는 소란이 막 시작되던 시기였소. 아무리 무명회라도 조사를 시작하자마자 천명회 밖으로 나가는 일이 없는 당신의 방에 타구봉이 있다는 사실까지 알아내다니, 그것이 가능할 것 같소?"

"그야 그전부터 조사하고 있었다면 가능하지 않겠어요? 무명회는 오래전부터 여러 가지 방법으로 강호의 정보를 모으고 있었으니까요."

장소산은 피식 웃었다.

"물론 무명회는 조사하고 있었겠지. 하지만 당시까지는 천명회에 대해 그렇게 자세히 알고 있지 못했소."

"무슨 근거로 그것을 자신하죠?"

장소산은 설명했다.

"당신도 알다시피 난 무림맹에 와서 임한정에게 천명회에 대해 듣고 그와 힘을 합쳐 조사하려 했소. 그러나 곧 들켰고 임한정은 죽었지. 날 구한 것은 무명회의 한중평, 그때 임한정이 천명회에 대해 알아낸 사실이 쓰인 서신이 무명회로 들어갔지."

그는 말을 이었다.

"무명회는 천명회의 인물들이 어떤 자들인지 알지 못했소. 알았다면 손을 썼겠지. 그들이 아는 수준은 임한정의 서신 내용보다 많지 않았겠지. 그렇지 않았다면 굳이 날 구하고 서신을 따로 조사하는 번거로움은 없었을 거요."

지수는 싱긋 웃고는 물었다.

"그러니까 당신 말은 당시 무명회는 천명회에 대해 대략적인 정보밖에 없었다. 그런 그들이 밖으로 나오지 않는 나의 이름과 내가 타구봉을 가졌다는 자세한 사실을 안다는 것은 이상하다는 건가요?"

장소산은 고개를 끄덕였다.

"그렇소."

지수는 고개를 갸웃거렸다.

"확실히 이상하다고 생각할 수도 있겠군요. 그럼 도대체 어떻게 된 것일까요? 어디 한번 설명해 보시죠."

"답은 아주 간단하오."

장소산은 대답했다.

"그때 이미 당신은 무명회와 접촉한 것이오."

"……!"

"아마 당신은 무명회의 인물을 자기 방에까지 초대했을 것이오. 당신은 밖으로 나가지 않으니까. 물론 그때에는 막 협상이 시작되었을 때니 천명회에 대한 자세한 이야기까지는 하지 않았겠지만. 그때 무명회의 인물은 본 것이겠지, 당신 방에 진열되어 있는 타구봉을 말이오."

지수는 잠시 침묵했다. 뭔가 골똘히 생각하는 듯했다. 장소산은 그녀가 말하길 기다렸고, 한참 후에 그녀는 입을 열었다.

"당신의 설명에는 뭔가 모순이 있군요."

"뭐가 말이오?"

"당신의 말에서 나는 밖으로 나가지 않는다고 했죠. 그런데 어떻게 내 방까지 무명회 사람을 끌어들일 수 있었을까요?"

장소산은 간단히 답했다.

"그야 다른 사람을 시켰겠지."

지수는 웃었다.

"내가 당신에게 연락하던 방법대로 말인가요? 확실히 나의 하녀는 내 명령을 충실히 듣지만 어디까지나 무림맹 안과 주변까지 보내는 것이 한계예요. 무공도 모르고 단순히 편지를 전해주는 정도밖에 하지 못하죠. 그런 아이가 강호 멀리 나가 숨어 있는 무명회의 인물을 찾아 내 연락한단 말인가요? 천명회의 고수들도 하기 힘든 일인데?"

장소산도 웃었다.

"당신 말대로요. 하녀라면 무리겠지. 하지만 천명회 고수라면 가능하지."

"호호, 내가 무명회 인물과 만난다면 이는 천명회에 대한 배신이라고 할 수 있어요. 들키면 곤란한데 어떻게 천명회 고수에게 시킬 수 있어요?"

장소산은 어깨를 으쓱하고는 대답했다.

"천명회가 어떻게 되건 알 바 없고, 당신 말이라면 뭐든지 할 만한 충성스럽고 능력있는 인물에게 시키면 되지."

지수의 표정이 굳어졌다. 장소산은 웃으며 물었다.

"연사랑이라면 충분히 당신의 기대에 답해주었을 것이오. 안 그렇소?"

대답 대신 지수는 감탄을 보냈다.

"당신의 짜 맞추는 실력에는 경의를 보내지 않을 수 없군요."

장소산은 고개 숙여 감사를 표하고는 말했다.

"연사랑은 천명회에 속하면서도 천뢰의 명을 듣지 않고 독단적으로 강호를 돌아다녔지. 유자건은 당신에게 차인 충격으로 그런 것이라고 생각했지만, 내가 볼 때 연사랑이라는 사람은 자신의 사랑이 이루어지지 못한다고 해도 곁을 지키며 충성을 다할 인물이었소. 그런 그가 당신 곁을 떠난 이유가 뭘까? 당신이 시킨 일을 하기 위해서였지 않을까?

그리고 내가 알기로 그는 무명회의 지부 중 하나인 설죽산장을 방문한 적도 있고 말이오.”

지수는 고개를 저었다.

“당신의 말은 언뜻 잘 들어맞는 것 같지만 모두 예상일 뿐이에요. 진실이라고 할 만한 근거가 없어요.”

“과연 그럴까? 이번에 무림대회에 참석하기 전에 난 연사랑을 만났소.”

장소산은 그때의 일을 설명하고는 말했다.

“헤어질 때 연사랑은 내게 말했지. 천뢰도 자신과 마찬가지로 타인에게 인정받는 것으로만이 존재할 수 있는 인간이라고. 그 말은 단순한 동정이 아닌 의미를 지닌 것으로, 바로 당신에게 이용당하고 있다는 뜻이었지. 연사랑은 당신이 시킨 일을 하면서 사실을 짐작한 것이오. 하지만 차마 진실을 말하지 못하고 돌려 말한 것이지.”

지수는 한숨을 내쉬었다.

“좋아요. 당신의 말이 사실이라고 쳐요. 아니, 사실이어도 상관없죠. 어찌 되었든 내가 무명회와 손을 잡은 것은 이미 결과로 드러난 사실이니까, 과정이야 아무래도 상관없죠.”

장소산은 고개를 저었다.

“아니, 정말 중요한 일이지.”

지수는 골치가 아픈 듯 이마를 누르며 물었다.

“그건 또 뭐가 문제라는 건가요?”

“시기오.”

“시기?”

“그렇소. 당신은 지금까지 말했지. 천뢰를 말렸지만 말을 듣지 않아 어쩔 수 없이 배신한 것이라고. 그런데 내가 지금까지 짐작한 것이 맞다면 당신은 천명회가 계획을 시작함과 거의 같은 시기, 아니, 어쩌면 더 빠른 시기에 무명회와 접촉하려고 했소. 그렇다면 나오는 결론은 당신은 천뢰를 설득할 생각이 전혀 없이, 천뢰의 계획과 동시에 그를 쓰러뜨릴 계획을 시작했다는 것이오."

지수의 얼굴이 굳어졌다. 하지만 장소산은 상관하지 않고 계속해서 말했다.

"연사랑은 주아리에게서 당신의 모습을 봤다고 했지. 그런데 난 아무리 봐도 당신과 주아리와 닮은 점을 모르겠더군. 그런데 이제 와서 생각해 보니 정말 당신과 주아리는 닮은꼴이라는 것을 깨달았소."

그는 지수를 쳐다보았다.

"그녀나 당신이나 결국 하는 짓은 똑같소. 자신은 뒤에 숨어 나오지 않고 음모를 꾸며 타인을 파멸시키지. 그러면서 자신은 선량한 피해자인 척, 위선의 가면으로 본래 얼굴을 숨기니 세상에 이토록 닮은 사람이 어디 있을까. 정말 쌍둥이가 아닌가 생각될 정도요."

지수는 피식 웃었다.

"그토록 칭찬하시니 이거 몸둘 바를 모르겠군요."

2

진실이 드러났어도 지수는 여전히 웃는 얼굴이었다. 그녀는 스스럼없이 사실을 털어놓았다.

"당신 말대로 난 천뢰를 조종해서 파멸시키려 했죠. 하지만 이번 일은 나만의 계획이 아니었어요. 난 처음에 천뢰에게 계획을 이야기하며 그대로 실행하게 했어요. 그 계획은 사실 굉장히 허점이 많았죠."

장소산은 고개를 끄덕였다.

"마교의 무리로 꾸미고 문파들을 습격하는 것은 확실히 빈틈이 많았지. 조금만 실수하거나 운이 나쁘면 들킬 수 있었으니까."

지수는 인정했다.

"그래요. 당신 말대로예요. 애초에 들켜도 상관없다는 생각이었으니까요. 마각이 드러나 천뢰가 위기에 빠지는 것은 오히려 나로서는 즐거운 일이니까. 그런데 의외로 잘 안 들키더군요. 육대문파가 묵인하고 천명회의 장로들이 뒤에서 손을 썼기 때문이죠."

그녀는 말을 이었다.

"그래서 난 좀 더 나와 천명회에 대한 정보를 무명회에 제공했죠. 무명회가 직접적으로 손을 써주길 기대한 거예요. 그런데 무명회는 손을 쓰는 대신 나에게 좀 더 정밀한 계획을 세울 것을 제안하더군요."

"정밀한 계획?"

"그래요. 진짜 계획이 시작된 것은 바로 그때부터였어요."

지수는 즐거운 듯한 표정으로 설명했다.

"그때가…… 그래, 당신이 천뢰에게 당해 설죽산장으로 실려가 요양하고 있을 때였죠. 제자인 한중평과 채영신만으로 접촉하던 청류가 직접 찾아왔죠. 그는 나에게 제안했어요. 강호를 뒤흔들 만한 큰 계획을 세우지 않겠냐고."

장소산의 얼굴은 점점 심각해졌다.

"그는 뭐라고 했소?"

"청류는 이번에 장소산이라는 개방 거지를 구했는데 그를 잘 이용하면 좋겠다고 했어요. 나는 천명회주인 천뢰를 움직이고 청류는 무명회

를 움직이고, 바로 당신 장소산을 천명회에 대항하는 정파 세력의 중심
으로 키워 움직이면 이번 일에 관계되는 세력 대부분이 나와 청류의
손바닥 안에 있는 꼴이라고 할 수 있잖아요. 짜고 치는 사기 도박이라
할 수 있으니 우리가 패하는 일은 절대 없다는 것이죠.”

장소산은 놀라지 않을 수 없었다. 그는 지수에 대해서는 알아차렸지
만 청류의 경우는 짐작하지 못했다. 그가 알고 있는 청류는 어디까지
나 인격자이고 평화를 바라는 자였던 것이다.

그는 물었다.

“왜 청류는 그런 복잡한 계획을 세운 것이지? 당신을 이용하면 간단
히 천명회를 파멸시킬 수 있었을 텐데.”

“그는 밝은 곳으로 나오고 싶어했어요.”

지수는 설명했다.

“마교라는 선입견을 없애고 다른 문파들과 마찬가지로 당당히 강호
의 문파이자 종교 단체로 인정받고 싶어하더군요. 생각해 보면 이해가
가는 이유죠. 안 그래요? 종교를 공식적으로 인정받고 당당히 포교 활
동을 하는 편이 신도도 많이 모를 수 있을 테고.”

장소산은 혀를 차고는 물었다.

“설마 야차산의 마교 토벌도 청류는 알면서도 당했다는 말이오?”

“그래요. 알면서도 당하는 정도가 아닌 자기들이 당하기 위해 손까
지 썼죠. 생각해 봐요. 천뢰가 무명회의 본거지를 어떻게 알았죠?”

“……!”

장소산은 흠칫했다. 천뢰가 무명회의 본거지를 알아낸 것은 무명회
의 과격파 인물들이 천뢰를 습격하려다 오히려 잡힌 탓이었다. 그것이
계획된 결과였단 말인가?

“하지만 아무리 그래도 그 사건으로 많은 무명회 사람들이 죽었는
데…….”

“그들 말로는 순교라고 하더군요.”

지수는 웃으며 말했다.

“무명회는 이번 일에서 어디까지나 선량한 피해자라는 것을 보여주
어야만 했죠. 그래야만 나중에라도 정파에게 공격당할 구실을 주지 않
을 테니까. 그래서 준비한 것이 바로 제물이 되는 순교자들이었던 것
이죠.”

장소산은 이를 갈았다. 그런 어처구니없는 일이 아무렇지 않게 행해
지다니! 지수는 그런 그를 보고 손을 저었다.

“너무 화낼 것은 없어요. 청류 말로는 그들도 다 알면서 받아들인
것이라고 하니까.”

장소산은 허탈해졌다.

“기가 막히는군.”

“어차피 현실이란 그런 것이지.”

갑자기 들려오는 목소리에 놀란 장소산은 몸을 돌렸다. 청류가 뒤에
서 있었다. 그는 쓴웃음을 지으며 말했다.

“자네가 눈치 채지 못하기를 바랐는데, 안타까운 일이로군.”

장소산 역시 쓴웃음을 지었다.

“날 죽여 입을 막을 겁니까?”

“내가 왜 그래야 하는가.”

청류는 고개를 저었다.

“난 자네가 현명한 사람이라는 것을 잘 아네. 이미 결과가 난 일에
쓸데없이 분란을 만드는 어리석음을 저지르지는 않겠지.”

　장소산은 한숨을 내쉬었다. 확실히 청류가 자신을 속이긴 했지만, 그의 도움을 받은 것도 사실이다. 지금 와서 청류가 모두를 속였다고 떠들어 정파와 전쟁을 벌이게 만든다고 무엇이 해결될까? 더 많은 피를 흘릴 뿐이다.

　하지만 그렇다고 쉽게 넘어가기에는 분한 마음이 드는 것도 사실이었다.

　"내가 당신이 생각하는 만큼 똑똑하지 못하다면요? 이 사실을 만천하에 알린다면요?"

　"자네는 죽겠지."

　청류는 한숨을 내쉬었다.

　"나로서도 원하지 않는 일이지만, 순교한 형제들의 목숨을 무의미하게 만들 수는 없지."

3

　장소산은 긴장했다. 자신의 무공이 절정의 경지에 이르렀다고는 하지만 청류와는 아직도 너무나 큰 격차가 존재한다.

　청류는 손을 저어 자신이 싸울 의사가 없음을 보이고는 말했다.

　"난 자네에게 신뢰를 주기 위해 노력했네. 나의 제자 한중평은 천뢰가 무명회를 노리고 있다는 것을 알면서도 자넬 구하는 일에 우선했고, 나는 교의 비전들을 태우는 것을 직접 보여주기도 했지. 하지만 그것이 꼭 위선이라고 할 순 없네. 내가 천뢰에게 당한 자네 목숨을 구한 것이나 불태운 교의 비전들 역시 진짜이니까."

　장소산은 혀를 차고는 물었다.

"지금 그 말까지 거짓인지 어찌 압니까?"

"나의 목적은 강호에서 인정받고 더 이상 숨지 않는 것이지, 그 외다른 것은 관심없네. 지금으로서는 자네가 날 믿지 않는 것도 어쩔 수없는 일이겠지. 원한다면 얼마든지 개방의 정보망으로 앞으로의 무명회를 주시하게나. 내가 하고 싶은 말은 어디까지나 나와 무명회는 자네의 적이 아니라는 사실이네."

지수 역시 말했다.

"저 역시 당신을 도왔죠. 타구봉을 주었고, 덕분에 결과적으로 당신이 개방 방주가 되지 않았나요? 나 역시 당신의 조력자일 뿐 적이 아니에요."

"하하하하!"

장소산은 크게 웃었다. 지금까지 실컷 속여놓고 적이 아니었다고?

"그렇군요. 나와 여러분이나 결국 천뢰를 쓰러뜨리는 하나의 목적을위해 움직였으니 동지라는 것이군요. 전부 딴생각을 하고 있었지만 말이죠."

"원래가 그런 것이 아닌가."

청류는 말했다.

"한 사람이 야심을 품고 나라를 건국하려 했네. 하지만 그를 따르는자들이 모두 그의 야심과 같은 목적을 가지는 것은 아니지. 누구는 부귀를, 누구는 공명을, 누구는 투쟁을, 누구는 평화를, 각자의 바람을 가지고 그의 꿈과 함께하는 것이지."

"과연 그렇군요. 그렇다면 묻겠습니다."

장소산은 청류에게 물었다.

"당신에게 있어 밝음으로 나서는 것이 그렇게 중요했습니까? 자신들의 동료의 목숨을 희생하면서까지?"

"물론이네."

청류의 대답에는 망설임이 없었다.

"우리에게 있어 그것은 그 어떤 것보다 중요했네. 필요하다면 나의 목숨이라도 내놓을 만큼. 자네는 이해할 수 없겠지만 그것만은 진심이네."

장소산은 고개를 끄덕이고는 이번에는 지수를 바라보았다.

"당신은 왜 천뢰를 쓰러뜨리려 한 것이오? 천뢰는 당신에게 충실했는데."

지수는 대답했다.

"짜증이 나더군요."

"짜증?"

"절대고수를 길러냈다고 자랑스러워하는 장로들이나, 자신이 대단한 사람이라는 착각 속에 살고 있는 천뢰를 보고 있자니… 좀 짜증이 나더라고요. 그래서 보여주고 싶었죠. 자신들이 대단하다고 여기고 있는 것이 실제로 얼마나 별 볼일 없는 것인지를 말이죠."

그녀는 말을 이었다.

"당신을 처음 만났을 때 말했죠. 천뢰를 쓰러뜨리는 것은 무언계가 아닌 당신이어야 한다고. 무공으로 그를 이겨서야 의미가 없죠. 그저 뛰는 자 위에 나는 자가 있다는 것만 가르쳐 줄 뿐이니까요. 그의 기준으로 하찮게 여기는 상대, 자신보다 훨씬 무공이 떨어지는 상대에게 패해야 하죠. 자신의 잘난 무공이 아무 소용 없게 되어서 말이지요."

장소산은 웃을 수가 없었다.

"고작 그런 이유로? 그것이 이유라고?"

지수는 고개를 끄덕이고는 반문했다.

"그럼 내가 당신에게 묻죠. 당신은 왜 천뢰와 싸우려 한 거죠? 목숨을 걸고 꼭 싸울 필요가 있었나요? 당신에게 강호의 평화가 그렇게 중요했나요?"

장소산은 흠칫했다. 그렇지 않다. 강호의 평화 따위 알 바 아니었다. 그렇다면 임한정의 죽음 때문일까? 아니었다. 그는 자신을 구하다가 죽었지만, 자신을 배신한 적이 있는 그를 위해 목숨을 걸 의리는 없었다.

'내가 천뢰와 싸운 이유는…….'

사실 답은 간단했다. 생각해 볼 필요도 없었다. 천뢰의 자신을 깔보는 눈빛, 자신의 자존심을 철저히 무너뜨린 그에게 이김으로써 보여주고 싶었던 것이다. 난 네가 깔볼 만한 하찮은 존재가 아니라고!

장소산은 허탈한 웃음을 지었다. 자신 역시 지수의 이유와 별반 다를 것도 없지 않은가!

"사람마다 가치는 다른 법이네."

청류는 말했다.

"남이 볼 땐 너무나 하찮은 것도 자신에게는 무엇보다 소중할 수 있는 것이지."

장소산은 고개를 끄덕였다.

"그렇군요."

추월락이나 무언계는 단 돈 몇 냥에 무공총람을 팔았지만, 최진방은 그 책을 얻기 위해 온갖 비겁한 짓도 서슴지 않았다. 아복은 복수심 때문에 최진방 일당이 심공편 문제로 고작 몇 년에 한 번 모여 다투는 것을 보기 위해 수십 년의 고통을 마다하지 않았다. 수초는 김진도를 사

랑했지만, 김진도는 무공을 위해 그녀를 배신했다. 수초의 사부 남이
랑은 무공비급보다 제자를 우선했다.

무언계는 장소산에게 하등 쓸모없는 내단이 필요했던 것처럼, 천뢰
에게는 지수가, 연사랑에게는 주아리가 중요했던 것처럼, 임한정에게
가족이 소중했던 것처럼, 최진방이나 김진도가 무공비급을 원한 것처
럼, 종남파의 관혁과 주선약이 명성을 날리기를 원한 것처럼…….

모두가 다른 것을 원하고 있었다. 남에게는 하찮은 것이 자신에게는
무엇보다 필요한 것이다. 그것을 타인의 가치관과 잣대로 쓸데없다 할
수는 없지 않을까?

지수가 일어나 서랍을 열어 책을 한 권 꺼냈다.

"나에게 아무 필요가 없는 것이지만……."

그녀는 책을 장소산에게 내밀었다.

"당신에게는 의미가 있는 것이겠지요."

마지막 남은 열 번째의 무공총람이었다.

"그렇군."

장소산은 책을 받았다. 책을 내려다보며 그는 생각했다.

'나에게 있어 가장 중요한 것은 무엇일까?'

답은 나오지 않았다. 하지만 다른 것이 떠올랐다. 지금쯤 강연수 등
은 축하 잔치를 벌이고 있을 것이라는 사실…….

문득 이런 생각이 들었다. 여기서 강호의 음모 따윌 떠드는 건 시간
낭비가 아닐까? 그 시간에 친구들과 신나게 놀고먹는 것이 낫지 않을
까?

돌연 웃음이 나왔다. 생각해 보면 무공총람으로 시작된 이 사건에
말려들기 전까지 나란 인간은 그저 작은 마을에서 불량배나 때려잡으

며 빈둥거리고 있었다. 그 편이 골치도 안 아프고 편하고 좋았다.

'그러고 보면 지난 몇 년간 어울리지도 않는 일을 하고 있었던 것은 아닌가 모르겠군.'

장소산은 고개를 들었다. 그리고 웃으며 말했다.

"아무래도 이만 가봐야겠습니다. 약속이 있는 것을 깜박했군요."

청류는 선선히 고개를 끄덕였다.

"그러고 보니 나 역시 정파의 수장들과 만나기로 했었는데 가봐야겠군."

지수 역시 탁자에 놓인 지수를 들며 말했다.

"저 역시 오늘 이 일을 끝마칠 생각이었는데 시간을 지체했군요."

더 이상의 말은 필요없었다. 셋은 가볍게 인사를 나누고 헤어졌다.

장소산이 개방의 숙소 가까이에 이르니 불이 환히 켜져 있고 시끄러운 웃음소리가 들리고 있었다.

"한창 신이 났군."

그는 발걸음을 서두르려고 했다. 그런데 그때 인기척이 들리더니 나직한 목소리가 울려 퍼졌다.

"꼼짝하지 마라."

돌아보니 최진방이었다. 그가 들고 있는 것은 임한정에게서 장소산이 받았던 총이었다. 장소산은 별 표정 없이 말했다.

"당신이 가지고 있었군."

"그래, 전에 널 잡았을 때 손에 넣었지."

최진방은 히죽 웃었다.

"너라면 이 무기의 위력을 알고 있겠지? 죽고 싶지 않으면 어서 무공총람을 내놓아라."

장소산은 피식 웃었다. 현재 그의 무공으로 총 따윈 그리 위협이 되지 않았다. 공격하려던 그는 문득 생각이 바뀌어 물었다.

"당신에게 있어 그렇게 무공총람이 소중하오?"

감정이 격양되어 있던 최진방은 서슴없이 답했다.

"그래, 난 그것으로 강호에 군림하기 위해 주인인 오절신군과 함께 일하던 동료까지 죽였다! 이제 나에게 그것 외에는 아무것도 없단 말이다!"

"그렇군."

장소산은 고개를 끄덕였다. 그리고는 가지고 있던 무공총람이 든 꾸러미를 최진방에게 던졌다.

"자, 가져가시오."

최진방은 어안이 벙벙했다. 가지고 있던 무공총람까지 빼앗기고 급한 마음에 무리하게 나서긴 했지만, 솔직히 장소산을 이길 자신은 없었다. 그런데 상대가 이렇게 선선히 책을 내줄 줄이야!

"지, 진짜냐?"

"직접 확인해 보면 될 것 아니오."

최진방은 장소산의 눈치를 살피며 책을 확인했다. 책은 분명 무공총람이 틀림없었다. 그것도 열 권 전부가 있는 것이 아닌가!

"저, 전부 무공총람… 전부……!"

장소산은 말했다.

"가져가시오. 가서 어디 원없이 익히시구려. 그럼 난 가겠소. 더 이상 지체하다가는 잔치 음식에 내 몫이 남아나지 않을 것 같아서."

말을 끝낸 그는 그대로 개방 숙소 쪽으로 향했다.

최진방은 그의 눈치를 슬슬 보다가 어느 정도 거리가 되자 책 보따리를 안고는 달리기 시작했다.

"하하하, 드디어 모든 무공총람을 모았다! 이제 난 오절, 아니, 십절 신군이다!"

사라지는 최진방을 보며 피식 웃은 장소산은 개방 숙소로 달려갔다. 문을 열고 잔치에 뛰어들며 그는 외쳤다.

"설마 날 두고 다 먹은 것은 아니겠지!?"

남이 뭐라 하던…….

남이 뭐라 하던…….

　　사 년의 세월이 흘렀다. 천명회의 일은 정리되어 과거의 사건이 되었다. 무명회는 정식으로 일월교란 이름으로 강호의 문파가 되었다. 청류는 장소산에게 말한 것처럼 야심을 보이지 않고 정파에게 인정받으려 노력했다. 약간의 문제는 존재했지만, 점점 정파와의 앙금이 부식되어 가고 있었다.

　　장소산은 여전히 개방의 방주였다. 단, 이전까지의 능력있는 모습이 아닌 적당히 놀고먹는 방주가 되어 있었다. 대부분의 일은 여태환과 진갑에게 떠맡기고 강연수와 함께 강호를 여행했다. 강호는 평화로웠기에 그래도 별문제는 없었다.

　　그러던 중 장소산은 한 가지 소문을 들었다. 한 이름없는 산에서 기괴한 노인이 발견된다는 것이었다.

　　'어쩌면?'

짐작 가는 바가 있던 장소산은 강연수와 함께 소문이 근원지를 찾았다. 근처에 도착해 수소문해 보니 누더기 차림의 노인이 가끔 산에서 보였지만, 최근에는 통 볼 수가 없다고 했다.

이야기를 듣고 더욱 확신한 장소산은 산을 뒤졌다. 근 한 달간을 샅샅이 뒤진 끝에 숨겨진 작은 동굴을 발견할 수 있었다.

장소산은 강연수와 함께 동굴로 들어갔다. 몇 걸음 가는데 발밑에 눈에 뜨이는 책이 있었다. 집어 들어 보니 무공총람이었다.

"역시 여기서 무공을 수련하고 있었군."

음습한 작은 동굴에는 책들이 널려 있고 시체 썩는 냄새가 진동했다. 동굴 구석에 누워 있는 시체를 장소산은 들여다보았다. 생전의 용모를 확인하기는 어려웠으나 최진방이 분명했다.

강연수가 물었다.

"왜 죽었지?"

장소산은 시체를 살피고는 대답했다.

"별문제는 없어 보이는데. 역시 나이가 나이니까. 무공총람이라는 무공이 주화입마 위험이 높은 것도 아니고, 역시나 노환이었겠지."

강연수는 손수건으로 코와 입을 가리며 동굴을 둘러보았다. 시체도 시체지만, 동굴 자체가 좁고 퀴퀴했다. 도저히 무공을 익힐 만한 장소가 아니었다.

"왜 이런 곳에서 무공을 수련하고 있었을까? 오절신군의 거처였던 무이산에 수련하기 딱 좋은 석실이 있는데 말이야."

장소산이 답했다.

"그곳은 나도 알고 있는 장소니까. 내가 언제 마음을 바꿔 책을 빼앗으러 올까 불안했겠지."

강연수는 동굴 안의 생활 도구를 살폈다. 깨진 사기 그릇과 찌그러진 솥, 그것만으로도 최진방의 생활이 얼마나 형편없었는지 알 것 같았다.

"우리에게 들킬 것이 무서워 이런 곳에 숨어 인간 같지도 않은 생활을 하면서 무공을 익히다니. 그리고서도 결국 아무것도 못 이루고 죽었으니 꽤나 불쌍한 인생이로군. 하긴 그가 한 짓을 생각하면 천벌이라고도 할 수 있겠지."

"과연 그럴까?"

"응?"

"우리야 이런 곳에서 살라면 죽을 맛이었겠지만 최진방은 달랐을지도 모르지. 그토록 원하던 무공총람을 얻어 천하제일고수를 향한 꿈을 이루고 있었으니까. 그의 인생 어느 때보다 더 행복하던 순간이었을지도 모르지."

그 말을 듣고 강연수는 최진방의 얼굴을 살폈다. 그의 얼굴이 웃고 있는 것으로 보이는 것은 단순한 착각일까?

『무공총람』 終

저는 책을 쓸 때 나름대로 주제를 정하고는 합니다. 그 주제가 제대로 독자들에게 어필되는가는 둘째 문제지만요. ·_·;;

이 글에서 제가 정한 주제는 '가치의 평가' 입니다.

사람마다 가치의 평가 기준은 다르게 마련입니다. 예를 들어 TV를 보면 성냥 등으로 모형을 만든다던가 하는 사람이 있습니다. 그것을 보며 '이런 것을 해내다니, 대단한 노력과 끈기!' 라고 감탄하는 사람이 있는가 하면, '비싼 밥 먹고 쓸데없는 짓 한다' 라고 하는 사람도 있습니다.

모든 사람들에게 중요한 가치를 가지는 것도 있기는 하죠. 대표적인 예가 돈일 겁니다. 위의 모형을 쓸데없이 여기던 사람도 '가격이 천만 원 이상' 이라고 하면 '헉!' 소리가 나올 겁니다. 하지만 생각해 보면 돈의 가치도 사람마다 어느 정도 중히 여기는 정도가 다릅니다.

이 글의 제목이 '무공총람' 인 이유도 배경이 무림이기 때문에 무인에게 있어서 중요한 가치를 지닌 물건이라 할 수 있기 때문입니다. 하지만 현대의 우리가 중대한 가치를 부여하는 돈만으로 살 수는 없듯이, 무공만으로 살 수는 없겠지요.

무엇이 가치있고 가치없는가? 무엇이 의미있고 쓸데없는 짓인가? 이건 우리들 인생에 상당히 중요한 것이라고 생각합니다.

죽기 전에 자신의 인생을 돌아보고 지금까지 자신이 해온 일이 무의미하게 느껴진다면 이 얼마나 슬픈 일일까요? 반면 자신이 해온 일에 높은 가치를 느낀다면 남이 뭐라 하던 난 후회 없는 인생을 살았다고 자신있게 말할 수 있지 않을까요?

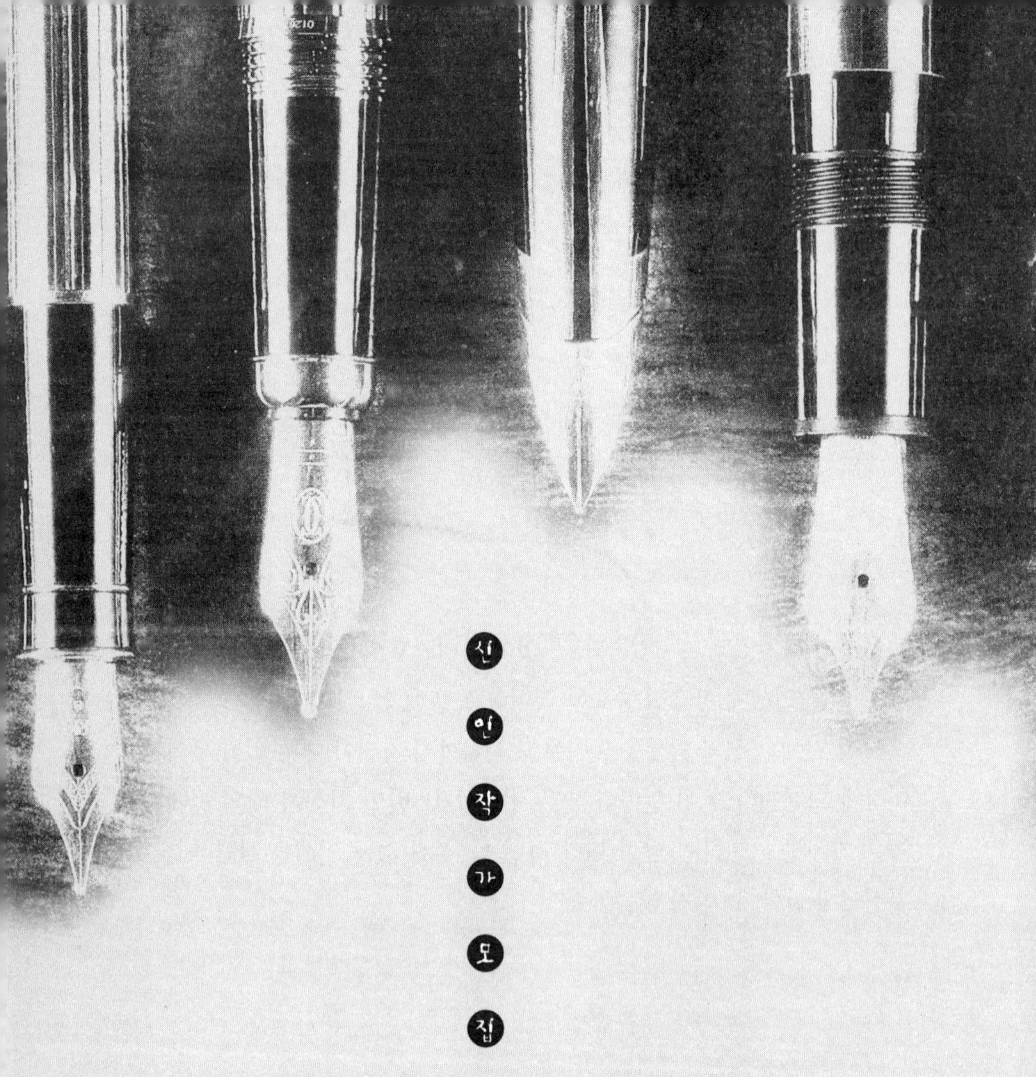

신
인
작
가
모
집